后来 时间 都与你有关

BECAUSE OF YOU, BECAUSE OF LOVE

张皓宸

作品

湖南文艺出版社
HUNAN LITERATURE AND ART PUBLISHING HOUSE

博集天卷
CS-BOOKY

·长沙·

后来时间放映厅

INTRO

后来
时间都
与你
有关

BECAUSE OF YOU,
BECAUSE OF LOVE

欢迎来到"后来时间放映厅"。

接下来，将为你放映九部纸上电影。

在这里，你可以享有私人的观影空间，不被任何人、事、物打扰。

文字是连接大脑的阶梯，信号储存在脑内的"文字匣子"中，字字句句都可以开启专属于你的幻想，故事虽然是我为你准备的，但摄影来自你的眼睛，美术来自你的审美，所有角色的演员都会服务于你的想象，台词也都会以你的理解来设定语气和情绪。

你只需要放下手机和本就不需要立刻完成的大小杂事，找一个舒适的姿势趴着、坐着或躺着，无论是在上学、通勤路上，还是在书桌前，任何可以凝聚成一个"只有你"的地方，随时进入这些梦境。允许你哭、大哭、笑、大笑、大声喧哗，也可以吃任何你喜欢的零食，拍摄下你喜欢的段落。

放映倒计时，请凭票入场。

3——2——1！

祝你观影愉快，阅读愉快。

CONTENTS

目录

后来
时间都
与你
有关

BECAUSE OF YOU,
BECAUSE OF LOVE

恋爱，请多指教

如果一个人等得久了，
要不要试着两个人生活？

类型：剧情／喜剧

#1

恋爱，请多指教

暗恋是一场漫长的失恋。

这个觉悟从我们喜欢上第一个人开始，就密密麻麻烙在所有痴男怨女身上，尽管都懂"不强求"的婆妈道理，但"爱而不得"仍然是完美人生最遗憾的一根刺。

关夕霏最近的这根刺，是老贾给的，不偏不倚正中靶心。从她第一天进公司见到老贾，到此时此刻老贾的婚礼，这根刺都不曾动摇过。

没有意外，新娘不是她。

不过憋屈的是，她成了伴娘。

同样都是"娘"，一个是睡在爱慕的男人枕边的，一个是帮情敌拎公主裙的裙摆的。

关夕霏全程努着嘴保持着一个怪异的微笑，看着新人伴着教堂唱诗班的歌声哭哭啼啼地完成仪式，再屁颠屁颠地陪他们到草坪上张罗婚宴。终于在新人父母发表"卖儿卖女"感言的间隙，得空灌了两杯酒，味道清冽，不算辣口。

轮到老贾上台，他牵着媳妇，脸颊上漾起一抹红晕，开始背那几句准备好的蠢萌告白。关夕霏神情倦怠地靠在椅背上，机械地仰头吞酒，脑袋里听到自己含混的声音。

"你的拉链忘拉了。"关夕霏盯着门口新同事的裆部，送上最接地气的开场白，"浅蓝色，挺小清新啊。"

于是新同事躲了她一周。直到周总结会上，关夕霏才看到他的名字，贾成安，很不客气地是个"九五后"，年龄拉开仨代沟。后来俩人在茶水间碰上，关夕霏狡黠地一笑，说他名字看起来太老成，非要占便宜叫他老贾。

老贾在外人面前是个脱线小孩，在关夕霏面前就乖了，端茶倒水言听计从，她随口说了一句穿西装的男人好看，老贾就会好认真地每天穿不合身的西装上班。缘分太霸道，关夕霏没道理地喜欢上他了。生活里的关夕霏话密且质量高，掉进爱情里就变得沉默寡言，眼睁睁看着对方在自己的世界里走来走去，开了心开了妄想，就是不敢开口。

他们的公司在三环内的一处独栋别墅，一到三层都是公共活动区，一圈独立的咨询室包裹着茶水间、按摩间和游戏房，只有四层是办公区。他们的老板说，公司要有生活气息；就像他们做的事一样，生活永远是恋爱的一部分，对，你没听错，生活一派紫气东来，才可以专心为搞对象服务。

关夕霏的职业是恋爱调教师，专治各种情感偏科的善男信女，教你如何成为一段感情里十拿九稳的常胜将军。简单来说就是将你退回出厂设置，连同外在气质和内在性格打乱重组，配置成对方想要的样子。在她这里的客户，有那种纯情少女为了一张绿卡转型成欧美"御姐"的，也有"杀马特"网瘾少年为了中文系女友开始吟诗作对的，甚至还有年过半百的中年男子，成功撩到小他三十岁的姑娘，顺带造了个娃的。

怎么说呢，大概像是纯爱版的名媛培训班，奋斗版的杀猪盘，游走在缺德和助人为乐之间的一种职业。但是说到底，主观又现实，见人下菜碟，能暖一人是一人，掀了皮毛还是素鸡一个。两个人没有吸引力，不在一个磁场，哪怕翻山越岭也仍然只能远观。关夕霏一直都懂这个道理，否则怎么暗撩了那么久的"小鲜肉"始终都对她没有非分之想，反而拜倒在一个普通N次方的行政小妹裙下。

"夕霏姐，能给我女朋友……哦不，老婆做伴娘吗？她很喜欢你。"老贾瞪着眼认真地问。关夕霏狠狠剜了他一眼，回道："一、把姐字去掉，多余。二、老婆两个字不用给我画重点，我不瞎。三、她很喜欢我，呵呵，那关我什么事。"

当然，以上都是她的腹稿，在对方真诚地说完邀请后，她就痛快答应了。

在喜欢的人面前，练就再强的武功心法，哪怕对方只是眨了下眼，也会被一招毙命，这个男生早已将关夕霏憋出内伤。她看着老贾，暗下决心：就再喜欢你几天，看着你 happy ending（幸福收场），我就置之死地而后生了。

老贾的脸逐渐放大，他的五官罢工式地聚拢，形成一个大大的囧字。而后关夕霏听见身下的尖叫，发现自己正趴在新娘身上，双手将她的头发薅成一团。酒精再度占据上风，她最后只记得自己搭着老贾的脖子，含混地告诉他：“我只通知你这一次，你要记着，可能我今后都没有勇气对别人说了……你，该娶的人是我……”话没说完，一杯红酒直接泼在她脸上，伴着一丝寒战，彻底断了片儿。

第二天醒来，她发现自己抱着垃圾桶，在自家公寓楼下睡了一夜。关夕霏拨弄着发丝站起身，脑壳生疼，眼皮一直灼灼地跳。她整理好狼狈的礼服，脱掉只剩一只的高跟鞋，光脚进了公寓大门，佯装镇定地跟门卫道了声早安。

在电梯里，她觉得胳膊酸，抬起来看到小臂上有一道咬痕，最后视线落在中指上，上面戴着一枚戒指。

“×……”她痛骂自己，戒指都给人抢来了。

关夕霏大闹老贾婚礼成了同事间八卦话题的榜首，关夕霏为此借口生病，休了一周的假。其间老贾打来电话，她为了掩饰那颗摇摇欲坠的自尊心，不要命地冲冷水澡，光着身子坐在窗台，就为了能适时地来一个喷嚏，赶紧挂掉。她幼稚地以为闯祸之后，变成弱势的那方就能得到同情，但其实犯了错的人，根本谈不上被同情，只能等待被原谅。再次上班那天，她做过最坏的打算，如果周遭再有异样眼光，就立刻辞职。

结果老贾的媳妇比她早一步，行政的位子上已经换了个新人。实习生都懂事，权当无事发生，倒是一直见不得关夕霏业绩比她好的波点女，穿着她标志的波点系裙装，煞有介事地关心："霏，还好吧？"

"啊？怎么了吗？"关夕霏反问。

波点女尴笑着说："哦，没什么。"

关夕霏说："你口红色号不错，链接发我一个。"

"……好的。"

一整天没见到老贾，关夕霏趁着晚上无人的空当把那枚戒指放回了老贾的抽屉里。笑话该结束了，不属于自己的，连带一声对不起，早日归还。还完戒指，关夕霏顿时觉得无比轻松，像刚从一场失恋里走出来，打算吃顿好的，买几件衣服犒赏自己。

刚坐上驾驶位，就被突如其来的射灯晃瞎了眼，她一只手遮住光，努力眯起眼，看见不远处站着一个男人。只听男人嚷了一声"下车"，就朝她飘了过来，没错，是飘的。关夕霏蒙了，旋即发动车，一脚油门踩到底逃离现场。

从后视镜才看清楚，男人踩的是一架平衡车。好死不死赶上大路堵车。"哪儿跑出来的疯子……"关夕霏面色沉郁道，狠狠向左转了方向盘。穿过逼仄的小巷，关夕霏来到一家便利店前，以为安全了，没想到男人突然出现在她的车头，她慌不择路，直接撞上了便利店的自动门，玻璃碎了一地。

关夕霏惊魂未定地从车里钻出来，举起自己的铆钉包试图防卫。只见男人掏出一把活动扳手，三两下就拔了两颗铆钉。关夕霏又脱下高跟鞋，男人手握鞋跟，咔嚓一声就给折断了。最后只能靠手，她一个巴掌下去，胳膊还没用上力，就被拦截在空中。两人一转头，对上便利店老板阴沉的脸。

于是关夕霏前半夜等着警察收拾残局，后半夜被便利店老板"拘留"强行消费。她落魄地卸下防备，看着眼前这个穿着一身邋遢米色工服，身上挂着手持射灯，包里装着一堆螺丝起子仪器的神经病，鼻子一酸竟然有点想掉泪。结果男人先发制人，号啕大哭，还拼命往嘴里塞关东煮。

男人说他叫张伟，已经在关夕霏公司等了她一周。他有一个在一起七年的初恋女友，就在他跟她求婚的当天，她撂下一条信息，和一个瑞士人跑了。而这一切都要拜关夕霏所赐。就是关夕霏这个恋爱调教师教她如何面对内心，勇敢说爱，让她圆滑的性格长出刺，将一只纯情小白兔变成满脸玻尿酸、一句话里夹带数个英文单词的海派甜心。

"不是我让她变了，而是那姑娘本就是这么一个人，你们俩不合适，你就算什么都不做搁那里杵着，她也嫌你碍着空气。"吃关东煮也吃成仓鼠的关夕霏含混地说。

"那她喜欢我的时候还总说需要我。"张伟还在挣扎。

"是她需要你的时候，才喜欢你。"

"我不管，我来找你，就是要让她永远需要我，你既然这么能耐，也调教一下我，让我追回她！"

关夕霏冷淡道："我求你了，我没让警察来抓你已经够仁慈了，咱俩，千万别发生交集。"

张伟操起扳手往桌上一摔，狡黠地笑了笑，说："女人无情，扳手无眼。"

关夕霏往后缩起脖子，努嘴说："我很贵的。"

"我有钱！包月！"

"你先把我赔人玻璃的钱还我，还有我车子的保养费，精神损失费……"

"砰"的一声，张伟掏出了另一个更大的扳手。

人的一生会遇到很多人，运气好的几个，名字会成为最短的咒语，深深种在我们记忆里。关夕霏的小学同桌，三姑妈家隔壁的儿子，奥数竞赛班最臭屁的男生，远在河北保定的老舅，还有公司的快递小哥，都排着队拿着爱的号码牌，惊艳了关夕霏的岁月，因为他们都叫张伟。

从又碰到张伟的那天起，关夕霏开始怀疑上天在她的命运里放了一台"张伟制造机"，就是动画《头脑特工队》里，不断生产男芭比的机器。从前的一批张伟倒下，新的张伟又会来。

此张伟是剧场的灯光师，从小看剧院演出就对演员头顶的追光好奇，人走到哪儿，一束光就追到哪儿。毕业后混过大舞台，也去过剧组，但受不住里面的风气，最后还是回到了小剧场。"灯光照不到演员，照的是人心。"他如是说。

他和关夕霏的第一次调教课就安排在了剧场，控制台的桌子上摆满了一堆零食，这些都是张伟的徒弟准备的，张伟叫他沙袋，人如其名，一个操着一口东北话的人形沙袋。张伟大的本事没教过他，常用一句"想学灯光，先把电学好"应付，对他呼之即来挥之即去，以至沙袋傻乎乎触电好几次，都弄不懂这玩意儿有什么学问。沙袋有个喜欢很多年的女明星，立过誓一定要娶她，但常被张伟埋汰，说他们没可能。

关夕霏将张伟情敌的资料摊在桌上，揶揄道："虽说知己知彼百战百胜，但你这直接输在起跑线，先不论种族质量，人在瑞士开滑雪场，业余爱好是收藏古董，多金又有情怀，你拿什么跟人比？"

张伟急忙辩解："我能把一切都给我女朋友，他能吗？"

关夕霏反问："那你知道你女朋友到底要什么吗？"

"要……要物质满足啊，要爱她，要安全感。"

"那是你以为的。是这个世界有多危险，还是你想当然觉得我们女人活该脆弱，找个男人就为了有个固定银行，每问一句'你爱我吗'就会收到一句标准回答的 Siri（语音助手）和二十四小时的保镖？"

"难道不是吗？"见关夕霏皱起眉，张伟吸了吸鼻子道，"现在说这些也没用了。"

"没用？你想要挽回一个人，首先要知道分手的原因。"

"原因就是她出轨了。"

"这是结果。"

"我能给的都给了，她还想怎么样?！"

"对方不要的你一味地给，和什么都没给是一样的，她根本记不住。"关夕霏随手拿起桌上的瓜子和花生，正色道，"女生想要瓜子的时候，你给了她瓜子而不是花生，那么你只是看清了第一重的她；你能一眼看出她什么时候想吃瓜子了，那你就进步了；最深的那重是，你要知道她为什么想吃瓜子，而不是一直傻乎乎地给她。你能给一切，但是她只要皮毛。离开需求谈供给的都是耍流氓。"

"那你们要什么可以直接说啊。"

"喏，这个跟考试一样，你明知道这张卷子就是你老师出的，可是你不会找老师问答案，只会猜，他这次会出什么题。"关夕霏讪讪地说。

"无趣。"

"那就不要爱啊。换一个直截了当的去爱。"

张伟一时语塞，皱了皱眉，拉住关夕霏的衣角朗朗地说："教我，老师。"

第二天关夕霏就给张伟报了冥想班。

"第一招，首先是心态，人在追求某样东西时，往往都伴着心急焦虑，更何况是追回原本属于自己的东西，更要保持从容。你要每天练习深呼吸和打坐，直到想起她和老外接吻拥抱，也能沉住气，告诉自己不是想与她频繁吵架又和好，而是认真在一起。

"第二招，你要了解她所有的自媒体，从小红书收藏夹到豆瓣看过的电影清单，事无巨细，这是为了重组她的形象，因为往往两个在爱情里的人，以为只要有爱就好了，很难看清真实的彼此。

"第三招，恢复联络，先从朋友圈点赞开始，刻意投其所好，但不用每条都怒刷存在感。你自己也要发朋友圈，但一定不要矫情，多发点积极生活，展示你自身魅力的东西。大部分女生都喜欢找存在感，她看到你没有她竟然过得那么好，越不爽越会假装大度给你点赞。破冰之后，你再主动聊天。最关键的来了，千万不要动不动烦她，每天形成固定的聊天时间，让她习惯那个时间段有你，你突然有天不找她了，她一定会不习惯的。"关夕霏咬着饮料吸管说。

"你慢点……"张伟的手机适时关机，备忘录记到一半，"没电了，把你的手机借我！"

手机直接被抢了过去，关夕霏问："你干吗？"

"用你的微信发给我。"

张伟火速打完字，关夕霏收回手机，正准备继续给他讲课，手机提示收到一条新的微信消息。点开来一看，是老贾发给她的，他说："我也想跟你聊聊。"

"张伟！"关夕霏咬牙切齿的一声叫唤吓得张伟的柠檬茶一下空了半杯。

张伟刚刚发的是"要每天固定时间聊天，让你习惯有我"，但是他发给了老贾。

"谁知道他会跟我用一样的头像啊！"张伟委屈地盯着暴走的关夕霏，"而且你改的备注是'坏蛋'，难道除了我，你还有别的蛋吗？"

关夕霏无言以对，在妄图关掉手机逃避之前，老贾发来新的消息："我要跟她离婚了。"

一整天的会议关夕霏都心不在焉，趁着中午游戏房没人，一个人躲在屋里玩 PS4（游戏机）。老贾端着她最爱的奶茶进来，清了清嗓子，轻声掩上了门。

关夕霏忘了那天他们聊了多久，想起来好像是他们认识后聊得最深的一次。若一个小男生的话题不限于兴趣爱好与诗词歌赋，而是撕开了真心给你看，那么恭喜你，你要么走到了他的心里，要么他只是将你当成可以把玩的陌生人。他们之前的闹剧注定无法假装陌生。唯有像老贾说的："不如我们试试吧。"

关夕霏反问自己：你相信吗，老贾说他其实一早就喜欢你了，应该是从第一次见面，聊浅蓝色底裤开始。有些话没有说出口，是以为你只把他当弟弟，以为你的那些明撩暗撩不过是职业病罢了。和那个行政小妹只是激素作祟的意外纯情，互相看顺眼，脑袋一热在适婚年纪就扯了证。在老贾看来，行政小妹更无限接近现实，恬静平凡，善解人意，你关夕霏年纪比别人大，顶多算是耐看，但就靠着这一身横冲直撞的孤勇，反倒成了老贾心中美好的幻想。

那场婚礼让老贾看到了关夕霏的真心，也让他真正的自己自由了。

关夕霏敛去了所有表情，冷笑一声，说："那我们挺像，工作的时候很狂，爱人的时候很傻。"

老贾仍然用那双闪着光的眼睛看着她说："所以我不想再傻下去了。或许是缘分，让我做了选择，但这是我做过最勇敢的事。"

关夕霏如鲠在喉，手柄从手中掉落。游戏画面里，盗车逃逸的主人公一直停在路中心，警笛声越来越近，直到被警察抓住，画面渐灰，系统提示，任务失败。

这究竟是失败，还是触底反弹。

关夕霏也不知道。

这天一大早，关夕霏按约定来到张伟家，门铃刚响了一声，门就开了，张伟如沐春风地站在门口，迫不及待地给关夕霏看他刚发的朋友圈，重点是一个叫 Cookie 的人给他点了赞，那是他的女朋友。他强调："你知道吗，她点赞的那颗心，不是赞美我发的文字或者图片，而是给我的肯定。"

关夕霏径直绕过他进屋，丢下一句："是啊，给你的是同情心，五毛一打，随机生成，遍地泛滥。"

张伟家里的装修现代明快，简单的两居室还算干净，至少肉眼所及之处没有袜子内裤横飞，倒是张伟这一身黑白横条纹 T 恤和黑白竖条纹家居裤十分辣眼睛，关夕霏按着脑袋说："你别乱动，我看你头晕。"

张伟席地而坐，乖乖地掏出手机，打开备忘录准备上课。

关夕霏曾经有个观点，挽回爱情，其实一定程度上也是挽回自己，因为大多数人在爱情里容易走向两个极端：一种是以为抠鼻屎撕脚皮打嗝放屁用力做自己，对方也会爱；另一种就是完全没有自己可言，为了爱丢梦想丢时间丢自尊。前者的结果是自己沉浸在爱情美好的乌托邦里，对方老早就去外面的世界喂马劈柴了；而后者，大概永远都找不到那个爱情的乌托邦了。

所以"让自己更好"其实是爱里的重点。

"想让一个女人爱你多一点很容易，身体和嘴巴实诚就好了，但爱你久一点，靠的是吸引力，吸引力没了，别谈相处，连对话都像是温水，不冷不热。你们刚谈恋爱那会儿，靠激情和多巴胺维持感觉，现在她会爱上另一个男人，那就是你没了吸引力，从今天起，学会制造吸引力。"关夕霏边说边把张伟柜子里所有不入眼的衣服都打包封箱，尤其是他那一堆同款不同色的工服，"首先不能允许自己丑。"

接下来关夕霏让他关注了好几个穿搭男博主，带他逛遍了潮流买手店，选了几套专配平衡车耍帅的穿搭，给他那些随时傍身的灯光工具换了个大牌双肩包，一番爆改后，关夕霏评价道："你有种现在流行的少年爹感。"

张伟不解地问："不是网上现在都讨伐爹味吗，怎么前面加个'少年'，气质一下子就阳光了？"关夕霏说："这个区别就是，喜欢你的反差，而不是差。"

为了激发张伟潜在的才艺基因，关夕霏还带他上了油画体验课、魔术体验课，甚至去了烘焙体验课。在张伟第五次打翻调色盘弄脏同班小孩头发，揭秘魔术表演被老师赶出来，以及差点炸了别人烤箱之后，关夕霏无比确定，他选择做灯光师真的非常正确，照亮他人，黑了自己。

"能不能让我做点正常男人会做的事？"张伟急了。

"那些你都已经做得很好了，不然你来找我干吗？"关夕霏反问。

"我就不明白，我怎么就没吸引力了。"张伟猛塞了一口烤扇贝，结果咬到舌头，痛得龇牙咧嘴的。

这家大排档叫单身食堂，是张伟和前女友 Cookie 的常年据点，老板朱哥也算是他们爱情的见证人。

"皮囊不保值，人跟人的竞争就得看点里面的东西。"关夕霏晃着吃了一半的羊肉串，说，"这么多天相处下来，你真的是个很无趣的人，脾气暴躁，固执，没个性，关键是没自信。"

"我要是有个性有自信，你就不坐在这儿了。"张伟抢过她的羊肉串，把签子折断，一脸猥琐地咬住羊肉。

"你看，还幼稚。"

后来这顿饭本可以在他俩有一句没一句的斗嘴中结束，奈何张伟这小子非要替天行道。他们身后坐着两男一女，桌上立着手机，女的是吃播主播，吃了两口，假装和同伴聊天，躲到摄像头外，将食物吐到准备好的垃圾桶里。其间，似乎被直播间的人看出端倪，说她没有嚼，嘴里的东西就没了，怀疑假吃。女人慌得连连道歉，操着蹩脚台湾腔"宝宝、宝宝"地叫个没完，吐槽是朱哥的手艺不好，还说到处都是苍蝇。

暴脾气的张伟当然没忍住，把手上筷子一摔，朝那女人晃悠过去，没好气地哼笑一声，说："小妹妹，仓鼠囤粮都还知道塞嘴里呢，你吃一口吐一口，身边垃圾桶都被你堆满了，苍蝇不叮你叮谁啊。"

女主播同桌的两个大块头听罢起身，踹开凳子。

按剧本惯用情节，接下来要么张伟被打个半死，要么他反手制敌，那俩男的跪地求饶，关夕霏已经气沉丹田做好了喊"你们不要再打了！"的准备，甚至就差先在手机上敲好 110 了。

结果刚等那俩男的站稳，张伟就顺势躲在了关夕霏身后。

关夕霏生无可恋，起了个准备战斗的范儿，那女主播直接将手机镜头对准她，嚷嚷着"宝宝们不要误会，这边有怪阿姨故意闹事哟"。阿姨两个字狠戳关夕霏痛点，反手就将手机一拽，俩人扭成一团，直到听见身后几声叫唤才停下手。只见张伟抱着俩大块头，见着肉就咬，最后一人捂着手臂，一人捂着脖子，痛得跪在地上，转而张伟又一个飞扑抓住女主播手腕，龇牙咧嘴作势，女主播"哇"的一声就哭了。

此时她的直播页面上，鲜花、飞机、游艇，各种礼物不断。

有人飘屏：现代丧尸66666。

仨年轻人落荒而逃，朱哥给关夕霏和张伟免了单，还送了他们几瓶酒，关夕霏见酒后怕，只敢喝一小杯，张伟倒是痛快，直接吹了两瓶。关夕霏嘲笑他："这咬人的功夫再多练练，说不定也是种吸引力，没人在家的时候把你放在门口，特别有安全感。"

他们互相碰杯的时候，忍不住都笑出了声，俩人此刻丑到一块去了。

与关夕霏分别后，张伟回到家，看见沙袋抱着行李箱坐在他家门口。一进家门，沙袋就开始脱衣服，滔滔不绝地讲他为了赢得和女神的见面机会，买了几百箱女神代言的饮料，只为收集隐藏款瓶盖，搭了半年的房租进去，只能来投靠师傅。累到变形的张伟此刻当然听不进他这些窝囊事，倒是沙袋最后自己把话题带偏了，因为注意到张伟嘴巴肿着，还衣衫不整。

"师傅，你跟谁亲嘴了?!"沙袋好惊诧的口气。

张伟闭着眼快睡过去。"俩男的。"

"哦……"沙袋默默地穿上衣服，抱了抱自己。

张伟躺在床上，举着手机在微信输入框里来来回回删改了好多遍，最后索性什么也不说，鼓起勇气分享了一首歌给Cookie。半分钟之后，微信提示音响了。

关夕霏被老贾的微信吵醒，亮起的手机屏让她不由自主地眯起眼，上面说："明天给我十分钟就好。"

一整天关夕霏都忐忑不安，她害怕如今"自由"的老贾不按套路出牌，哪怕她手里明明握好了炸弹，只要说，"我不愿意"，或许这场闹剧就收场了，但她心底却又病态地期待着什么，那些积累的不甘心急需找到归属。

下班后，关夕霏经过茶水间，老贾突然从里面打开门，将她拉了进去。关夕霏靠在门上，老贾保持着绅士的距离痴愣地看着她，一时气氛尴尬。

关夕霏先开口："只有八分钟了。"

"你是……讨厌我了吗?"老贾问。

"没有。"关夕霏很果断。

"那你要不要考虑，上次那个问题。"

"老贾，我没想过会变成这样，我不想伤害你们。"关夕霏越想越自责。

"可是已经伤害了，是你突然闯到我身边，我也想过不能对不起任何人，或者当作一切没有发生过，完成那场婚礼。但这真的太难了，我没法骗自己，我不过是个普通人啊，你可以说我自私。"

关夕霏看着眼前这个英俊挺拔的年轻男人，有片刻游离了，心底有个声音响起，她说："道理我都懂，请别拆穿我，我就犟一会儿，真的就一会儿。"

老贾的脸渐渐凑近，近到似乎能听到对方的心跳，然后是鼻息，关夕霏没来由地笑了一下，嘲笑自己，"你真贱"，但她真的就准备好迎上这个属于她的亲吻了。

茶水间的门突然打开，俩人迅速弹开，今日女主角登场——一脸诧异的行政小妹正巧来公司找老贾。三个人就此沉默，气氛跌至冰点。关夕霏实在受不了，嗳嚅一声，鞠了个躬为上次大闹婚礼道歉，而后落荒而逃。

除了那次喝断片儿的婚宴，她这辈子都没经历过这么尴尬的场面。

她车也忘了开，逃离公司后就一直在漆黑的林荫路上奔跑，像有花粉作祟，她觉得鼻酸，莫名地想哭，羞愧伴着不甘心，别有一番滋味。

关夕霏跑了不知道有多久，觉得累了才停下来。她双手撑着膝盖，弯着腰大口喘气，心里的乌云越积越重。适时一束强光射来，不远处的张伟正保持着招牌笑容晃着他的射灯。

他买来两瓶酒、一瓶牛奶，坐到关夕霏身边，将牛奶递给她："我记得你上次说不喝酒了。"

关夕霏接过来，抱膝坐着："你怎么在这儿？"

"剧场收工路过啊。"

关夕霏支着下巴颏儿呆呆地点头。

"不开心？我情商高，绝对不会问你为什么。"

"你情商高这个时候就别说话！"

张伟用指尖在唇间轻轻一滑，做了个闭嘴的手势。

隔了好一会儿，关夕霏柔声问："你追回 Cookie，是不甘心，还是真的爱？"

张伟紧闭着唇连连摇头，关夕霏翻着白眼将他嘴上的"拉链"拉开。

他认真地说："爱啊！是爱。"

见关夕霏又沉默，张伟举起手："换我问一个问题，你这个职业这么厉害，是不是无论喜欢谁都能搞到手啊，哪怕……完全不可能，比如对方无论如何都不会喜欢你的那种。"

"你要不要试试？"关夕霏问。

张伟机灵地护住胸，猛地摇头。

关夕霏冷笑："教别人容易，教自己难，做这行看得多了，会变得很现实，但凡苗头不对，就收回了所有热情。"

"太务实也不好，你这心啊，硬得跟石头一样。"

"张伟，我再教你一课，这个世界上有一些女人，外表看着柔柔弱弱的，但心很硬，也有一些女人，外表看起来无坚不摧，内心其实脆弱得不得了，但她们本质上都是一样的。无论是金钟罩还是铁布衫，都是为了保护内在的东西，谁都想在喜欢的人面前可以放下戒备，但谁也都害怕被掏空，被看得一清二楚，因为那样就给了对方伤害自己的权力。所以不要觉得女人为什么爱让你猜，爱问你相同的问题，因为就是想要感受到一个确定的答案，才敢一片片剥开自己这个洋葱。她问你什么，你得去思考她为什么要这么问，你想要什么样的幸福，就付出什么样的努力。"

所有道理，都可以不带感情脱口而出，背过的之乎者也再多，也敌不过用兵一时。这注定是一个有点沉重的晚上，两人吹着风，坐在路边一直聊到深夜。有好几次，关夕霏都不知道自己在说什么，那些陈腔滥调几乎成了惯性使然。

看透了很多事，一切就失去了意义，理解了所有人，自己就变得普通了。

接下来的一个月，张伟都没怎么和关夕霏碰面，一来是着急实践他所学的理论，二来是为年底剧场的大戏做准备。其间的某个夜里，张伟因为太累睡着了，以至忘记给 Cookie 分享歌，她发来消息问："为什么昨天没有歌？"两人你来我往地聊了一会儿，Cookie 主动提出："见面聊吧。"

张伟穿上关夕霏陪他买的灰色卫衣，搭配破洞牛仔裤，还让沙袋帮他抓了个发型，喷了香水，像要将自己进贡一样，端正地坐在素食餐吧里，以至 Cookie 差点从他身边走过，还是他轻唤了一声，Cookie 才一脸惊讶地落了座。

"这两天够折腾吧，我给你点了姜茶，加了红糖。"张伟得体地将准备好的热饮递给 Cookie。

Cookie 显然有点惊讶。

"这么多年，掐指一算就知道了。"张伟一副胜券在握的样子。

Cookie 低头一笑，开篇仍然免不了"最近好吗"这样的寒暄，张伟很聪明，将关夕霏教他的理论实践得恰到好处，只字不提过去，直到 Cookie 说最近去了瑞士，张伟的神经开始绷紧。他掩饰情绪，不问重点，就问那边风景好不好，当地人热不热情。倒是 Cookie 一直话中有话，总是提到"他带我……""他说……"，似乎刻意想让张伟问那个"他"。

"他说也可以请你来玩啊。"Cookie 继续发起攻势。

"我不爱旅游啊，你又不是不知道。"张伟强忍。

"他说要让我去瑞士。"漂亮的全垒打。

"你不是去过了……"张伟停顿，"'让'你去？什么意思？"

Cookie忽闪着贴着假睫毛的眼睛，说："就是……让我住过去。"

"你们……？"

"他对我真的很好。"

"比我好？"张伟瑟缩地问。

"你只说你想说的，做你想做的，也不管我要什么。"

张伟急了，辛苦佯装的形象出现裂缝："你要什么你说啊，哦不，你现在可以不用说，我可以感应到你想要的，我已经变了，不是你以前认识的张伟了。"

"我们已经结束了，唯一还留着一点好感，你不要抹杀掉。"Cookie很决绝。

"好好好，你别说这种话，"张伟把沙拉挪到Cookie面前，"我已经吃了一周的这个了，我能体会到你当初为什么爱吃素食，拉屎真的很通畅。然后我也买好了下午的电影票，是你喜欢的爱情片，我以前看这种片子一定会睡着的，但是我这段时间补了好多，只睡着了一次，还哭了一次，哭的那部叫什么来着，《时空恋旅人》。"

Cookie见到这样的张伟有些害怕。"你变得好陌生。"

"那我们就重新认识啊！"张伟握住Cookie的手说，"对你好不算什么，只对你好，才是真的。"

Cookie用力抽出手。"爱情可不是穿越电影，退回几年前，就能重新认识。现实怎么重新认识？你知道你最可怕的是什么吗，你太天真了，对所有的一切都理想化，好像所有事情都能被你玩弄在股掌之间似的，但生活的问题不是靠你在舞台后面照光的那两下子就能解决的。我要非常肯定，能看到未来的日子，不要总是听你一张嘴，看你一只手拍拍胸脯就好了。我和你提分手在前，喜欢上 Dannie 在后，我不欠你的。"

"你怎么不欠我，你欠我一句'我愿意'，欠我一场婚礼，欠我一整个未来呢！"

"呵呵，你明知道我们没可能了，还当着我朋友们的面向我求婚，你看看清楚自己，这就是你一直以来的自以为是！"

"关夕霏你认识吧，"张伟已经失控，"你是去她那里做的恋爱调教吧，就为了嫁给那个瑞士人，好拿那里的绿卡，过你看得见摸得着的生活？你也没那么高尚吧，看看你现在的样子，你比我想象的还脏。"

Cookie 端起桌上的红糖姜茶，朝张伟脸上泼过去，走之前，撂下一句："恋爱调教的前提，就是你要追回的人，不能讨厌你。"

张伟怒不可遏地大闹关夕霏公司的时候，她正在咨询室和客户聊天。把客户轰走后，张伟反锁门，对着关夕霏就是一顿劈头盖脸的指责。关夕霏当然错愕，完全接不上话，只能怔怔地看着他。

张伟说她骗了他，说这些恋爱经验全都是放屁，说她们这些女人全是佯装善良，说完放声痛哭，最后哭累了瘫倒在地上，像个孩子一样抽泣着说："我四岁的时候……还不会说话，我爸一直以为我有自闭症，所以可能现在大了，就变成了话痨，虽然我……嘴巴管不住，平时吊儿郎当的，但是……酷都是装的……爱，也没那么容易说出口，说了，就是要认真的。"

张伟像是个独幕剧演员，将台词一股脑说完之后，就起身离开了。第二天关夕霏收到张伟转来的一笔学费，再给他发消息时，他们已经不是好友了。张伟这个人真的就像是一个常见的姓名符号，粗鲁地来她的世界占据一小撮时光，然后不给任何通知，倏地一下消失了。

再见到张伟，是在两个月后。关夕霏路过剧场时，看到最新出炉的话剧海报，她依稀记得张伟提过为这场年度大戏准备许久，犹豫再三，还是买了票，前排靠右的位置。

她一落座就试图找张伟的身影，剧场不大，乌泱泱全是人头，没看见张伟，倒是见着了沙袋，沙袋也一眼见到她，大老远地晃着自己圆滚滚的身子朝她挥手。

剧场座无虚席，演员自然卖力，关夕霏注视着舞台上变换的光，以前她体会不到，但现在想想这忽明忽灭，是因为身后有人，灯光也一下子变得有温度起来。

话剧进入第二幕，整个剧场突然陷入一片黑暗，观众席议论声四起，起初关夕霏以为是剧情安排，直到听到有个熟悉的声音吼了声"备用电源在哪儿"，才知道是真的停电了。

台下观众素质还算高，没有恐慌离席，只是嘈杂声一片。看不清路，关夕霏打开手机电筒，猫腰钻出了观众席。

她来到控制台，看到张伟正火急火燎地和工作人员呛声。他接到的通知是，整个街道片区停电半小时，没有备用电源，甚至连舞台监督都不知道跑去哪儿了。关夕霏眼看着观众席越发躁动，这么下去后果不堪设想。职业病上身的她让沙袋召集所有演员，只要能唱能跳，能搞定不插电乐器的，候场准备听她指令。说着抓过张伟的手持射灯，牵着他来到台前，然后独自一人跑到台上，费力打开射灯，朝天花板用力晃了晃。观众的喧闹声渐弱，她清了清嗓子，朝观众席大声说："确实停电了，不好意思啊，接到最新消息，电工师傅还在吃最后一口涮羊肉，赶过来还要一会儿。"

观众席发出朗朗笑声。

关夕霏三两步跳下舞台，将射灯交给张伟，对他说："接下来，看你的咯。"

张伟悬着的心此刻才放下，他招呼工作人员拿出手机，配合他的节奏在舞台上用手机电筒打光，演员们轮番上来表演吉他弹唱、人声伴奏、街舞，瞬间变成了刘老根大舞台。

半个小时后，剧场重回光明，演员上台继续演出。演出结束，全场掌声不断，导演带着主创们登台致谢，还特意拱张伟上台，说他拯救了这场演出。从未站上舞台接受掌声的张伟畏畏缩缩地站在舞台中央，一只手止不住地搓着工服衣角，话都说不清楚，只是不停地道歉。伴随着观众的欢呼声，他看了眼坐在观众席上的关夕霏。

关夕霏会心一笑。

忽晴忽雨的江湖，我负责儿女情长，英雄让给你当。

夜已深，剧场外只有一盏路灯亮着，关夕霏和张伟并肩坐着，俩人脸上笼着柔光，眼里的对方都是毛茸茸的质感，温柔美好。关夕霏说："你刚刚干吗一直道歉啊，人应该为自己做错了的事道歉，不是自己的问题，不能随便认错，也不能随便替别人认错。"

"那如果是跟你认错呢？"

关夕霏微笑道："这个我接受。"

"谢谢啊。"张伟突然正色道。

"干吗？"

"所有事，你懂的。"

关夕霏似懂非懂道："所有事……都还好吗？"

"她出国那天给我发了个消息，那个老外和她求婚了，她说，谢谢我成全了她。"张伟撇嘴道，"讽刺吗，你觉得？"

关夕霏努努嘴道："你没骂回去？"

"人都给我说谢谢了，还怎么骂回去啊，小时候思想品德老师白教了吗？"张伟冷淡地笑笑，"我就心平气和地给她回了个消息，'他方天气渐凉，前途或有风雪，望珍重'。"

"什么时候变得这么有文化了。"

"抄的，"张伟吐了口气道，"发完我就轻松了，感觉一下子明白了许多。"

"怎么说？"

"说服一个人是最傻的事，我做了这么多事，不都是在试图说服她，说服自己吗？爱啊，反正生不带来死不带去，就别给自己添堵了。"

关夕霏大笑起来："这种大道理跟你的脸严重不搭。"

"那我该怎样，我这脸就只配傻追前女友吗？"张伟自嘲道。

"那还是可以照亮他人的，你多油啊。"

"去你的……话说你也有喜欢的人吧？"

"你话题转得太硬。"关夕霏撇过头。

"得了，上次我就看出来了，人不就是为这些个破事不开心。"

关夕霏无言以对。

"沉默就是答案。"张伟微微挑了下眉。

"我也不知道，他比我小很多。而且你相信吗，当初我还大闹他的婚礼，很狗血的是，我是伴娘。"

"你还真是个大反派啊，那敢情他这是斯德哥尔摩综合征啊。那你们现在是什么进度？"

"我以前是喜欢他的，现在……不知道我们还合不合适，我看到的可能也是我脑子里美化后的他。其实我们并没有多么熟，万一他是变态呢，万一他是妈宝呢，家里人会不会又安排一个别的女人给他，万一……"

"会说那么多'万一'，你跟我也还是一类人啊，我看你们这职业，其实就是个幌子，因为自己爱不上恨不得，就假装好像很了解我们似的。"

"也许吧……都是自以为懂。"

"你知道吗，我们做灯光师的，顶上打下来的光不一定都是我们在追人，很多时候程序写好了，都是电脑控制，所以演员要事先照着排练的节奏追着光圈走，所以是人在追光。爱情这东西，都是身不由己，没有专家，没有经验，只能追着它走。"

俩人一人一句地互相开导，后来是张伟觉得这样的对话太做作，要做点野蛮人类该做的事，于是教关夕霏玩起平衡车。

关夕霏踩在平衡车上，完全找不到支点，也不管张伟教她重心向哪边，全凭蛮力。离开张伟的保护区，刚找到了点感觉，关夕霏就得意忘形，左腿稍微用力，玩起了转弯，结果转过头，脚下失去平衡，身子就径直朝路边栽了过去。

好在被张伟用手臂撑住，拦腰直接给她来了个公主抱。两人有个慢镜头般绵延的对视，张伟手心浸出汗，关夕霏粉白的脸上也泛出红晕。

平衡车委屈地撞到树上，发出声响。

张伟二话不说甩她下来。"哎呀我的 Jack！"

"怎么它还有名字吗?!"关夕霏整理衣服,翻着白眼说,"好冷,早点回家吧。"

那夜特别漫长,关夕霏辗转反侧睡得不踏实,在第三次惊醒后,满身大汗,可能是地暖太强,彻底睡不着了。

想起爱得最深的那段关系,在终于可以修成正果的时候,那个有点家底的男方家人找了个大师算命,突然塞给他们宝贝独子一个八字更适配的适婚对象,妈宝男友竟然接受了这离谱的设定,提了分手。那些甜蜜回忆如同过眼云烟,那男的突然消失在关夕霏的世界里,真的是消失了,删了她的微信,连微博都注销了,决绝得像是得了绝症故意演这一出似的。要不是她偶尔从家里翻出以前拍过的拍立得,还有褪了色的双人电影票根,以及不到一年,听闻他其实回东北已经结婚的消息,她都怀疑前面这些年两个人之间发生的种种事情是不是自己幻想的,这个男人根本没有存在过。

关夕霏用了好长时间习惯被抛弃的事实,被留在原地的人最需要心理重建,她被检查出抑郁,吃药反而吃成双相,情绪大起大落,在第一百次重复将书架上的书翻倒在地上,然后又一本本整齐码好后,决定想要自己写点东西,从公众号开始,以一个情感专家的身份杜撰那种"知音体""故事会体"的都市狗血故事,最终还成了情感经历并不丰富的爱情调教师。

这些年,她看到帅哥仍会花痴,包括喜欢上老贾,过往的沉重的打击并没有让她丧失爱人的能力,但是重复让她经历爱而不得的体验,她最害怕的,是这个。

天光将亮未亮,关夕霏觉得胃里空,便早早起床给自己做早餐。

今天要去见老贾，在一家刚开业的 VR 体验馆，老贾知道她喜欢打游戏，早早就订好了票。关夕霏还记得两个月前在公司的尴尬场面，后来老贾还找过她几次，信誓旦旦地说会处理好他们之间的事。关夕霏留存着一点侥幸，奖券只露出"谢谢"，没有刮出"惠顾"两个字，她就真的不相信，自己的爱情轨迹全无幸运二字可言。

老贾早早就到了体验馆，拎着一袋子东西像是小学生春游似的，怕她渴，准备好了水，一瓶纯净水，一瓶饮料。怕她饿，专程排队买好了网红面包。俩人玩同一个丧尸游戏，分为 A、B 角，关夕霏戴着厚重的 VR 头盔，转不开身子，只见老贾在那个虚拟世界里像开了挂似的奋勇杀敌，关夕霏来不及反应，老贾疾步转身一箭射死了张着血盆大口的丧尸。有那么一瞬间，关夕霏内心的警示灯灭了，享受这种久违的被保护的感觉，她似乎立刻就想解甲归田，不要什么女强人设定，也不需要那些敝帚自珍的自尊心，哪怕可能会重复受伤，也想依靠他。美梦还没做完，思绪先被脚下的红色高跟鞋打断了，没想到今天会有这么大的运动量，鞋跟与鞋身分了家，小腿失去支点，跟跄地跌了下去，不负责任的幻想至此结束。

第二天刚到公司，关夕霏发现桌上有一个巨大的礼盒，她迎着同事的眼光打开，是一双黑色亮皮面的高跟鞋，翻到鞋底，红底的，同事无不发出惊叹。她愣了愣神，余光朝老贾的办公桌看，老贾送她一个饱含深意的笑。

"你们小年轻有几个钱就臭屁。一双红鞋换一双红底鞋，我赚了。"关夕霏挑着眉发了条消息给老贾。

"要这么算，你栽在我手里，是你赔了。"

挺别扭，挺不像浅蓝小内裤会说的话，但是挺幽默，挺会撩的。

关夕霏暗自想。

好像一切，朝一个意料之外但又符合情理的方向发展了。

张伟打死自己也不会想到，关夕霏竟然出现在自己清晨的梦里。梦境像是加了一层美颜滤镜，关夕霏穿着一件男款白衬衣，露着两条纤细的长腿，站在窗前吹头发，张伟的视界像个镜头，对着她定焦拍摄，撩人之处再自动变焦，画面越来越近。

沙袋的敲门声将他吵醒，醒来后，他深感遗憾，转念想又万分惊悚。沙袋更惊悚，脸上淌着汗，急匆匆地将手机放在张伟耳边。

看过那么多剧场，照亮过那么多演员，张伟一直有个半大不小的梦想，能去国外的剧场镀金，揽回一身经历，或许是对这个职业最完美的交代。剧场停电那次，伦敦 New Diorama Theatre（剧院）的艺术总监 David 刚好坐在台下，他曾经在中国住过八年，中文非常流利，也深深挚爱中国文化，这次来是准备邀请当晚那场话剧的主创团队去伦敦演出，还特地点名了张伟。看到作为灯光师的张伟完美救场，David 撂下结论："没有你就没有那次精彩的演出。"

给张伟饯行那天，关夕霏被灌醉了，起初张伟还在酒里给她加一点冰红茶，后来喝高了，就直接给她纯的。沙袋和张伟的几个同事坚挺了上半场，最后只剩他和关夕霏两人还在来回说着胡话，边说边喊渴，把酒当水喝。

"你明天几点的飞机？"关夕霏理智余额不足。

张伟看看自己光秃秃的手腕道："早呢，八点。"

"……晚上？"

"当然是早上！早班机便宜……"

"哦……"

"等一周后我再回来，哥……哥们儿我就是镀过金的了，今后射灯得换个贵的。"

"你最好别回来了。"

"那你别哭啊。"

关夕霏正想顶回去，手机响了，一看是最近难缠的客户，不敢不接，用力眨巴眼，保持清醒向对方问好。电话里一个声音沙哑的中年男子说他终于鼓起勇气向女神告白，现在女神就在外面，希望关夕霏能教他几招。关夕霏不胜其烦地闭上眼，努力拼凑着句子，让大叔听好，她说一句他学一句。

"没有那么喜欢你的时候，我不会开口……既然喜欢了，我就准备好，彻底闯进你的人生。嗯……"缓缓睁开眼，正好对上张伟的眼神，关夕霏结巴了一下，旋即又细声说道，"我不会说什么甜言蜜语，世上那么多漂亮的话……说给自己听就好了……我只说一句，我要的很简单，正好你也不复杂，如果一个人等得久了，要不要试着两个人生活？"

说完这番话，关夕霏紧闭着嘴看着张伟。嘈杂的包房瞬间安静了，安静到似乎能听见自己的呼吸声。

电话那头大叔正焦急地喊着慢点，记不住。张伟的视界里，关夕霏的脸蒙着一层雾，他泛着红晕的脸上漾起一阵傻笑，陡然大声："别抿嘴，看着怪心动的。"

关夕霏一身反骨，立刻张开嘴，又觉得姿势太羞涩，再闭上抿住，怎么都不对，索性用手捂住了嘴。

"你喝醉了。"俩人异口同声，好像有什么东西借着酒劲儿慢慢发生变化，像是一种说不清道不明的惺惺相惜。

此刻电话那头的大叔心在滴血。

喜欢一个人真的是一瞬间的事，可能某天他穿着一件你喜欢的衬衫；或者她卸了妆，围着围裙在厨房里做饭；或者只是在一个还算不错的天气里偶遇，彼此心照不宣地一个点头。

张伟被沙袋扛上了飞机，到了伦敦就开始不停拍照片发给关夕霏。嘚瑟地抱着他的招牌射灯在各个地标跳跃，在剧院各个角度自拍，和剧院投资人合影，以及拍下一大袋买给她的礼物。

其间老贾来找关夕霏，她连忙放下手机，老贾问她："看什么呢？"她笑答："没什么。"老贾趁同事们不注意，在上衣口袋里假模假式地掏东西，伸出手，做了个"比心"的手势。关夕霏偷笑道："过时了。"

"快接收。"

"无聊。"

"快点，你抓一把就好了。"

关夕霏无奈地刚想伸手抓，老贾突然收回手，然后朝旁边努努嘴，示意有同事过来了。关夕霏笑着朝他摆摆手作罢，等老贾三两下蹦跶走后，她敛去笑容，重新滑开手机，心口闷闷的，莫名有些低气压。

演出当天，关夕霏算着时差第一时间就给张伟发了"加油"的表情，但他一整天都没有回复。第二天深夜他发来消息，说："行程有变，要多待几天。"

这之后关夕霏每天的日常就是不自觉地看手机，但张伟没再联系过她，有好几个瞬间，那个失联男友的糟糕感受上头，她连做好几个深呼吸，安慰自己想多了，他们只是朋友，但她仍然不敢再主动发点什么过去，害怕看到那句"……开启了朋友验证，你还不是他（她）的朋友……"。

直到微博上一个以第一人称写的真实故事打破平静，女主有一个很爱她的老公，却被同公司的大龄未婚女三番五次地撩拨，潜心计划破坏他们的婚礼，抢走自己的男人。还将他们公司的调教师业务，以及公司名以谐音哏的方式都写上去了，明眼人都知道这是那行政小妹发的。老板知道这事之初还帮着关夕霏说话，这种小人作为不会成气候，结果到了晚上，文章被做成长图和视频传到了各大社交平台上，狗血程度惊艳了一大拨吃瓜群众，大家随手转发正能量，热度瞬间爆炸。

第二天，大家到公司的时候，别墅门上被泼满了红漆，墙上贴满了不堪入目的大字。同事们议论纷纷，关夕霏不动声色道："这是可以报警的吧？"

波点女终于有机可乘，端着咖啡晃悠进公司，说："夕霏，你能不能把这个事解决了，这么闹下去不是办法啊，我们还敢来上班吗？"

"我什么都没做，你让我解决什么？"

"当初可是你闹了人家婚礼的。"波点女的下属站出来帮腔，"现在整个公司被你害惨了。"

"我闹婚礼和她要整公司是两件事，我承担不了这么大的责任。"关夕霏愤愤道。

"你倒是分得清楚，人家新娘都说了是你去勾搭贾成安的。"

老贾的名字被解锁，关夕霏欲言又止，她微微侧身，寻找老贾的身影，指望着老贾这个时候能站出来说些什么。当她终于与老贾四目相对时，本以为这个可以在游戏里帮她挡丧尸的男人会是她的救命稻草，结果老贾却慌张地避开了她的视线。

到底还是个孩子。

"做错事要认啊，"波点女起了范儿，"你自己做调教师，喜欢不敢说，在人家婚礼上闹，这不是笑话嘛。还选个比自己年纪小那么多的……"

"所以拿红底鞋炫耀呗。"下属帮腔道。

波点女拍了拍下属，转而继续对她揶揄道："霏啊，我们没恶意，也管不着你喜欢谁，其实说到底，主要是为了公司考虑。咱这行算是新生的创意行业，特别经不住摊出来让大家讨论，网上都是非黑即白的，谁给你机会啊。你要给公司想想办法呀，我要是你，赶紧认个教训先躲躲，把火力带走，别连累他人……对吧。"

其他同事不说话，连一向偏心她的老板也回了自己的办公室。沉默也是温柔一刀。

"人都挺齐啊。"张伟的声音出现在人群后面。

见到张伟的那一刻，关夕霏眼睛瞬间红了。如同红海遇到摩西手杖般，围观同事向两边退开，张伟径直走到关夕霏身边道："来晚了。"

他背上关夕霏的包，牵住她的手，正色道："外面我会请阿姨来打扫好，肯定比你们家都干净，至于剩下的事，也请各位别往心里去，你们喜欢一个人脑袋犯浑的时候也干过不少荒唐事吧，看过了笑笑就好。该我们负的责任，澄清的事，我们一个字也不会少说。不过我还真不太喜欢你们这些在公司上班的人，看着人多势众的，出了岔子就成满天星了，没点人情味。哦抱歉，还没跟各位介绍，鄙人姓张，单名一个伟，名字随便，人也挺随便的，不怕的话可以给你们随便看看。如果没什么事，我女朋友我就先带走了啊。"

波点女和她的下属被堵得哑了嗓，没敢再讲话。

张伟牵着关夕霏一步步下了楼，四下无人，关夕霏忍不住掉了泪。怕她这股气泄掉，张伟轻轻使了使手劲儿，关夕霏会意，用力吸了吸鼻子，抹掉眼泪，昂起头。

来到门口，老贾叫住他们，狼狈地跑了过来。

"就是这个人吗？"张伟上下打量他。"是挺嫩的，成年了吧？"

"我能单独跟你谈谈吗？"老贾满脸忧愁地望着关夕霏。

关夕霏让张伟先去一边，她倒要听听老贾还能说什么。

老贾埋下头："对不起……"

"婚礼的事，还是要正式说声抱歉，"关夕霏打断他，"这下我们也两清了。"

"我高估了自己，我以为我能处理好的。"老贾投降。

"以前写公众号的时候，我就在想世界上如果有一种手术能让我变成我喜欢的人喜欢的样子就好了。到现在我才发现，你们这些男的，都不配我喜欢。"

"我知道我胆小，我不行，那你改造我吧！"

"男的怎么能说自己不行呢，你那么厉害。"关夕霏哼声道，"我这个工作呢，每天都在试图让人们去讨好另一个人。站在上帝视角教了别人那么多方法，自己却没一条适用。我们都不聪明。"

老贾突然哭了："我真的很喜欢你……我怎么感觉我什么都没有了。"

"你不是喜欢我，你就是喜欢这种冲动。你还年轻，试错机会多，没拥有什么呢，谈什么失去。姐姐你还惹不起，长个儿年再说吧。"

"你要走了吗？"老贾抹掉泪。

关夕霏点点头，周身轻松，转过身，对过去的玩笑一鞠躬。

关夕霏推开门，有雪花灌进来，这个冬天的第一场雪。

别墅外，关夕霏将下巴缩进围巾里，头发上已经落满了雪花，张伟将自己的毛线帽给她戴上。两个人面对面挨着，呼吸的热气落在彼此脸上，气氛暧昧。关夕霏抿了抿嘴道："谢谢啊。"

"上次你在剧场帮我一次，还上了。"张伟搓搓手，放进口袋。

关夕霏踩着积雪，恍然道："这几天你死哪儿去了？"

"哎呀，别提了，大老远飞伦敦，结果是换了个地方给人当牛马去了。"

"哦……"关夕霏大步向前，"我就是问问。"

"剧场停电那次，那个艺术总监的票是Cookie给的，这个机会是她背后帮我引荐的。我只是不想欠她的，就答应在伦敦多演几场，那边的设备跟我之前用过的不一样，很多地方需要学习，我要证明我们灯光师的能力。"张伟摩挲着肩膀绕到她前面，讪笑道，"看来我没那么差，还是值得被关心的哟。"

"什么话，很多人在乎你好不好。"关夕霏急了。

"我家人常年放养我，除了沙袋那小子，又没几个朋友，还有谁啊？"

他故意的，关夕霏不搭理他这茬。

"刚刚也不知道是谁在我面前掉眼泪。"张伟嬉皮笑脸道。

关夕霏睨着他狠狠呼了团白气。

张伟撇嘴道："这大雪天的，我刚回来就帮你解围，还莫名其妙多个女朋友，就这态度啊。"

"得了吧你，话说不了两句，还学偶像剧乱认家属，可委屈死我了。"

"你这人就是前后矛盾，又在乎，又嫌弃，你到底在想什么？"

"谁在乎你了……"关夕霏狠狠掐了一下张伟的脸，"你最好别再给我玩消失。"

张伟抓住关夕霏的手，俩人看着彼此，眼神融在细密的雪花里。有些话不用再继续说明了，心领神会，点到即止。

关夕霏一语成谶，雪停那天，张伟再次消失。关夕霏冲到张伟家的时候，沙袋正在一台不知从哪儿弄来的跑步机上跑步，可能是运动太大，整个脸都红扑扑的。关夕霏没空管他，质问张伟的去向，结果得到了一个她完全想不到的答案。

沙袋说："其实师傅第一次演出之后哈，那个老外总监就直接聘用他在伦敦工作了哈，师傅终于实现梦想了哈，应该就不回来了哈，可能梦想还是比你更有吸引力哈。"

沙袋气喘吁吁地"哈"了好几次后，被关夕霏从跑步机上拽下来，痛扁了一顿。关夕霏让他转告张伟："我顶天立地，一个人过得非常好。"

仿佛是经历一次轮回，张伟的朋友圈不再更新，消息发过去，对方也再无回应。那场雪里的对话仿佛是一场迷幻的梦，两个人并肩走着，温度降至零下，心是热的。可惜心跳声停在了故事还没开始的时候，那些在关夕霏的过往生命里占据过一小段时光，却又不再有瓜葛的"张伟"，真的只是变成了一个名字。

微博上文章的闹剧三两天就被网络遗忘了，行政小妹也没再乱写什么，关夕霏发布了道歉文，解释整件事的来龙去脉。关夕霏辞职那天，尽管波点女和一些同事还是一副假惺惺的样子，但不影响她大大方方地告别，这世界脸皮厚的人笑到最后。

走之前，关夕霏还是决定与老贾说声再见。老贾见到她有点手足无措，摆弄起桌上的东西。

"你不用紧张。"关夕霏神情自若道。

老贾欲言又止，随后柔声道："祝你幸福。"

"你也是。"关夕霏朝他笑了笑。

"他应该是个很适合你的人。"

"噢……"关夕霏微笑不语，视线被他桌角的一棵装饰小树吸引，树枝上挂着一条银链，底下串着的戒指正闪着光。

回忆被拉回了几个月前，大闹老贾婚礼宿醉后的她，中指戴的就是这枚戒指。

"哦，这东西放我这儿好几个月了，也不知道是谁的。"老贾见她看着戒指出神，解释道。

一道晴天霹雳，关夕霏惊道："这不是你的?！我……我第二天醒来发现在我手上，我以为是我从你们那儿抢的，就放你抽屉里了。"

老贾摇头道："你那天闹完就一个人跑出去了。单颗美钻，这是求婚戒指吧。"

关夕霏一只手按住额头，眼角余光落在小臂上，当初那个莫名的牙印好像渐渐浮现出来。脑中像蒙太奇，迅速被几个零散的画面覆盖，那晚在朱哥的大排档，张伟靠咬功教训了几个年轻人。第一次见到张伟，他嘴里满是关东煮，哭着说连求婚都失败了。最清晰的画面是自己穿着伴娘裙在雾霾笼罩的街头奔跑，头发凌乱，脸上的妆容已经被眼泪浸花。借着酒精壮胆，她来到人群中心，有个穿着工服的男人正单膝跪地向女方求婚。天色已晚，从她这个角度来看，只觉得女生眼熟，鬼使神差地认定那个女生就是不爱他。于是她直接跑上前去抢过那个男人的戒指，大吼道："别白费力气了，咱们都别白费力气了！"

过程中小臂被那个男人狠咬了一口，关夕霏感觉不到痛，她只想将这枚戒指抢走。心底被伤害过的那个敏感小孩，因为自己爱而不得，平等憎恨所有情侣，她好期待拥有一枚戒指，期待喜欢的男人能单膝下跪，期待有人说了爱就是爱，永远不会离开。她真的，太寂寞了。

关夕霏冲出人群，钻进停在路边的空车，大声命令师傅将油门踩到底。

那个男人就在车后拼命追，直到消失在雾气里，关夕霏正过身子，靠在椅背上，太阳穴突突跳得疼。她像个打完胜仗凯旋的女战士，带着满身酒气，将戒指套在中指上，然后沉沉地弯下腰，头埋进裙子里，看不出是在哭，还是真的累了。

思绪回到现实，关夕霏来到公司楼下，她深吸一口气，再次拨通张伟的电话，仍然是熟悉的忙音。

坐上车，她戴上那枚戒指，连接蓝牙，播放舒缓的轻音乐，刚想转动方向盘离开，发现自己所在的车位，就是当初遇见张伟的位置。接下来，应该有一束刺眼的强光才对。

别幼稚了。

她开到主路上，突然掉头，车子又开回了当初那条逼仄的巷弄，最后停在那家便利店前。

便利店换了新的自动门，走进去的时候，会有清脆的"叮咚"一声响，她克制住胸腔强烈的起伏，在货架间失神地走了几个来回。最后到前台，买了份关东煮。

老板全程冷面，没有说话，好像不记得她了。

关夕霏坐在桌前，木讷地一口口咬着鱼丸，不知不觉吃了满满一嘴。故事开始的时候，明明是两个人坐在一起，快结束了，只剩下一个人。

"你那个男朋友呢？"老板突然出现，递了张纸巾给她。

"他……不是……"关夕霏鼓着嘴很难说下去。

"喏，还不承认，所有小年轻的故事，都是这样发生的，两个人有缘，观众一眼就能看出来，不然哪儿有你们说的那个什么词——相遇，多美好啊，某一时刻的某一地点，两个人同时看见对方。这是老天爷花了很大的力气，才能成全的奇迹啊。"

"那他还是走了。"关夕霏声音有些发涩，撇起嘴对着面前的关东煮一通数落："看看你多不是男人，我又不会吃了你，没说一定要在一起啊，好好告个别不行吗？垃圾！爱跟谁玩跟谁玩去！"

老板静静地看着她，像是知道她会说什么做什么似的。

关夕霏看到手指上的戒指，终于绷不住，觉得胃里恶心，咧着嘴，落下几滴泪。

哭得太丑了，是因为真的好难过啊。

爱情到底是什么？李宗盛给过的答案，是精神鸦片，还是世纪末的无聊消遣。咬文嚼字地想，恋爱中的人，"你"和"我们"的占比总会渐渐大过"我"，自己一无所有，还在拼命向外给，难怪会失望。有一个很哲学的说法是，得到一样东西的前提，是自己有。包括爱。

那晚的关夕霏非常明白，她应该是失去张伟了。她必须为所有还在单身的女性表个态，不是不想爱，而是宁缺毋滥。不是不害怕孤单，而是已经习惯。不是不羡慕街上的情侣，而是一直在等。等了那么多年，嘴硬说自己过得挺好，但心里遗憾的是，时光清浅，始终一个人。

辞职后的一周，关夕霏决定先不急着找工作，而是早睡早起，开始练八段锦，戒掉咖啡开始喝茶。

关夕霏看到一条视频，是当红女艺人的品牌代言活动，沙袋抱着一箱子瓶盖上了台，脸红得快烧开了。画面又好笑又有点感动，而且沙袋好像真的瘦了。

她想起沙袋前两天给了她一张他们剧场新的戏票，时间就是今晚。关夕霏赶到时，剧场几乎满座，她绕过人群，坐在第二排的中央。

话剧结束，演员和主创谢幕后，幕布迟迟没有降下来，场灯明灭间，工作人员推上来一扇粉色的门。一束追光滑下，门打开了，里面竟然是一块 LED 屏幕，播放着伦敦的街道，还有行人在打招呼。

关夕霏觉得很可爱，偷偷举起手机拍了段小视频，发了条朋友圈：任意门，带我走。还在等着信号变强的空当，自己的照片突然出现在任意门里，吓得关夕霏差点将手机甩出去。

接着屏幕上出现了张伟，他正站在伦敦的地铁站标前，说："有没有很想我？"

准备离场的观众们都很诧异，只有关夕霏捂住嘴，眼眶被熏红。

张伟煞有介事地清清嗓子："有段话我憋了很久，但我觉得有必要正式地说一次。"

"没有那么喜欢你的时候，我不会开口，既然喜欢了，我就准备好，彻底闯进你的人生。我不会说什么甜言蜜语，世上那么多漂亮的话，说给自己听就好了。我只说一句，我要的很简单，正好你也不复杂，如果一个人等得久了，要不要试着两个人生活？"张伟停顿片刻，微微扬起头道，"一字不差吧，关夕霏。"

关夕霏的眼泪不争气地往下掉，她似乎感觉到观众的目光在自己身边来回扫射，往后缩了缩身子，用手机挡住哭花的脸。

这时台上的任意门突然关上，所有人都在等待下一秒会出现什么，关夕霏也死死盯着，直到那扇门重新打开，门后是空旷的舞台。

此刻她很想骂脏话，暴躁地滑开手机，她看见朋友圈有一个提示，点开来，是张伟点了赞。

关夕霏的手开始抖，她快速点开张伟的对话框，发了一堆表情过去。

"老师你之前教的方法有问题啊，"张伟的声音突然从耳边传来，吓得关夕霏一哆嗦，转过头，迎上了那张出现在梦里的脸，张伟和颜悦色道，"我给喜欢的人点了赞，她干吗那么着急给我发消息啊？"

"因为你欠揍！"关夕霏狠狠摔下手机，对着张伟就是一顿揍。在场的观众们一片哗然，不知道是谁先带头领了掌，竟然很多人开始鼓掌。

张伟追着关夕霏到散场口："你听我解释……"

"我不想跟你同框。"关夕霏快步向前。

"手机被偷了，手机卡我在国外不会补办啊，然后登微信又要手机验证，是沙袋跟我说你状态很好，我就想说，不如用你教我的招数套路你，让对方习惯一段时间有你，等有天你不在了，对方肯定会不习惯的，感觉少了些什么，然后激发浓浓的爱意。刚好我先打完伦敦的工，等回来给你个惊喜。"

"哎哟，好厉害哟，直男的档次就是被你这种人拉低的。"关夕霏指着张伟厉声道。

张伟委屈巴巴地说："别啊，你不喜欢我了吗……"

"我再爱男的我是狗。"关夕霏边说边在停车场找车。

"关夕霏，我诚意追的！爱我一下好不好？"

"滚。"关夕霏打开车门，上了车。

"别这样，大家都喜欢看 happy ending，有情人终成眷属。"

"眷你 ×，你问问观众答不答应！"关夕霏关上车窗。

"他们在点头！"张伟双手扒着车窗，一脸虔诚。

关夕霏忍不住笑场，拍他的手。"你松开！"

车窗关上，车子启动，张伟狼狈地跟在后面跑了几步，此刻他记忆上头，感觉当初月黑风高，有个看不清脸的疯女人抢走他求婚戒指的那一幕，与现在形成了强烈的 call back（呼应）。

一定是老天爷的暗示，此时他决定先回家找 Jack，然后踩着它打着灯去追爱。

时间拨回一天前，张伟终于按约定时间完成了在 New Diorama Theatre 的演出。

艺术总监 David 问张伟："你说上次回中国是想确定一件事，怎么样，考虑好了吗？"

张伟说："无比确定。"

David 点头道："那我们可以签录用合同了。"

张伟退后一步，说："谢谢 David 先生，抱歉我无法胜任您给予的职位，我无比确定，我得回国。"

David 很惊讶地说："你要考虑清楚，这是我们第一次跟中国的灯光师合作，也是你的第一次，这个机会不是谁都可以得到的，这和谈恋爱一样，初恋很重要。"

张伟笃定地说道："很多事不是第一次最重要，而是最好的那一次。"

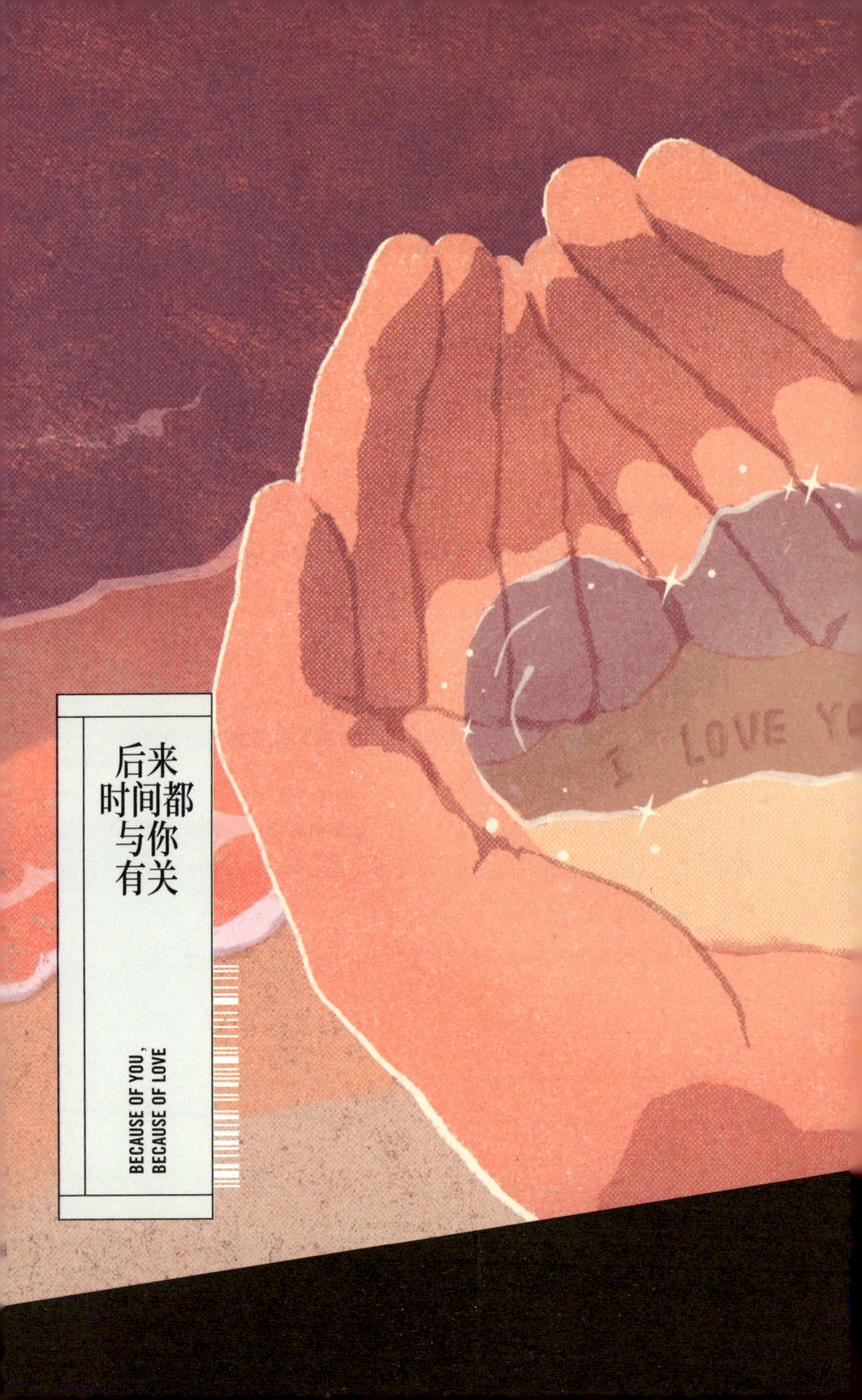
后来
时间都
与你
有关
BECAUSE OF YOU,
BECAUSE OF LOVE
I LOVE YO

不想我们只是朋友

我们本可以在一起，
才最叫人遗憾。

类型：青春 / 校园 / 爱情

不想我们只是朋友

肥羊何许人也？

苗苗班抢饭抢被子抢玩具小能手。

小学绝不姑息忘戴红领巾校徽迟到行为"纪检处"三道杠大队长。

初中省级短跑长跑接力赛长腿冠军。

高中发育过快波涛汹涌刀子嘴匕首心大姐大。

进大学第一天，就靠她一刻不停的嘴巴以及夜跑后在寝室里裸奔的胸怀，轻度聊骚，重度撩妹，将寝室里三个妹子招进"后宫"。嗓门最大的叫COCO，胆子却小到可以忽略这个器官，人生永远在犯二。三妹游林，南国小舒淇，高浓度文艺软妹，黑洞人设，整日伤春悲秋，没有林黛玉的命，得了林黛玉的病。年纪最小的叫小玉，自带鬼上身属性，成天抱着手机孤僻地坐在床头，她的床位就是整个世界。

四个女人白天上课、讨论美妆、追剧、健身、追星、打游戏……节目多得比一台春晚还精彩，熄灯后则是她们的girls talk（女孩们的茶话会）时间。她们寝室是远近闻名的八卦中心，隔壁的女 A，开学没几天就和大二表演系的学长在一起了，朋友圈每天大概十条自拍的更新节奏，端着喝不完的第二杯半价奶茶来回晃，走路都脚下生风。刚进大学的单身男女，被"高考万岁"和"不许早恋"的旧时代教条压得窒息，迫不及待将大学当恋爱温床，爱到撼天动地。

肥羊她们受不了女 A"我恋爱我了不起"的猛烈炫耀模式，也开始物色起"男朋友"这个非必要生活用品。以男生宿舍楼为原点，X 轴定点教学楼、食堂、操场，Y 轴锁定同学、学长，画出多少抛物线均不得解，直到肥羊的发小出现。

发小郑同学，精瘦大高个儿，行走的衣服架，浓颜系选手，鼻梁顶翘，眉骨高耸，睫毛浓密到以为是贴了假睫毛的那种。他爸搞实业，家境优越，他从小就是众人焦点，可惜是个情场浪子，幼儿园时期就能当着肥羊的面亲女孩的小脸，这些年在肥羊这里哭诉的"前女友们"就没断过。

但郑同学有一个很可笑的弱点。他有双数强迫症，电视的音量、空调的温度都喜欢调成双数，用厕纸要按照虚线撕成二的倍数张，买衣服要买两件同款不同色的换着穿，因为他觉得双数除得尽比较爽。当初在幼儿园就是因为肥羊碰到他的左肩，他非缠着肥羊再碰一下他右肩，两边平衡。最后不小心把肥羊的公主裙给扒拉下来了，于是肥羊用小肉手给了他一拳，从此没让他过过一天好日子。

COCO 见过郑同学的第二天就和他表白了，大家都疑惑谁借给了她胆，敢一个人跑到郑同学的学校，在食堂人最多的正午十二点，买了一大桌子菜等郑同学下课，嚷嚷着说要喂饱他。郑同学吓死了，说这台词怎么跟他妈一样。COCO回寝室不争气地哭了一宿，说好不容易主动一次，结果被说有"妈味"。肥羊安慰她："没有哪个男人是真心愿意被女人喂饱的。"

好在时间猖狂，一口吞一个记忆，没几天COCO就跟没事人一样，伤愈完全。有一天COCO突然深沉地盯着游林，说她和郑同学站在一起，简直是一场颜狗盛宴，于是不负责任地带头撮合，前排硬嗑，让游林带着她的遗憾出发。肥羊呛声道："你们当谈恋爱是在继承家族产业啊。"游林起初还保持着她林黛玉的娇羞说："人家不喜欢眼睛大的啦。"结果转头加上郑同学的微信后，每天像望夫石一样守着手机，时不时发出一阵傻笑。

郑同学和游林确定关系的前一晚，郑同学特地来她们学校找肥羊，问她的意见。肥羊神经质地大笑。"游林的'林'，是双木'林'，满足你的强迫症，挺好的。"郑同学推搡道："说正经的。"肥羊呛他："你从小到大每次谈恋爱都要问我，哪次听过我的，反正好与不好，最长不过两个月。"郑同学反问："那你还敢把你姐妹往火坑里推。"肥羊说："谁叫她喜欢你，我要是说两句她就下头了，我都能去当神婆了。如果你真喜欢她，就在一起呗，情侣里需要你俩这种光是站在一起就能气死人的。但这次我多说一句，你幼稚归幼稚，在她变心之前，不许伤害她。"

郑同学抱了抱肥羊，狡黠地轻嘖："还是你最靠谱。"然后当着她的面喜滋滋地给游林发了信息。

又促成一桩喜事，肥羊和郑同学分别后，转身没走几步，就开始揉眼睛，好奇怪，明明没有刮风，怎么又想流眼泪呢。

为什么人类需要氧气却一直不停砍树，为什么公共场所那么多警示牌却没人遵守，为什么心里有很多话脸上却总是云淡风轻，为什么说了不再见的人却老想见面，为什么明明喜欢一个人却不能拥有。

从幼儿园开始，肥羊就在郑同学面前怒刷着存在感，却只能成为他人生履历中的青梅竹马，特别靠谱的朋友。那双一直想穿的鞋，连试一试的机会都没有，就被所有人认定尺码不合适。人生的出场顺序太重要，在新手村相逢的同伴，好像就失去了成为恋人的资格。

这么多年过去，肥羊都快忘了已经为郑同学哭过多少次。

郑同学恋爱时，肥羊会在朋友圈分享音乐，笨拙地将委屈心酸都藏进歌词里，有很多话想说，却不能说。郑同学永远会错意，分手后，见肥羊不发歌了，还会天真地问她："你的每日点歌台呢？"

她很想点点他的智商。

回到寝室的肥羊见姐妹们正抢着游林的手机看八卦，她调整情绪，重新挂上一张老大的豪迈脸，昭告天下："终于为咱们寝室开荤了。"

此后郑同学只要一没课就来找游林，俩人成了 5A 级风景线，让隔壁寝室的女 A 急得跳脚，恨不得每天把男友绑在自己身上秀恩爱。寝室里变了个画风，游林行踪不定，对爱情失去信心的 COCO 转而投入社团活动，小玉继续窝在床上，只有肥羊突然对一切都兴趣全无，尽管她知道这是"郑同学又恋爱了综合征"，这么多年间歇来袭，也慢慢习惯了。

这天深夜两点，肥羊失眠，看到朋友圈提醒，郑同学刚给共同好友点了个赞，于是脑袋一热给他发了个丑表情。对方迟迟没回应，肥羊轻声骂了句娘就蒙头强迫自己睡觉了。又过了段时间，郑同学突然打来电话，问她犯什么大病。肥羊窝在被子里，佯装迷糊推托是手滑，支支吾吾了几句便挂了电话。借着月光，她抬头看了眼熟睡的游林，沉默片刻，将郑同学的微信备注改成了"妹夫"。

末了，肥羊合上眼，不客气地精神抖擞到天亮。

接下来的几天，肥羊发现郑同学是个资深夜猫子，后半夜还在活动，偶尔发个消息过去，都是秒回，说他睡不着在打游戏。两人有一搭没一搭地瞎聊，尽管大多话题在很多年前就聊尽了，但郑同学或许不知道，肥羊这些年删删改改的未发出消息，字数都可以累积成书了。

有时寝室信号不好，为了离窗户近一点，肥羊就以超高难度的姿势跪在床头，将胳膊伸得老远，才能收到郑同学的回复，仿佛完成一次仪式。

某天郑同学说他与室友打赌，比英语四级分数，为了男人面子竟然短暂冒充好学生，开始蹂躏图书馆。他与游林的学校不过几站公交车的距离，但一不见面，几公里就像隔着一片汪洋，和异地恋无异，靠手机知道彼此近况，聊天话题逐日减少，慢慢变成一句瘦削的晚安。

游林抱着手机整日无精打采的，吃饭都提不起兴趣，原本纤瘦的身子看着更脆弱了。肥羊打抱不平，大半夜教训郑同学，郑同学用英文回复她，还义正词严说今后聊天必须用英语。肥羊的英文是可以不用字幕看美剧的水平，当然没出几个回合，郑同学的词汇量就捉襟见肘，于是拼音和Chinglish（中式英语）并用，还偶尔夹杂着看不懂的网络热梗。

四级考试前，郑同学也不常找她聊天了，肥羊为了不失眠，晚上加大夜跑的公里数，物理催眠自己。这天不巧在操场上撞倒了一个中文系的白牙男，她伸手一拽直接给他拎起来，还帮他拍掉后腿上的灰，问他：“没事吧？”

“有事。”白牙男闪着一口非正常人类的大白牙对肥羊一见钟情，从此不依不饶地追求她，每天准点在食堂排队帮她抢鸡腿。肥羊怒了，问他：“你到底要做甚?!”白牙男认真地说：“我就觉得你挺可爱的。”肥羊不爽，大骂：“你以为我是速溶咖啡那么好泡啊！”

结果还真泡上了。

郑同学四级考完那天，第一时间来肥羊她们学校请大家吃饭，不巧肥羊发高烧，一个人留在寝室里。到了傍晚暴雨倾盆，意识模糊的肥羊听见有人敲门，拼了老命爬下床，一开门看见浑身湿透的白牙男，正捧着好几盒感冒药笑得傻气，唇间闪闪发亮。

白牙男被宿管阿姨扫地出门。肥羊的病好了，他病了很久。

这件事之后，肥羊就和白牙男在一起了。但在这之前，肥羊想过，如果那晚送药的人是郑同学，她一定放下所有预判的结果，毫无保留地告诉他：“我们认识十多年了，从小闹到大，吵到大，过着信马由缰的生活，我那么认真地偏爱一个人，爱太久是会上瘾。此刻我很确定，郑同学，我真的真的好喜欢你。”

肥羊恋爱后，寝室的三姐妹都对白牙男送上崇高的敬意，郑同学也第一时间向白牙男发去慰问，说男人就是要勇于在刀锋上行走。气得肥羊一改往日大剌剌的性子，用一副母仪天下的架势，对白牙男说话的声音都降低了调，偶尔还会发出夹子音，总之就从一个极端的刻板形象到了另一个极端。白牙男悉数埋单，是个标准的忠犬型男友，肥羊需要的时候他第一时间出现，不需要了，也绝不腻歪；肥羊失眠，他会在电话里给她弹吉他唱歌；晚安信息是一条语音情诗朗诵；他也很有眼力见儿，连同肥羊姐妹们的情绪都一起照顾，不随地秀晒炫，食堂抢的鸡腿也绝对有她们的。总之就是带回家见父母，他们应该会拍着大腿称赞的那种最佳女婿。

四级成绩公布，郑同学当然挂了，肥羊问他："为什么要和室友打赌比成绩？"他说："因为想和那个书呆子换床位。我的床风水不好，这么大的人了还隔三岔五地梦遗。"肥羊不客气地送上白眼，自己就多余问。

为了庆祝自己可能精尽人亡英年早逝，郑同学办了个"趁早"party（聚会），召集身边的情侣朋友，其中就有肥羊和白牙男。

郑同学的双数强迫症一犯，上来就把红酒啤酒二锅头两两排兵布阵，招呼大家喝。没想到让白牙男露出了酒鬼本色，前半段还维持着招牌暖男微笑，后半段原形毕露，操着东北口音一口一个"滚犊子"，猛摔酒瓶。最后大家都醉了，游林倒在郑同学怀里，肥羊看不下去，将俩人挤开，假装找他们聊天，喝多的郑同学习惯性地趴在肥羊肩头撒娇找存在感，结果赢来了白牙男非常东北爷们儿的一记拳头。郑同学眼睛里冒着星星，站定后，鼻腔里冒出血，伴着女生们的尖叫声，他朝白牙男一个飞扑，俩人差点拆了包厢。

那晚的腥风血雨在肥羊学校成了一段"佳话"，"慈悲"的校长下令，周一到周五除非辅导员批假否则严禁出校。肥羊她们成了众矢之的，没人再来找她们串门，整个寝室都罩着一层阴郁的气氛。

肥羊跟白牙男提了分手，白牙男咧着嘴温柔地问她："为什么？"肥羊瑟缩地答："你喝醉酒的样子太男人了。"

很多人的青春故事里，一定有这样一个黄金备胎，他喜欢你，你喜欢别人，因为你爱不上得不到，就会冒出凑合试试的念头。说我们自私也好，贱也罢，即便知道会伤害无辜，但仍无法阻止自己在绵长的爱里坚韧和炽烈。

就像尝试过爱自己的，最后还是会选择自己爱的，我们都太寂寞了。

一整个学期学校都保持封闭管理，游林更是见不到郑同学，只能在寝室里写日记寄托情感，回归单身的肥羊除了跑步、追剧、看脱口秀节目，也无事可做。

大学生活常走向两个极端，要么是元气满满的一天，要么躺一天是一天。

事情出现转折是林俊杰的巡回演唱会，肥羊用尽浑身解数抢票，因为出不了校门，甚至动用玄学，请人去庙里"滴滴代烧"，只为求一张票。结果临近演唱会，肥羊仍然一无所获。

林俊杰开唱当天，郑同学适时捧着两张内场票从天而降，拉着肥羊绕过田坎和杂草，逃出了学校。

郑同学说是找当地老乡把校外的树啊草啊的给砍了，现劈出了一条路。肥羊感激得五体投地，忘形地开玩笑说："没别的，请让我以身相许吧。"郑同学作呕，回呛她："那你还是回去比较好。"肥羊一脚飞踢。

在郑同学的记忆里，那晚除了肥羊放浪形骸地跟唱，并没有听清楚林俊杰到底唱了什么，直至演唱会结束，仍有魔音穿脑。他跟肥羊说："林俊杰应该买票听你的演唱会。"

散场时人满为患，叫不到车，他们索性走了一段路。肥羊和郑同学并排走着，郑同学不知怎么挑起话题，说："如果你把喜欢林俊杰的劲头放到白牙男身上，就不会潦草分手了。"肥羊反唇相讥："谁都可以这样教育我，但你没这个资格。"郑同学说："我们不一样，我的人设已经是这样了，你还可以实实在在搞对象。"肥羊笑了笑，努努嘴说："我是恋爱困难户，爱我的我不爱。"郑同学说："那找个你爱的呀。"

肥羊停了脚步，顿了顿，接着往前走，她缓缓地说："能被我爱的人，会是什么样子啊？"

问出这个问题的时候，肥羊特别伤感。

"你不会其实喜欢女生吧？"郑同学粲然一笑。肥羊的腿已经踹到一半了，郑同学认真补充道："那个人一定很幸运。"肥羊收回腿，站定，用余光看了眼郑同学，又快速移开，气氛变得尴尬。

两人踩着影子沉默向前，有情侣骑自行车从他们身边经过，肥羊下意识靠向郑同学，恰巧碰到他的肩，察觉到郑同学的强迫症犯了，她秒懂，绕到郑同学另一侧，正想碰他肩膀时，游林适时打来了电话。

郑同学接通电话后没说几句，手机就没电关机了，肥羊将自己的手机给他，郑同学推托说回去再打，肥羊替他拨通，执意将手机贴到郑同学耳边。

接下来的一路就是郑同学的恩爱单口秀。肥羊两只手插在上衣兜里，看着地上他们俩的影子出神。两个人明明靠得那么近，却画风错落，对方的影子生动，自己的影子机械僵硬，好像卓别林可笑的黑白默剧。

回到寝室的肥羊觉得有点头疼，洗漱完就早早上床了，她捂着被子，出了一身汗。临睡前滑开手机，发现郑同学趁她不注意，将他的微信备注名改了回去。

有一天，肥羊接到郑同学的电话，说找不到游林。肥羊嘀咕着刚进门，寝室里一片狼藉，她的第一反应是进了贼。正准备和宿管通报，小玉从厕所里悄无声息地洗完澡出来，头发湿漉漉地挡住了脸，看不见表情。肥羊问她："怎么回事？"她慢条斯理地说："游林换寝室了。"

游林搬到了隔壁女A的寝室，似乎变成了另一个人。旷一整天的课，微信不回电话不接，还和女A混迹在酒吧，被人撞见在寝室楼道里吐了一地。好几次被肥羊她们拦住问缘由，游林都视若无睹直接绕过，就是不说半句。

肥羊的暴脾气终于忍不住，闯到游林的寝室，将寝室门反锁。游林一个人正在化妆，嘴巴猩红得刺眼。肥羊上前将她那些化妆品往地上一砸，拽起游林就问："你这玩的是哪一出？"游林冷笑一声，说："这句话该我问你。"肥羊怒了，问："是不是郑同学欺负你？"游林疑惑地看着肥羊，沉吟半响，眼神忽而变软，身子控制不住地颤抖，接着泪如泉涌，哭着说了很多断断续续的句子。

肥羊重新把它们组合起来，大意是："我找到了郑同学的微博小号，上面都是他写的记录，然后在里面看到了你，全都是你，他的心里，只有你。"

肥羊失魂落魄地回到寝室，手机屏幕停在郑同学的微信页面上，迟迟不敢按下通话，她觉得好像哪里出错了。

郑同学先来了电话。

提到小号之后，郑同学沉默了，肥羊鼻子一酸，在电话里责问他："你在开玩笑吧，我们不是朋友吗？"郑同学突然来了气，大声嚷着："我当时问你，我跟游林在一起好不好，你回答得那么干脆，你听不出我声音很抖吗？从小到大我一谈恋爱就第一时间在你面前炫耀，就是想看看你的反应，你好像都无动于衷，只会干瘪瘪地祝福我，我一次又一次碎掉，然后拼好，还是永远走不到你心里去。朋友？我他妈的最不想跟你做的就是朋友。"

肥羊捂住嘴，正想解释时，花着眼妆的游林出现在寝室门口，神色黯然地看着她。肥羊狠心挂掉电话，上前抱住游林，陪她哭。

后来COCO单独找肥羊聊过，两人坐在宿舍楼下的长椅上。COCO说："很多人觉得漂亮的女人没有头脑，这是不对的。事实上，她们有头脑，只不过不需要用它罢了。游林很聪明，她喜欢郑同学，但也在乎你，所以才逃避，不知道怎么面对你，毕竟当初看好他们的，也是你。"肥羊抱膝坐着，如鲠在喉。COCO问她："好几次我半夜醒来，看到你跪在床上发微信，应该不是在跟郑同学发吧。"肥羊顿了顿，看着她说："不是。"COCO笑了，靠在肥羊肩上说："那就好。"

玩过《愤怒的小鸟》吧。很多时候自己就像那头绿猪，看着对岸的小鸟怒气冲冲地飞来，尽管你不知道它们撞你的原因，但又特别在乎它们，在乎它能不能成功，因为游戏的强设定就是你不能站在这里，你必须失败。

这样游戏才能结束。

肥羊没有告诉郑同学她的心意，事情已经很复杂了，人生设定他们一开始没有在一起，好像后来也不能再在一起了。

夜深人静的时候，肥羊常常躲在被子里看郑同学的微博小号，咬着被角，眼泪大颗往下滚，咬牙切齿地想：郑同学你这个浑蛋玩意儿，什么时候这么会写东西的。

郑同学如是写道：

我这个发小脾气冲，又是个未进化完全的单细胞生物，平时劲儿劲儿的，妄想只手遮天，以为能照顾所有人，但关键时刻连自己都保护不了。如果可以，真想名正言顺地保护她，而不只是站在她身边，眼睁睁看着她努力强大。

每次谈恋爱都会主动问她的意见，妄想她能吃醋，但事实证明，她不爱吃酸的。那些她在朋友圈里分享的歌，我总以为歌词的意思就是她想对我说的话，事实证明我想多了。歌词讲究押韵，情歌仅仅是好听，只是我帮她想了潜台词，来证明自己的幻想。

熬夜这个坏习惯已经很多年了，她竟然才发现！这段时间她成了夜猫子，喜欢大半夜和我聊天，为此我还搜了很多"如何不让话题落地"的攻略，主要是我们太熟了。那些没敢说的话，都已经来来回回删得差不多，腹稿已经可以成书了。

最近她们把发小的室友介绍给我。那晚我们开了房，相敬如宾地拼了一晚上的拼图。我跟她说，我承认我是渣男，一天不恋爱不好受，但是给不了心，所以不要太喜欢我。

我床头信号不好，于是和睡在窗边的书呆子打了赌，只要四级分比他高，就可以和他换床位。但我右脑发育得实在太抱歉了，唯一的语言天赋都用来学中文了，最后床位没换成，只好大半夜裹着被子坐在窗边和她聊天，我他妈快被自己感动哭了。

发小和一个小白脸好了。她生病那天，我也去了她寝室，见那小子三言两语搞定宿管阿姨，我一个外校的，有样学样，那是我这辈子第一次跟阿姨卖萌，结果被阿姨赶了出去。我明白，阿姨不喜欢我这款的。最后只好趁着四下无人翻栏杆进去，结果裤子被戳了洞不说，还被那小子捷足先登送了药。怪我，去之前忘记问寝室号了。

和那个小白脸打架那次，其实我没醉，我想揍他很久了，早就觉得他表里不一，满嘴脏话的老爷们儿装什么纯情"小鲜肉"。可惜连累发小的学校变成封闭管理，为了见她，我在学校外劳动了一晚，又是割草又是挖土的，其间被野狗追了三次，想凑个双数，便去逗狗，结果狗被我吓跑了，为此不爽了一个晚上。

这些年女朋友没断过，遇见一个又一个，以为是别针换别墅的过程，最后只换到了一堆别针，而她的心里，我却始终住不进去。

不想我们只是朋友。

后来的事啊，游林还是和郑同学分开了，大四毕业后去了新加坡，淡出了姐妹的朋友圈。COCO 爱情运真不好，临了毕业，被一个搞电话诈骗的骗了感情，没胆的她立志要当警察，肃清所有不正之风。她们中最不可能恋爱的小玉竟然在毕业散伙饭上带来了一个温州男朋友，说明年就要结婚了。那时她们才明白，这些年沉默的小玉，每天抱着手机是在和她的神秘男友传情，跟她们仨根本不是一个段位的。

郑同学被他爸送去北方实习，之后的这几年，他和肥羊像约定好似的，联系渐少。除了几百页的聊天记录还能做证，不然这一切好像都不曾发生过。

时间一晃六年过去。

肥羊在离婚协议书上签上自己的名字，结束一段匆忙的婚姻，前夫是在跑团里认识的，一起夜跑过几次，觉得三观一致就闪婚了，等离婚那刻才清醒，万事万物都在改变，人的三观首当其冲，她早已不需要多一个人消耗她的人生。

肥羊回到老家，在爸妈介绍的事业单位里工作。工作简单，相对轻松，一张办公桌估摸着能用到后半生。人都是会长大的，她再也找不回当初那个即便世界末日来临，也能不要脸赖到最后的自己了，甚至从视觉上看，她的罩杯和身高都随着性格缩了水。那个飞扬跋扈的大姐大，终究成了过往定格的切片。

大学的第一次全体同学会定在了夏至那天。肥羊是最早到的，一身名牌的游林随后登场，没了从前的文青气质，成熟许多，还是脑袋与美貌并用更合适她。COCO 成了当晚焦点，因为反差太大接受全班同学的采访——当一个女狱警的体验。唯一的遗憾是温州媳妇小玉，说是家里生意走不开，缺了席。

大家饶有兴致地边喝边聊，肥羊被灌得有些晕，从厕所出来，经过隔壁的包厢，透过门缝扫了一眼，好像也是同学聚会，她怔怔地抬起头，一眼就认出了郑同学。

他旁边放着的两个儿童座上，一对双胞胎吃得满嘴都是饭粒。

觉察到郑同学看向门外，肥羊腾地往前蹿，慌乱间撞伤了膝盖。随后的聚餐都不在状态，结束后有人提议去唱歌，肥羊头疼得实在厉害，膝盖也疼，就借故先撤，扫了大家兴致。她踉跄地来到楼下，大周末的叫不到车，气得直接关了机。心底有个声音在催她赶紧逃离这里，她来到路边，招手打出租。

"肥羊？"郑同学在身后叫她。她微微侧过身，瞥见双胞胎迈着小步子跑上来牵住郑同学的手，喊他爸爸。

绷紧的心弦一断，肥羊背着身对郑同学说："认错人了。"而后便仓皇地坐上了刚好驶来的空车。

出租车上的肥羊眼皮灼灼地跳，窗外的霓虹映着脸，一些往事飞速闪过，眼泪不自觉就漾了出来。

肥羊在嫁给前夫前，给了自己一次告别单身的意大利游，她在圣彼得教堂前，双手合十，默默念叨：我要嫁人啦，朋友你照顾好自己，或许这是我们最好的状态。等到老了想起对方，应该都会留点悸动，还可以怀念，那我们的错过，也算是好事吧。

年少轻狂的郑同学在微博小号更新的最后一段话是：我和她一起走过很多人生的第一次，可伴不到人生的最后一次日落了。嗯，怎么说呢，我这辈子最后悔的事就是没有娶到她，没有之一。

从未在一起和最后没在一起，哪个更遗憾。我们本可以在一起，才最叫人遗憾。

郑同学三岁那年，父母告诉他，今后他们就不在一起生活了。他年纪小，不懂分别。后来妈妈去了国外，就再也没出现过，爸爸忙事业常年不着家，放任郑同学野蛮生长。

学校里老师布置作文，主题是爸爸妈妈的爱，别的孩子很会用比喻，妈妈的爱是清凉的风，爸爸的爱是遮雨的伞。郑同学交了白卷，老师责问他为什么，他愣住了，在角落里抠着手，无措地念叨着："爸爸妈妈的爱……爱，是什么？"

那是他们中考完的盛夏，肥羊的父母带肥羊和郑同学去海边，肥羊在沙滩上写下"I love you（我爱你）"，郑同学呛她恶心，肥羊兀自绕到郑同学身后，用相机远远地拍下来，努努嘴说："你不懂，网上那些好看的图片都写这个。"

肥羊心满意足地跑开了，迫不及待翻出刚才拍的照片，照片上是郑同学的侧脸和沙滩上大大的表白。

只是她不知道，留在沙滩上的郑同学因为看见海浪把"I love you"吞去，偷偷哭了鼻子。

他觉得那是肥羊写给他的。

这一生好漫长，有些人错过了，让我们明白爱和拥有是两件事，适不适合比喜不喜欢更重要。或许一切最好的安排，就是后来我们没有在一起，很久很久以前，还好遇见你。

或许有些人，再不相见也挺好的，至少那个人永远是你记忆里的样子。

后来都与你有关

来时间都与你有关

BECAUSE OF YOU,
BECAUSE OF LOVE

MEMORY TRAVELER

重回记忆的旅人

记忆不是你的安全感，
你那股冲劲儿和自带的明媚才是。

#3

类型：剧情 / 爱情

重回记忆的旅人

✦

　　这年头，世界如同秀场，男的秀忠贞，女的秀满足，大部分人发社交平台是为了能让受众直接好感增值。有人发了一张读书照，阳光洒在书桌旁，花瓶笔纸摆放讲究，看着是个注重精神追求的姑娘。放下手机，书再也没翻过，旁边是已经堆了一周的快递箱。有人发了一张下厨的照片，刻意拗出结实的手臂线条，给女友准备一顿丰盛的晚餐。放下锅铲，摆拍结束，身后是已经叫好的外卖和空落落的家。

　　大多数人发布的日常，都是他们想让你看到的，而你喜欢的那个人，或许只是你想象中的他。

　　所以在符晓和他的现任女友严美丽在一起超过半年，多巴胺分泌归于平静之后，他渐渐认清了这个事实。初识的那个散发魅力、不追潮流、兴趣是油画和花艺的女友，不过只是个很好的"卖家秀"。现实的她，情绪极端，对待人和事习惯性负面，油画和花艺只是包装，脱离社交平台"出片"的需求后，不免俗地是个没有乐趣的人。

　　这次意大利之行，符晓心意已决，送严美丽一场旅行，当是爱情结业，回来就分手。行程中有很多必打卡的教堂和博物馆，严美丽象征性地拍完照片，就第一时间徜徉在名品店里，留下符晓兴趣寥寥地独自逛街。好在最后他也有收获，在罗马的一家古董玩具店，买到一个巨型的机械木马。

符晓是玩具买手，高级一点的称谓是玩具收藏师，这些大众眼中的小孩子玩意儿，竟被他做成了一门职业，家中堆满潮玩摆件、古董玩具和乐高。他入行早，早期仅是通过玩具买卖就实现经济独立，比如他曾经在日本买过一个奈良美智的《Mori Girl》雕塑摆件，最后以几十万人民币出手。这两年在垂类博主赛道也是头部，发布的笔记有不少商业广告植入，玩物丧志得非常有成就感。

那次意大利之行的后半程，符晓全程抱着木马，以及帮美丽拖行李箱，一路不卑不亢，充分站好男朋友最后一班岗，听着美丽如机关枪般的："晓，我的袜子放哪里去了？""晓，看到我的口红了吗？""晓，我饿了。""晓，我觉得这包写着我的名字。""晓……我只喜欢吃切好的水果。"他在心中倒计时。

回程那天，美丽看着手机，抱怨意大利没有她想象的好玩，她想去迪拜，她觉得那里是金色的，符合她的气质。

把公主病当气质，以为没思想是可爱，符晓当下掏出手机，送了她最后一程。

人与人之间的关系就像织毛衣，建立的时候一针一线，拆掉的时候只要轻轻一拉。独自回国的符晓从未感到这般轻松，耳根子终于清静，整个世界都晴朗了。他在飞机上猛灌了几杯葡萄酒，不顾邻座老外的眼光，用力笑出了声。

分手后的第一件事，符晓用所有积蓄换了间更大的房子。他做了整面墙的展示柜，摆满从世界各地搜罗的宝贝，意大利带回的那个木马，放在柜门前镇宅。

由于玩具买手这个职业过于小众，即使在网上有一些忠实粉丝，但是身边人，尤其是家人眼中，不值得炫耀，所谓厉害也只是不务正业，认为他还是个幼稚的小孩。放下手机，离开那面玩具展示墙，落入现实生活的符晓，仍是孤独的。

看着偌大的新房，几番挣扎后，符晓决定当房东，将房子挂上短租网站，用次卧迎接未来的知音。

结果前三位客人都不理想，一个是逃避情伤的皮衣男，每天待在房间里，都没正眼瞧过符晓的玩具。一个是从比利时来的大叔，在符晓非常自豪地和他介绍了自己的玩具之后，他回应一声"wow（哇）"，就出门玩去了。最后一个阿姨竟然不顾约定，强行带着一只泰迪入住，那只小狗逮啥骑啥，为了保护玩具的尊严，符晓成了人肉桩子开始人狗大战。

在符晓考虑要不要撤掉房源的时候，系统提示有客人下了一个月的订单，租客自我介绍写着：混血女孩，性格开朗，ENFP[1]快乐小狗，喜欢环球旅行、新奇事物。

几个关键词都深得他心，符晓二话不说就点了通过。

门铃响过两次后，睡过头的符晓匆忙套上一件白T开了门。门外的长发女孩抬起头，一张巴掌脸，五官立体深邃，眉眼间澄澈干净，还有些异域风情，说不上哪里混哪里，总之挺漂亮。她手里抓着一本厚厚的橙色笔记本，见到符晓就大方上前给了他一个拥抱。

---

[1] MBTI理论中人物性格的一种，ENFP人群情感多样，热情，友好，富有活力，待人宽厚。

这倒让符晓莫名羞怯，有点手足无措，条件反射将她推开。女孩双手插兜，介绍自己叫Ada，然后像女主人一样径直走进屋，将行李箱随意一丢，就开始欣赏符晓的家。看到满墙玩具时，符晓终于盼来了期待已久的一声惊呼。Ada晃着一个断了手臂的芭比，问符晓："坏了的玩具为什么不丢？"他说："你手里拿着的这个是一九五九年的第一代芭比，是个古董。"

Ada听罢小心翼翼地捧回原位，她说："环球旅行这么多年，见过的人不少，你的爱好可以入选我心中怪人排行榜的前五名。"她不吝啬表达对这些玩具的惊叹，让符晓有那么一瞬感觉终于找到了知音。但除此之外，她带着烤串味的口音，堪比严美俪那盛气凌人的架势，加上过分的自来熟，以上种种，让符晓有种来者不善的念头。

更奇怪的是，Ada第一次来这座城市旅行，除了第一天下楼买了些生活用品，就再也不出门，和符晓待在家里。符晓没多问，想着是从国外回来的人，不按常理出牌。不过Ada有个举动倒是不停撩拨着他的好奇心，就是她总会间歇性地愣住，在原地定格几秒，然后回到自己屋里，并且一定会锁上门。

有一次，符晓假装若无其事地问她："你为什么来中国啊？"

Ada笑笑，说："秘密。"

"你不会是什么国际间谍吧？"

Ada煞有介事地做了个嘘声的手势，那日她涂着正红色的口红，符晓冷不丁打了个寒战。

第三天入夜，符晓在客厅和他妈视频通话，晓妈一直有"重度意外妄想症"（他乱起的），身上但凡有点小病痛就去网上搜癌症的临床表现，而且每天一定浓妆艳抹，因为不知道会不会半路遇见符晓的未来后爸。小时候符晓会梦游，晓妈担心他翻窗子跳出去，就在他的床和窗户之间设置了各种路障，于是三更半夜的能听见屋里一阵排山倒海似的乒乒乓乓……

晓妈担心儿子玩物丧志娶不到老婆，就在当初符晓和严美丽交往当天，她找人算了俩人的八字，大手一挥定下结婚日期，连大孙子小名都起好了，叫"好好"，寓意两女两子，就生四个，不能再多了，至于后面三个叫什么，到时候再议。她挤着眼角的鱼尾纹语重心长地对符晓说："妈老了，你们俩定下来，我也就踏实了，否则只能在天上保佑你了。"

催婚不成功，算她输。

晓妈在视频里顶着一脸油腻的笑容，问美丽在不在，要知道她只在照片上见过美丽，至今没见过本人。符晓推托说她和朋友吃饭去了，正想关视频，快递小哥突然敲门，Ada甩着零钱包从房间里跑出来。

晓妈在电话那头惊呼："背后是谁啊！"

符晓赶紧把手机转向一边："妈，你别吓我，那是衣服架子。"

"你家衣服架子带腿的啊……"

符晓手疾眼快地关掉视频，扶额叹息。

Ada来到玄关，突然顿住，转身冲回房间，各种卡片和硬币稀里哗啦地掉了一地。

敲门声不断，蒙着的符晓给小哥开了门，Ada到付了好几件行李。符晓将行李搬到Ada门口，试探性地问了问，见屋里没动静，转身将一地零碎捡起来。

直到看到Ada的身份证和名片，他才发现事情没那么简单。

身份证上的照片是她本人，姓名叫李大萌，户口所在地写的是乌鲁木齐。两张名片上的名字和职业都不一样，一张叫 Lily，翻译，精通八国语言；一张叫李可爱，国际中文导游，划算仅此一家。

符晓吓得不轻，想报警，又怕错怪好人，只得抱着一个美国队长的同款盾牌当防卫工具在客厅睡了一夜。隔天一早醒来，Ada 已经在他旁边吃早餐了。Ada 递给他一杯柠檬水，叮嘱道："早晨起来先喝水，再吃东西。"

他抱着美队的盾牌不撒手，接过柠檬水警惕地睨了眼，迟迟不敢送进嘴里。下一秒，Ada 开始用水果刀削苹果，锃亮的刀尖晃眼，符晓脑子里闪过无数悬疑片的情节，他终于克制不住，将柠檬水倒在垃圾桶里，举着盾牌跳到几米开外，大声质问道："你就是一祖国同胞，混哪门子血啊，还有，又是导游又是翻译，你环着球招摇撞骗吧，你到底是谁，想干什么?!"

Ada 见身份败露，放弃抵抗，气定神闲道："这年头谁不需要点包装啊。干导游和翻译也是为了赚路费，经济基础决定旅行目的地以及是穷游还是干脆别游了。"

"当……当真?"符晓哽住了。

"你看着我的眼睛，就知道我有没有说谎。"Ada 正色道。

符晓举着盾牌缓缓朝她逼近，目不转睛地盯着她。

Ada 清透的眼神开始失焦，浅棕色的瞳仁明显放大，眼神重新聚焦时，眼里映出的是符晓慌张的脸。只听 Ada 吼叫一声，反手给了符晓一耳光，迅速抢过他手里的盾牌，朝他头上狠狠一砸。

Ada 吼的那一句是："你是谁啊?!"

她得了一种短期记忆丧失的病。三年前因为一次脑部手术造成海马体受损，无法储存短期记忆。这三年中，她打开冰箱门会忘记自己要拿什么，网购的商品会重复下单，翻来覆去地看同一本书，说已经讲过好几次的笑话，和朋友的每一次见面都像是初识。

如同只有七秒记忆的金鱼，过目即忘，需要训练很多遍，才能勉强转化为长时记忆，她记得三年前的所有事，也记住了自己是个手术失败的病人。在这之后，她将所有行事历记在了一个橙色的笔记本上，强迫自己记得这个本子的存在。但凡转瞬忘记，至少还能捡回半点正常人的尊严。

Ada 独自躲回房间，将本子上的内容又复习一遍，待她从房间出来，对符晓戏剧性地态度大变，又是揉他的脸，又是给他额头的瘀青上药。

符晓长叹一口气，结束一个烂桃花，供着一个奇葩妈，这下又添一个神经房客，他这一生，究竟还有多少女性要给他上一课的。

然而，这只是噩梦的开始。

符晓有一个化妆师朋友乔麦，此人是另一种传奇。那会儿乔麦给一个知名模特化妆，符晓护送拍摄的古董玩具，也去了棚里。化妆过程中，模特对乔麦的妆面各种挑剔，努着嘴让他遮掉法令纹，乔麦解释说尽力遮过了，鼻唇沟的位置可以靠后期，于是模特呛声抱怨："都靠后期，你们化妆师的钱真好赚，我韩国的化妆师都可以遮掉呢，你是不是不会啊。"乔麦听完当场把模特的妆给卸了，收拾完东西直接走人，按他的说法：钱我不要了，妆当然要还给我。

现场的杂志方和模特都蒙了，全程看戏的符晓佩服得五体投地。后来乔麦在市中心开了家造型工作室，符晓去剪过几次头发，一来二去就成了朋友。

符晓是标准 i 人 [1]，自认天生缺失社会属性的基因，生活日常就是吃饭睡觉找乔麦。难得出门就是去他店里蹭咖啡，顺带谈谈心事。这段时间，Ada 成为他们话题的风暴中心，家里住着个随时会失忆的定时炸弹，切着水果突然举着刀大呼小叫，洗澡洗一半从浴室里冲出来，霸占着电视花三天时间看完一部电影。为此，符晓每天都要和她保持安全距离，否则不确定能否活着开瓶香槟庆祝她 check out（退房）。

几天后是当地最大的潮流玩具展，符晓受展览方邀请，特展自己的收藏，为此还熬了几个晚上，用散装乐高零件拼出一个成人大小的《哈利·波特》分院帽放在入口，果然成为当天最热展品，大小朋友们围观拍照。符晓春风得意时，Ada 背着一个牛仔包大驾光临，她拍着手惊呼——好可爱的一坨……屎啊——对着分院帽一顿狂拍。完了还非要和符晓合影，符晓一头黑线地配合，只见她一只手环过符晓的腰，再反手把他的手搭在自己肩上，给他们拍照的工作人员热情地按下快门，闪光灯不合时宜地一闪，Ada 揉了揉眼，回过神，尖叫着推开符晓。

符晓抱着他的分院帽乐高同时栽倒在地，一声巨响，积木零件四散。

这一长串流畅镜头，不给一点剪辑空间，画面惊悚，百爪挠心，给了符晓身体和心灵炙热的一记重拳。

符晓成了第二日媒体上的晨间笑话，他顶着俩黑眼圈将 Ada 的行李扔在门口，勒令她即刻退房走人，前几天的房费也不收了。Ada 可怜兮兮地抱着沙发把手，一口一个对病人好一点，假哭道："失忆的

---

[1]　i 人：源于 MBTI 人格测试，性格内敛，内向型的人。

感觉，就像是柜子的钥匙丢了，文件还在柜子里但是拿不出来。我也想暴力拆柜，可是找不到工具啊，嘤嘤嘤。"

"那跟我有什么关系。"符晓决绝道，"抛开你这病不说，看看你满嘴谎话，说来旅游又从不出门，那到底为什么要来啊?!"

Ada 对来由三缄其口。

"是我叫警察带你出去，还是你自己走，选吧。"

Ada 寻思片刻，收敛了表演，起身带好行李，头也不回地离开了。

出租车上，她觉得胸口堵得慌，翻看自己的橙色本子，哭得梨花带雨，结果下车时一恍惚，竟把本子落在了车上，更可怕的是，手机也夹在里面。

Ada 走进机场大厅，视界忽然遁入黑暗，旋即断线重连，等到看清眼前来往的旅客后，三大哲学经典问题从脑中飘过：我是谁，我从哪里来，我要到哪里去。她脑袋疼得厉害，天灵盖上像有盏灯泡突然亮起，一个橙色的本子浮出记忆的水面。

Ada 翻遍了行李箱和背包，都找不到那个本子，巨大的不安向她袭来，她来回张望，繁忙的机场像是《盗梦空间》里折叠的三维城市，随时会将她吞掉。

她一屁股跌坐在地上，此刻最让她绝望的是她忘记了自己来这座城市的目的。

符晓请家政公司做了个彻底的清洁，打算休养身心一阵再出租自己的房子。他哼着歌洗完澡，又海淘了两个限量款高达，开了瓶几千块的红酒独饮压惊，大快朵颐后准备找乔麦做个造型，开启不被打扰的新生活。

踏进乔麦店里，符晓远远看到一个熟悉的背影，顶着熟悉的后脑勺，在镜子中用他熟悉的油腻笑容打招呼。

"妈，你怎么来了？"符晓万念俱灰。

晓妈此行是来见儿媳妇的。符晓过去的女朋友，她就见过一个。高中那会儿，符晓带着一个练田径的女生回家，向晓妈跪地保证，谈恋爱不影响高考，要和她永远在一起。结果还以为永远有多远，不过是高考后的一个暑假。在这以后，符晓跟晓妈承诺，今后带回家的人，就是要娶的人。于是接下来晓妈把家里来回捯饬了快十年，也不见儿子带一个谈婚论嫁的人回来。符晓沉迷于玩具买卖后，懂他的人更少了，所以严美丽的出现，成为晓妈心里最后的一根救命稻草，她总觉得没人会要她儿子，快被自己的焦虑逼疯了。

符晓借口家里太乱给晓妈安排了酒店，过几天再去家里，他煞有介事地强调，他和美丽是分房间睡的，晓妈不怀好意地笑他："还在我面前装清纯啊，不知道你妈不爱吃素吗？"

伺候完晓妈，符晓开车回家，一路打着腹稿杜撰各种应付她的理由，他心不在焉地停好车，从电梯间出来，走廊声控灯亮起，Ada 坐在他家门外，吓得符晓一声惨叫。

走投无路的 Ada 翻出包里一张手写的地址便笺，找到了符晓的家。她扑闪着大眼睛，有些不好意思地问："因为失忆，记录的本子也丢了，所以想确认之前是不是住在这里。"

符晓急中生智，他脑袋一热突然上前抱住 Ada 说："找你半天，你跑去哪儿了？"

Ada 被抱得有些不自在。

"我是你男朋友，符晓。"他撒了个不大不小又后患无穷的谎，

"这儿就是你的家。"

符晓杜撰着 Ada 这三年的生活经历，在他的故事里，他和 Ada 是在意大利相识的，在一起半年多，其间克服了因为 Ada 短期记忆丧失而造成的各种困难，因此俩人越发信任彼此。他们最近一次旅行又去了意大利，最后一次大的支出是这间房子。还有一点，她特别欣赏他的玩具爱好，而且比他还要懂得保护这些宝贝，轻拿轻放，还会经常给它们擦灰。

符晓说着，Ada 在一个新的橙色本子上记录。

"我是失忆，但是不傻吧……"Ada 上下打量他和整墙的玩具。

见 Ada 下笔有些犹豫，符晓开始添油加醋："你看我是不是有种特别的感觉？"

"嗯……有种愧疚感。"她挠挠头，乖乖记录。

符晓为乐高分院帽默哀一秒钟。

晚上临睡前，洗完澡的符晓走进自己房间，只见 Ada 穿着吊带呈大字形躺在他的床上，符晓一个趔趄没站稳，直接双膝跪地。Ada 疑惑地扑闪着水灵灵的眼睛看着他。非礼勿视，符晓满脸烧红，埋着头解释说因为害怕她半夜失忆，醒来被他吓到，其实他们都是分开睡的。他让 Ada 留在主卧，自己抱着枕头去了隔壁房间。

入夜后，Ada 敲响符晓的房门。符晓半掩着门睡眼惺忪地问她怎么了，她嗫嚅着说："我们之前是吵架了吗，总感觉怪怪的。我知道我有很多问题，不只是记忆上的，可能我这个人大刺刺的，有时候会好心办坏事，但我真的有很努力哟，努力像个正常人。虽然对我来说，今天才刚认识你，但我感觉对你很熟悉，可能这就是恋爱的神秘力量吧。既然是你女朋友，我有什么问题你一定要告诉我，我绝对是那种沟通顺畅的人，但是，别丢下我一个人……"

这一段掏心掏肺的告白让符晓一下子失去了立场，显然他现在才是抱有愧疚感的人。他只能给自己找一个妥帖的台阶，告诉自己只要晓妈一离开，就把 Ada 的新本子偷走，消除她这段记忆。

符晓起身，来到 Ada 面前，突然被 Ada 一把抱住，将脸埋进他怀里。符晓一时身子僵硬，大气不敢出，只能上手揉了揉她的头发，泪目望天，心想："老天有眼，千万别劈我。"

同样的场景复现，符晓想起和严美丽谈恋爱那会儿，美丽卸下伪装，总会提很多过分的要求，不喜欢看到符晓皱眉，不喜欢每次问"你爱不爱我"得到他同样的回答，不喜欢有话直说而是让他猜，从来没有一个女生，能大方告诉他：我们可以直接沟通的，但是别丢下我。

作为爱情学历低的选手，符晓不太会谈恋爱，往往都被人丢下。他喜欢一个人，对方就容易拿着这块免死金牌，一次次踩中他的边界，然后强行拓宽。

重置记忆的 Ada，还好没有成为下一个严美丽。她的直爽是真的，傻里傻气也是真的，只是丢失之前的本子，少了三年记忆，没有他们第一次见面时那么自信。

晓妈见到 Ada 后，好感度拉满，拉着她的手就一直没松开过。晓妈私下也问过符晓，美丽怎么跟照片上长得不太一样，符晓搪塞道，照片是精修过的，套了网红脸模板。而 Ada 这边，符晓也早已打了预防针。说他妈喜欢按自己喜好给人起名字，叫她"美丽"是因为觉得她漂亮，以及他妈说话自带修辞，所以她说啥，不用考虑是否会发生，点头就好。

于是接下来就出现这样的对话。

"美丽呀。"

"在！"

"哎呀，听说现在气候变暖，北极的升温速度是全球平均水平的四倍，北极熊都要无家可归了，有些事啊就是要趁早，明年三月六号这日子我算过，对你俩都好！"

Ada点头傻笑："……您真是神转折啊。"

晓妈开心极了，捧着Ada的脸爱不释手，对她的颜值一番感叹，Ada突然顿了顿，问她："阿姨你谁啊？"

在误伤来临之前，符晓手疾眼快地将晓妈拉去一边，郑重和她说了"严美丽"的真实病情。晓妈一时沉默不语，独自去门口抽烟。半个钟头过去，符晓见屋外没动静，晓妈已不知去向。

Ada看完本子补回部分记忆后，晓妈拎着她的行李来势汹汹地回来了，她拍着符晓的肩膀，看着Ada说："你们都没放弃，我有什么好放弃的，接下来的日子，咱娘俩一起照顾美丽。"

晓妈半辈子见过多少大风浪，失心疯的男人都见过，失忆又算得了什么。哪怕每天少化俩小时的妆，少抽几包烟，少和姐妹打几圈麻将，少流连于那些小男友，她也认了。

不管符晓多么苦口婆心地阻挠，晓妈心意已决，在次卧安营扎寨宣告主权，Ada不懂事情的严重性，还勤快地帮晓妈整理行李。

"阿姨，这个包放哪里？"

"放床底下就行。美丽呀，你这称呼我听着别扭，要抓紧时间变咯。"

"哦……哈哈哈哈。"

屋外的符晓想让世界末日来得快一点。

当晚有两件事让符晓彻底破防：第一件事，吃饭的时候，他看见晓妈的玉镯子挂在了 Ada 手上。镯子是当年晓妈离婚时，符晓用存了好几年的压岁钱给她买的。符晓抱着晓妈泪眼汪汪地说："那个死男人让戒指失去了意义，这个镯子，就是我存在的意义。"第二件事，今晚他要和 Ada 睡在主卧，事到如今他已然罪孽深重，现在感觉要奔着万劫不复去了。最难的是还要掌握一个度，不能太客气，让无辜的 Ada 多虑，又不能太亲密，不然就占了她便宜。于是在睡觉前偷偷灌了两杯咖啡，想着保持清醒不间断地聊天，在她睡着之后再睡，这样比较君子。

结果 Ada 精力旺盛，非要听符晓再讲讲他们之间更多的细节。符晓动用了所有看过的言情文学和小妞电影，将情节套在他俩身上，硬生生聊到了凌晨四点。听着身旁 Ada 的呼吸声变得匀速和缓，符晓向床边挪了挪身子，刚合上眼，就被"新"Ada 一脚踢到地上。

在这之后，他在客厅打好地铺，每晚与他心爱的玩具一起入眠。

后来第一个知道这事的是乔麦。符晓连做了好几晚被 Ada 追杀的噩梦，醒来甚是内疚，只能找最靠谱的兄弟解忧。乔麦听完深表同情，说他身体里不多的男性立场，表示尊重，但很不理解。果然见到 Ada 后，他开始一本正经地胡说八道："符晓以前是大直男一个，和你在一起，他变了很多。他现在特别贤惠，对你言听计从的，经常给你做饭，收拾屋子，那大理石地板来回吸尘吸个三遍还不够，除了爱他的玩具，还爱给你花钱，熟读上野千鹤子……"

Ada 放下记到一半的笔记本，问："上野千鹤子是谁？"

符晓在背后掐乔麦，乔麦大叫一声："啊……作家！一个男人成为男人之前，都要读的。"

Ada 疑惑地看向符晓，符晓立马点头应和："对，我以前是个超级渣男。"

乔麦挣脱符晓，拉住 Ada："哦对了，你特别爱折腾头发，三天两头都来找我，用那种最贵的护理，我拦都拦不住啊。"

Ada 委屈巴巴地看着符晓："不好意思，很花钱吧。"

"这有啥，符晓钱多！"乔麦讪笑着，"我们刚好有个最新的养发套餐……"

"充！充个大的！"符晓放弃抵抗，背过身对乔麦龇牙咧嘴道，"我祝福你这破店别给我倒闭。"

"你这么利用人家，付出一点点是你的荣幸。"乔麦龇着嘴小声祸祸他。

从乔麦店里出来，符晓和 Ada 在商场闲逛，路过电影院时，Ada 被屏幕上的新片吸引，符晓问她想不想看，她摇摇头，害怕自己半路失忆影响别人。符晓的愧疚感来袭，于是买了最后一整排的电影票。他俩的位置四周无人，但电影放映的全程 Ada 还是很紧张，她将本子抱在胸前，一只手抓着符晓的胳膊。符晓一动不动，用余光观察她，荧幕的光时而在她脸上打散，她像只林中的小鹿，蜷在位置上看得好认真。符晓看得出神，这些日子习惯对她防备，但其实抛开这个强设定，她是一个值得有人用一辈子为之心甘情愿付出的姑娘。

终于完整看完一场电影，一切安好。符晓起身时，身子有些麻木，他揉着胳膊，Ada 看在眼里，顺手扶他，符晓没站稳，两人竟然牵住了手。维持仅三秒，符晓先松开。那三秒，符晓恍惚找到了久违的恋爱实感，理智虽然告诉他不可以，但他仍然闪过一丝念头，如果时间就停在此时，也挺好。

俩人有说有笑地回到家，刚一进门符晓就傻眼了，他的北欧风书架上，挂着一个无处安放的巨大中国结，花了重金从旧货市场淘来的皮质沙发正被粗布碎花床单罩着，那个从意大利抬回来的木马上，竟然放了几盆大蒜，哦不，水仙花。厨房里烟雾缭绕，晓妈正在里面修炼，符晓刚踏进去，就被呛到败退。"都出去，我一个人可以！"晓妈大义凛然地关上厨房门，几个卡通粘钩防不胜防地出现在门背后。

再极简风的家，也容不下一个审美独特的妈妈。

热情的晓妈亲自下厨做了几道菜，色香味俱无，在被西红柿炒蛋辣到之后，符晓忍不住放下筷子，真的太难吃了，这么多年仍然甩不掉她黑暗料理之王的"美誉"。

晓妈被符晓的举动弄得有点泄气，没吃多少就回厨房收拾，出来看见自己布置的家被归回原样，大抵也是明白了儿子的心意，便早早回房睡了。符晓也跟自己闹别扭，躲在玩具墙前摆弄公仔。他喜欢玩具的原因，或许是它们永远都以自己需要的情绪关照你，没有强迫，也不会有试探。符晓的三观里，人类都很无趣，与他们的相处中，晓妈是困难顶级。

Ada 吸溜着方便面，坐到他身边。

符晓回头问她："没吃饱对不对？"

"东西不好吃是真的，人是对的就行，"她含混着说，"我真挺羡慕你跟你妈的相处模式的，一点都不怕在最熟的人面前暴露缺点。"

"说的好像谁家孩子跟父母不熟似的，你爸妈呢？"

"他们都自己去玩啊，不管我。"Ada 带着玩笑的口吻说回符晓，

"你们两个都是小朋友，吵吵闹闹的，其实在乎得要命。"

符晓来到次卧门前，贴着门听了听里面的动静，屋里的晓妈听到符晓的脚步声，也在偷听，俩人隔着一道门，就看谁先妥协。最后还是符晓敲门，说："我知道你肯定没睡，厨房里有方便面，饿了可以吃。还有啊，水仙放在客厅，好歹能晒晒太阳。"

晓妈手舞足蹈地在屋里转圈，然后假正经地回了声："哦。"

第二天一早，符晓准备好了三个人的早餐，客厅已经用吸尘器吸过三遍，桌子下的死角还趴着清理过，这盛世如乔麦所愿。晓妈看呆了，握着 Ada 的手，感激涕零地说："你就是符晓的再生父母。"后来三个人的生活其实很简单，符晓和晓妈开始习惯这位特殊的旅人，所有日常不过记了忘，忘了记，慢慢跟上了她的频率。

家里多了两个人，也增加了日常开销，符晓狠心卖了两件收藏，其中的绝版龙猫摆件是和一个买家同城面交的。让符晓和 Ada 意外的是，买家是个十二岁的小孩子。他阔气地用手机转完账，抱着模型就上了一辆黑色的高级轿车。

事后符晓趴在港口的围栏边，练习释怀，看着远行的船只和飞鸟，像是与一个多年的好友告别。旁人很难理解他与这些玩具的感情，生活的本质就是和让你愉悦的人、事、物在一起，所以无论是金钱名利、一段至死不渝的爱情，还是一堆看似没有生命的塑料，又有什么区别。

后来 Ada 瞒着符晓偷偷去找过那个男孩，想将摆件买回来。男孩拒绝了她很多次，还童言无忌地说了很多难听的话，好在 Ada 记不住，不厌其烦一次次找到他，都像什么事也没发生。Ada 告诉男孩一个秘密，说她有超能力，可以自由控制大脑，只记住自己想记住的东西。男孩被好奇心打败，终于愿意和她聊天。这个小孩子其实很简单，家里做索具生意的，身边出现的大人小孩都是自家集团里的，等于从出生开始，就活在了真实的楚门秀中，只要他需要，什么都可以拥有，但没有人真心对他。

卸下防备的男孩和 Ada 交换条件，想要回摆件可以，前提是陪他玩。

Ada 最不缺的就是时间，没了记忆，时间只能在她皮肤表面留下痕迹。如果不看那个本子，她可以瞬间回到三年前，变回那个刚动完脑部手术，对明天充满恐惧的人。

前前后后陪玩了大半个月的 Ada 回到家，怀中抱着用泡沫塑料封好的摆件，对着符晓一脸痴笑。

几个小时前，男孩将摆件送给了她，他说："姐姐，我知道你那个秘密是骗我的，但你和其他人不一样，我从你漂亮的眼睛里都能看出来。你是我第一个朋友，不要忘了我哟。"

Ada 在她的本子上写道：最近认识一个新朋友，是个十二岁的男孩，那个男孩跟他很像。孤独的少年，不过只是想要一点陪伴而已。

转眼，这个新的本子上因为多了这段爱情的出现又平添很多琐事，以至每次 Ada 找回记忆用的时间越来越长。符晓也好像被自己的设定说服了，当初天平还摇摆于"告诉 Ada 真相"以及"混一天是一天"之间，现在不纠结了，他就想自私一点，坏一点，总之不想回到原点，因为走到这里，已经真的动心了。

符晓生日，乔麦按老规矩给他订了常去的餐厅。符晓不爱热闹是出了名的，又没什么朋友，今年加上晓妈和 Ada，也就四个人。几年前的生日，乔麦还会精心布置现场，提前给符晓做个造型，让他拍照发个朋友圈，证明自己还活着，后来觉得朽木不可雕，伪装给谁看，索性也就走走流程吹个蜡烛罢了。

乔麦和晓妈投缘，聊得热络，符晓和 Ada 就全程听他俩搭档讲相声。酒足饭饱，服务人员端上蛋糕，点燃蜡烛，符晓许愿的时候，总觉得身后有风，有种说不上来的预感。

吹蜡烛之前，服务员进屋说有人找，然后严美丽就从门后面出现了。

严美丽从迪拜回来，独自去了一趟尼泊尔，在寺庙里待了三个月，差点都皈依了，但终究没躲过情爱纷扰。她听人说，分手了想对方一次，就记一个英文单词。结果没走出阴影，反而成了词汇大师，一个人在加德满都畅通无阻。

和符晓分开后，她深夜机械地滑着手机，偌大的双人床怎么滚都是凉的。她以为符晓就爱这样的她，所以才在他面前永远蛮横娇嗔，以为这样笨拙的依赖方式就是在宣告自己永远离不开他，仗着被爱，就应该恃宠而骄，有人笑有人哭，一个愿打一个愿挨。

严美丽想不通，她还是不习惯没有符晓的生活，决定回来再挽回一下。她的出现直接造成新的故事戛然而止，提前结尾。Ada 跑出餐厅，符晓紧跟着她，她哭着伸出手，示意符晓别再靠近。入夜的海风凉意浸骨，Ada 当着符晓的面，把手里写满字的本子一撕为二，连着对他的全部记忆扔进了海里。

她抹掉眼泪，颤着手在剩下一半的空本子上写下一行字：不要相信一个叫符晓的男人说的任何话。

"你骗了我，你们都骗了我！我这些年到底发生了什么，怎么会来这里。你根本不喜欢我，你们已经有一个'美丽'了，为什么要来害我，把我原本的记忆还给我！"Ada 哭得撕心裂肺。

符晓跟着心疼，犹豫着伸手去碰触她，被她抓住手臂狠狠咬了一口。

"我要忘了你！"说罢 Ada 转身坐上路边的出租车逃之夭夭。

符晓失措地揉着头发，看到手上深深的牙印，才后知后觉地感到痛，连带着满腹的愧疚感，也哭了出来。

符晓失去了追回她的资格，一个人落寞地回到餐厅。晓妈已经收拾好残局，安抚着哭花妆的严美丽，一向机灵的乔麦闭麦了，自斟自饮。

晓妈见符晓回来，默默坐到他身边，带着一点自责的语气安慰他："是不是妈妈给你的压力太大了。"

"跟你没关系，是我太自私了。"

"你不喜欢……那个姑娘，就不该去做伤害她的事啊。"

"妈，你知道我最难过的是什么吗？不是要我承认我有多么可恶，而是在这个过程中，有时我以为是错觉，可是这个错觉持续了好长时间，我真的……真的喜欢上 Ada 了，但是现在，我是要失去她了吗？"

严美丽听完哭得更伤心了。

符晓失魂落魄地到家，看见 Ada 的行李还在。他给了自己一个耳光，意识到现在最该担心的，是 Ada 如果突然失忆怎么办。符晓冲出家门，开车在整座城市绕行，寻找 Ada 的身影。此时的 Ada，可能已经忘记了他，在城市某个角落清醒。

时间走过零点，符晓抱膝坐在地板上，Ada 的手机仍然提示关机。符晓看着玩具墙中央的那个龙猫摆件，过去几个月的时光，像经历了一场梦境。今天大了一岁，结果向不成熟又迈了一步，不靠谱的男人，连人生都是反向生长。

失踪没有超过二十四小时，无法报警立案，符晓一宿未眠，趁着天光未亮，让乔麦陪着继续轧马路，试图在某个转角能看见 Ada，哪怕只是远远的，确认她安全就好。

此刻的 Ada，正躲在城西的一家便利店里，她捂着脑袋，闭上眼都是符晓的脸，疑虑为什么断电的感觉还不重现，她想要快点忘记他。

三日后的清晨，符晓接到警察局电话，说他有一个朋友因为护照丢失滞留了。

Ada 最近的通话记录里，只有符晓的名字。

符晓和乔麦到了警局，警察叔叔问："你们谁是符晓啊？"

Ada 抱着撕坏一半的本子警惕地看着他们，上面那行"不要相信一个叫符晓的男人说的任何话"的字样异常醒目。

"我是！"乔麦站出来，伸手拦住一旁语塞的符晓。

Ada 质问乔麦："我手机里为什么有你的联系方式？"

"你手机里……问你自己啊！"乔麦开始表演。

"果然，长得就不像好人！"Ada 嚷嚷道。

"行李给你，护照在里面。"符晓看不下去，上前将行李箱和背包还给 Ada。

"你又是谁？"Ada 问。

"我是你的民宿房东，你订了我的房子。"符晓帮她还原了最初的故事内容，李大萌，这几年一直在世界各地当中文导游，兼做翻译，不知什么原因回国，租到了他的房子。

符晓把民宿订单给她看，Ada 大惊："三个月前？我租了这么久？"

"他人好啊，看你这状况，都没收你房费。"乔麦补充道。

"那你们是什么关系？"Ada 呛声。

"你猜。"乔麦坏笑。

"多听你说一句话我都对不起我自己。"Ada 抱紧本子。

"总之护照你拿到了，你不用怕我，可以回家了。"符晓失落道，拉着乔麦准备离开。

"等一下！"Ada 回归了初次见面的活泼，念叨着，"怕你干什么，还得谢谢你啊帅哥。没关系，既然我都忘了，反正我也爱到处玩，那就在这里多待两天再走。"

Ada 当即定了后天的班机，抓着符晓的胳膊说要请他吃饭。替罪羊乔麦被她来回几次眼神杀后，迈着小碎步功成身退。

午餐选在海鲜馆，Ada 啃着大闸蟹，问起这座海滨城市最值得去的打卡点，符晓从小在这里长大，对网红景点都兴趣缺缺，只能列出几家玩具店。比起游客，他反而更像是这里的流浪者。两人翻起攻略，Ada 对几个古建筑和中心广场挺有兴趣，符晓提醒道："是不是不太方便去人多的地方。"

Ada 托着腮帮子正色道："敢不敢赌一把？"

他们买了个拍立得，从人潮汹涌的中心广场一路拍到海边，和几对情侣比赛抓娃娃，最后满载而归。经过一条地下酒吧街，Ada 转手将一袋子娃娃送给门口卖烤串的大爷，指着酒吧的霓虹招牌朝符晓莞尔一笑。

那晚是符晓人生中第一次蹦迪。

Ada 分分钟在舞池中央成为焦点，胆战心惊的符晓守在台下，对上 Ada 的眼神，就原地跳两步，不知道的以为他在酒吧里超慢跑。

热闹结束，已经凌晨三点。

两个人玩到虚脱，互相搀着走在空旷的天桥上，Ada 忍不住笑，她说很久没有这么开心了。符晓小心翼翼地扶着她，又不敢太靠近，心中还是堆满了愧疚和遗憾。

走到一半，亢奋的 Ada 突然撑起身子，坐在桥梁边上，还不忘拉上符晓一起。

俩人转身朝外，脚下悬空，桥下的车辆飞速驶过，远方是还未熄灭的城市灯火，符晓紧扶着栏杆，有点腿软。害怕是真的，心里莫名的热血也是真的。

Ada 从背包里取出笔记本，抬笔记录，写到一半卡壳了，问他："我好像还不知道你的名字。"

"别知道了，我这人很无聊的，以免你今后回去给我打差评。"

"我是这种人嘛！不过也是，反正要走了。不过房东帅哥，你这人挺有趣的。而且我总感觉对你很熟悉，今天在警局见到你，就有这种熟悉感了。还有哦，你要留意一下那个叫符晓的，我本子上记过，他肯定不靠谱，不是什么好人。"

"我也不行，跟符晓没什么差别。"符晓一语双关，心酸地笑笑。

"说自己不行的男人，你是第一个。"Ada 笑出声，用拍立得给他拍了张照，在相纸上写着"不行先生"，然后夹在本子上，在旁边批注：我的房东，一个有趣的人。

两个人回到家，Ada 说她竟然对这里还有点印象，能准确地找到次卧的方位，看见符晓的玩具墙，再次发出惊叹，仍然拿着那个断了胳膊的芭比娃娃问："为什么不丢啊？"符晓此刻突然很想哭，他说：

"玩具其实和人一样，也有生命周期的，只是坏了也别丢啊，因为多多少少都陪过我们一阵子。"

Ada 回来之前，晓妈登上了回老家的火车，她抹去了房子里自己存在过的痕迹，唯独留着那几盆水仙，因为已经生出了花苞，她给符晓留下的便笺上写着：妈这一辈子都在提心吊胆里度过了，你们突然都在讲自我，这个东西太深奥，我天生就没有，所以我还需要很多时间去学习。儿子，或许你是自由的，你可以爱你想爱的人，只要不惦记着得到什么，也就不会害怕失去什么。

Ada 洗完澡出来，见符晓在客厅里看电影，擦着未干的头发在他身边坐下。

其间好几次严美丽打来电话，都被符晓挂掉了。严美丽成为他人生目前为止的重灾区，他没有能量和情绪应对了。

"跟女朋友吵架啦？" Ada 问。

"前女友。"符晓不想提她，摆摆手道，"还在纠缠。"

"自私的人看到的是纠缠，以为人家是在阻止你幸福，但宽容的人看到的是舍不得。" Ada 说，"其实很多人很笨的，不甘心的时候，招数只有这些，除此之外，就没有其他更好的办法了。"

"那我该怎么做？"

Ada 拎起他手里的手机，贴到他耳边道："接啊。说清楚，好聚好散，说不清楚，再彻底拉黑，别拿钝刀子磨，痛快点，她总会走出来的。"

电话接通后，严美丽并没有无理取闹，符晓在生日那天说的那些话，她都听懂了。爱情有什么可勉强的呢，以爱之名绑住彼此，只有自己心里清楚，那个"爱"仅仅只是爱自己。这段感情没有谁亏欠谁，也不存在谁耽误谁的时间，她只是想彻底死心，正式说句再见。

那晚符晓和严美丽聊了很久，符晓对她说："其实你不用再伪装了，肯定会有一个喜欢你原本样子的人。"

是啊，生活已经拼命要赢了，谁都不愿意在爱情里也比个高下，只怪我们一个人单枪匹马，走过太多四季，忘记了我们可以用真面目示人。

Ada 靠着沙发睡着了。挂上电话，符晓给她盖上毯子，她突然扭了扭身子，两条腿直接架在他身上。符晓像个巨型公仔动弹不得，硬生生坐着睡了过去，不出意外，第二天一早，他是被 Ada 打醒的。

早饭后，Ada 翻完本子，说要带符晓去见个朋友。

别墅的大门打开，符晓目瞪口呆，Ada 所谓的朋友，就是当初买他龙猫摆件的男孩。

Ada 晃晃手里的本子对符晓说："我本子里夹了一张撕碎的纸，写的就是这个小孩，但之前的我写着，这个小孩，跟'他'很像。'他'是谁啊……"

男孩抱着 Ada，一口一个"漂亮姐姐"。符晓愣在 Ada 上一句话里，听到他们叫他，回神跟了上去。

男孩小声对 Ada 耳语道："你男朋友吃醋了。"

"他不是我男朋友。"Ada 解释。

"上次就是你们一起卖玩具给我的啊。"

Ada 向符晓抛来求证的眼神，他冷不丁一个寒战，赶紧点点头，担心小朋友说错话。

"哦，姐姐你用了超能力，你忘了。"男孩配合着偷笑，把他们带去自己的房间。

硕大的房间里，堆满了各式各样的玩具，让符晓没想到的是，那些只活在网图中的限量潮玩竟然同时出现在一个十二岁的男孩房间里，他盯着玻璃柜中央那个巨大的金色擎天柱，感叹着，有钱真好啊。

除了摆件，男孩还有很多科技玩具，符晓一秒孩子气满格，抱着那些玩具不撒手。他们在这里待了大半天，临走时，男孩送给符晓一个礼物—— 一架可以充电的遥控纸飞机。

赠予英雄般的惺惺相惜。

回去的路上，经过海湾浴场，符晓提议带 Ada 坐观光船。两人上了船，占据甲板最好的位置等待日落。

退潮时的海面汹涌，甲板晃得厉害，Ada 紧紧抱着本子，一只手扶着栏杆，一脸无邪的笑。

符晓几次走神，他甚至想过走投无路的办法，比如把她的本子直接抢过来丢到海里，然后等她失忆的时候，以她男朋友的身份出现，再次篡改她的人生。

"你在想什么？"Ada 打断他邪恶的脑内剧场。

"没什么……你明天几点的飞机？"

"好像是上午十点。"

"去哪儿？"

"东京，最近樱花季，游客多，我可以赚下一程的旅费。"

"我一直挺好奇，你这毛病怎么可能当得了导游呢？"

"重复讲同样的话，重复坑人，这不是很适合我吗？"Ada 说着又开始大笑。

符晓情绪起伏，他突然说："其实你不用一直这么亢奋的。"

Ada 像被击中，收敛起笑容，转身靠在栏杆上，与符晓四目相对，缓缓道："自从我的记忆能力变成这样之后，总想证明自己和正常人一样，想要被看见，又害怕被了解。我当初会做脑部手术，是因为出了车祸。在纽约一号公路上。当时我刚拿到驾照，非要吵着自己开，结果跟对向的车撞上了，玻璃直接插到我脑袋里，但我比后座上的爸妈幸运，至少还留了口气可以做手术。生活总是跟你对着来，想忘记的偏偏留在长时记忆里，想记得的却不给我这个机会。我是被迫流浪的，失去他们之后，我也指望不上任何人……所以，挺好的……至少还能把什么都写在本子上。"Ada 笑着晃了晃手里的本子，眼泪也跟着掉了出来，她迅速抹掉眼泪，"哎呀，有些人刚认识，但好像认识很久似的，什么都想和他说。"

"我很乐意听。"符晓消化不及，所有安慰都失去了立场。

Ada 讪笑道："别用这种同情的眼神看我，虽然我知道，本子一丢，就又一无所有了。"

"你还有我啊。"符晓脱口而出。

海风吹过，Ada 捋了捋挡在眼前的碎发，一时有些慌乱。

符晓赶紧伸出手缓和尴尬："很高兴认识你。"

"很高兴……不认识你，"Ada 保持着笑意，拍了拍他的手，"不行先生。"

第二天一早，符晓送 Ada 上车，他们没有说多余的话，甚至连个道别的拥抱或握手也没有，俩人默契地逃离对方的眼神。Ada 降下一半窗户，和他道谢，在车子开动之前，符晓对她说了声对不起。

Ada回头从后车窗看了眼符晓，心里升起一股说不清道不明的遗憾，车子开了不远，一架红色的遥控纸飞机飞在窗外。

她立刻会意，摇下窗户，伸手将纸飞机抓了进来。

摊开纸飞机，上面密密麻麻写满了字。

Dear Ada（亲爱的Ada），我讨厌离别，更讨厌后悔，所以直到你离开才敢说真话，其实我才是符晓。我没有立场为自己辩解，因为我真的不是好人，所以不必记得我。我们面对意外的时候，总会把责任揽到自己身上，好去解答一个"为什么"，但意外就是意外，是没道理可言的。你不必用一辈子折磨自己来偿还，更不必用笑来掩饰悲伤。你完全有理由灿烂地活着，记忆不是你的安全感，你那股冲劲儿和自带的明媚才是。你这样的女孩不是每个人都能遇到的，如果有人遇上你，是他的运气。我妈说，人这一辈子，不惦记着得到，也就不会害怕失去，我希望你幸福，所以哪怕看着我喜欢的人离开，也没有那么害怕了。

从这个记忆开始计时的起点，就没那么公平，在Ada眼中，符晓只是个认识两天的陌生人，而对符晓来说，自己在三个月里，参与了一个女孩的两次人生。

每一次的结论，都是好喜欢。

好喜欢好喜欢。

纸飞机的定位APP（应用程序）上显示，纸飞机已经超出遥控范围。符晓落寞地回到家，家里还能闻到Ada的香水味，恍惚间还看到她在客厅上蹦下跳。晓妈的水仙花开得正好，符晓拨通晓妈的电话，刚叫了声"妈妈"，就鼻子泛酸，哭得像个孩子。

时间拨回两个多月前，Ada推倒符晓的乐高，被符晓勒令赶出家门，她的心情跌至谷底，将橙色本子落在了开往机场的出租车上。

那个本子先是被下一个乘客捡到，顺走了夹在里面的手机，随手将本子扔在了路边的石阶上。路过的大学生捡起来翻了两页，将它留在了学校食堂，食堂的保洁阿姨把它当作失物交给了办公室老师，后来又被前来领失物的学生一起带走了。

学生在咖啡店里看完本子，留在店里，老板觉得本子好看，就放进了墙上的书堆里。

这是一家人来人往的机场咖啡店。

这一天，经过的长发女生一眼看到这个橙色本子，翻开了一段闪着光的回忆。

本子的主人在中间几页贴了几张照片，写了这么一段故事。

在佛罗伦萨的博物馆当导游的时候，遇见了他。

他好像对博物馆不感兴趣，看完大卫雕像就在玩手机，但又不得不被导游耗着，看他那焦急的样子，好想过去帮帮他。

第二次遇见他，是在罗马，远远就看见他一个人拖着个木马在圣天使桥上走，明明腾不出手，还将兜里的零钱塞给路边的表演者，结果木马没抓住，砸在地上，他竟然在对木马说sorry（对不起）。

怎么会有这么可爱的人。

第三次遇见他，是在民宿网站上，可能是缘分使然，我不知道怎么点到他的房源的，当看到房东头像的时候，我决定好下一站要去哪里了。

　　我已经想好，开门之后要给他个拥抱，如果他也对我一见钟情，我一定会告诉他，其实我很久以前就已经爱上你了，但只是刚刚才见面，你说我怎么忍得住。

后来　来
时间　都与
　　　你有关

YEARS FROM NOW ON

此去经年

因为你，
我想成为一个更好的人。

类型：科幻 / 青春 / 爱情

#4

此去经年

席慕蓉的诗里有这么一句,如何让你遇见我,在我最美丽的时刻。何遇的妈妈就是念着这首诗在一棵杨柳树下遇见了与她执手的人。

何遇的名字由此而来。

十八岁那年,他与方楚楚离开熟悉的小县城,提前过上了社会人生。这对神雕侠侣没雕,不侠侣,只有神,神经病的神,在吧台上摔过瓶子,在动物园喂过老虎,帮人代笔写过小说,给魔术师当过助理,曾经挥霍着人民币吃遍一整条夜市美食街不心疼,也落魄到买个面包都要一人分一半。

二十五岁那年,何遇在一家贺卡公司工作,专职写情书,被女上司强撩未果,倒是让方楚楚以此为理由,吃了半辈子的醋。

二十八岁那年,何遇说:"忙归忙,什么时候有空,咱们把婚结了吧。"方楚楚说:"结婚那么大的事,怎么能这么随便,要不,就今天吧。"

三十岁那年,方楚楚脑里长了颗瘤,差点见了阎王,治愈后从此右耳辨音吃力，走路左右摇晃。他们决定不生孩子，统一目标后，开始在国内环游，以季为单位，一年去四座城市，方楚楚靠体力在当地的青年旅社打工，何遇靠脑子在路边写字画画赚外快。

四十岁那年，他们成立了一家图书公司，策划了多部畅销书。那一年是二〇三〇年，科技主导世界，极简生活者遍地游行，让纸质书起死回生。

五十岁那年，方楚楚旧疾复发，常常昏厥，何遇卖掉图书公司，用所有积蓄买回一辆无人驾驶的房车，将房车改造成移动书店，带方楚楚环游世界，共伴余生。

方楚楚是谁？

两人相遇在高一那年。何遇自小文笔好，私下帮同学写情书，一封两块钱，赚点钱买杂志。但他性子软，碰上那种个儿高人浑的顾客就尿，结果非但没赚到他们的钱，还被反将一军，被老师直接停了生意，顺带放学别走，留在办公室里写检讨。

这孩子在学校没犯过什么错，一有点风吹草动就放大成黑洞，觉得写检讨是重罪，平日里信手拈来的文字游戏，奋战到天黑什么都没憋出来。他窝在老师的桌上，看着四周堆成山的作业本，咬着笔抓耳挠腮。

此时方楚楚从窗外推开玻璃窗，一个跳跃从容落地，而后不紧不慢地开始在办公室里翻箱倒柜。何遇瞪着眼，气都不敢喘，腮帮子咬笔咬得生疼，盘算着这三层高楼，此乃何方蜘蛛侠。

只有两个人的空间气氛诡异，何遇多年的尴尬综合征上头，全身如针刺般难受，他强找话题："今晚的月亮真漂亮。"

方楚楚一哆嗦，嘟囔着竟然有人，她叼着一根棒棒糖含混地说："外面有雾啊大哥。"

接下来，何遇努力不冷场，从天气温度、你叫什么名字到你从哪里来到哪里去，越问越尴尬。倒是方楚楚一边翻着东西，心情大好地接受了采访。他们生活的小县城叫龙泉，城里有两所学校，一所龙泉中学，一所二中，显然，正房和妾的区别，但两家学校不承认，暗地里比拼升学率。之前有过两校的学生谈恋爱错失重本的前科，于是学校出现了一个没列入校规的潜规则：内部消化能忍则忍，外部消化格杀勿论，以至两校学生连正常的交往都剑拔弩张。方楚楚就是隔壁龙中的，此行来二中，是帮她老大找一个带锁的笔记本。

看着这个穿着便服，马尾上绑着一圈圈彩色皮筋的不良少女，何遇咽了咽口水，不想生事，把脸往作业堆里凑，不巧手肘碰到一个带锁的本子。

"你要找的……是这个吗？"躲不过的何遇弱弱地举起手。

方楚楚向他走过去，这才终于看清楚作业本后面那个男生的模样。

她们班走文艺路线的物理老师曾说过，真正的速度是看不出来的。比如树叶什么时候会变黄，婴儿什么时候会长出第一颗牙，你什么时候会爱上一个人。

她计算了一下，大概就在刚才的半秒钟内，她的心头已经开启了一扇门。

从此以后，何遇的世界就多了一个方楚楚。

这个神出鬼没的不良少女，胳膊和脖子上经常带着瘀青，她总会漫不经心地说："打架打的。"何遇感觉下一秒她会揍自己，但方楚楚只会逗他，说："是不是心疼了？"

不仅如此，她撩汉的方式都是打直球。何遇上厕所的时候，听到窗外的动静转过头，方楚楚正一蹦一跳的，露出那张笑开花的脸，吓得他尿都断了线。下了晚自习后，街上的路灯年久失修，方楚楚会突然从某条巷弄里钻出来，身上挂着彩灯，陪他走一段。最夸张的一次是方楚楚潜入何遇的教室，在他座位上搞事情，被何遇逮个正着。不过没等他问清情况，班主任突然进来了，何遇急中生智，把方楚楚的头按进自己的课桌洞里，本以为能躲过一劫，谁知道方楚楚的脑袋被卡住拔不出来，最后请来了消防队。

因为跟龙中学生往来，何遇被班主任发配到操场跑圈，方楚楚在旁边屁颠屁颠地跟着，那个系着五颜六色皮筋的马尾辫和花衣裳格外显眼。何遇用校服套住头，委屈至极地问她到底要干什么。

"你校服有樟脑球的味道，真好闻。"这是那天方楚楚的回答。

"那是什么味道？"莫羡揪着何遇的衣服，轻轻闻了一下。

莫羡是何遇在这个学校"唯二"的朋友，颜值与成绩并驾齐驱。何遇很理性，做任何事井井有条，他安静，不争，写东西是他的安全岛，所以他在学校的常态就是在座位上与自己玩。因为不合群，同学们都不太喜欢他。

只有莫羡欣赏他，她跟何遇说："有些人的使命就是改变世界，另外一些人跟在这些人后面做自己喜欢的就好了，你得允许这样的自己存在。"

那一年，她不过也才十六岁，人美心善，世上真的有天使。

而何遇另一位朋友，是他们的心理学老师，何遇叫她"雅典娜"。当初学校为了响应国家号召，校长请来雅典娜老师为大家上心理课，结果不出一个月，就被语数外老师以各种理由占课。零星的几次见面，雅典娜总能用各种招数活跃班上的气氛。何遇看着讲台上的她，穿着一身干净的白衣，眼波流转，气质非凡，那时有一期杂志写《圣斗士星矢》的，他看着紫头发白衣的雅典娜，心里似乎有了女神模糊的对照，雅典娜之名因此而来。

何遇有次和同桌闹了口角，差点动了手。尽管何遇占理，但他赤着脸，泪失禁体质，还是忍不住吵哭了。记忆里这是第一次和同学吵架，他怨自己没用，雅典娜给了他一杯柠檬茶，对他说，吵完架会哭的人，其实是潜意识觉得把自己隐藏的另一面给别人看到，于是没有了安全感，才会忍不住哭。

也许自己心底有一只小恶魔吧。何遇躺在单人床上，望着天花板暗自想。何妈妈伴着周杰伦的歌曲在客厅里跳舞，无论是抒情歌还是有节奏感的 rap（说唱），这位舞后都能随机调换步伐，"舞法舞天"。

伴着"菊花残，满地伤"，何遇睡了好沉的一觉。

方楚楚出现在他的梦里，洗完澡的她披着一头未干的长发，蜷着腿在床上琢磨着藏头诗，她很努力地想把"何遇我喜欢你"几个字藏进诗里，但来回团了好几张纸，都写不出完整一句。良久，她突然转身，朝何遇的视角冲他狰狞道："我竟然为了你做这种事，把我自己都感动到了，这辈子你要对我负责！"

何遇从房车里醒来的时候，已是正午。助理机器人靠在床前，显示电量低，肚子上的音箱正放着何遇常听的电台调频，里面温和的男声说："刚刚听到的是来自周杰伦的经典老歌《不爱我就拉倒》。"

何遇弯着腰，将机器人抱去充电座，不过十几斤的家伙，感觉比前些天又吃力了不少。简单洗漱后，他在饮食一体机前犹豫片刻，点了一杯温水和蛋饼。

何遇坐在工作台前，一只手颤悠悠地掀开窗帘一角，外面是透光的白，电视上说，这是札幌今年入冬以来最大的一场雪。

还是往常的习惯，他用那支惯用的白色钢笔，缓缓写下一封信，耐心装进一个米色的信封里，随后起身穿上大衣，套着羊绒围巾，将白色头发顺了顺，戴上一顶灰色的平沿帽，敛去表情，打开车门，轻轻地走出了房车。

这是移动书店停业的第五天。

何遇来到札幌市医院，在重症病房前，将那封信递给穿着粉衣的护士。银色的房门里，方楚楚在病床上安静地沉睡，两台精密的仪器连着她的大脑和心脏。因为用药的缘故，她大部分时间都在昏睡，间或醒来，就读读何遇给她的信，信中除了日常的天气和心情，更多的是他们共同的回忆。信的末尾，何遇总是附上一段情话。

只有在仪器换药时，何遇才能进入病房，不能停留太久，所以还要看运气，最好方楚楚能默契地睁开眼。

最近一次的见面，何遇说："写信没人回的感觉，好孤单啊。"方楚楚笑笑，声音发涩地说："轮到你了老头儿，该你主动一点，我好休息休息。"

何遇心疼道："当年你追我的时候，应该就是这种感觉。"

"什么我追你，是你先撩我！"方楚楚用力咽了咽口水，一股热流袭来，眼睛被刺得蒙上一层雾气，她缓缓说道，"我们在老师办公室第一次见，是你突然说月亮美，看你老老实实的，还不是为了吸引我的注意，你就是心眼子多。"

"好好好，你说什么就是什么，感谢月亮，让我们碰上了。"

"我们能碰面，那是因为我长得好看。"

何遇被呛得咳了起来。

两校合并的消息，何遇是最后一个知道的。

高一学年结束，决定读文科的他，得了急性阑尾炎，躺进医院待了大半个月。他带着小腹上的一道伤口重回学校，校园早已狼烟四起，有人在食堂后门偷偷集会签名抗议合校，高年级甚至直接带头在顶楼撕书，整个教学楼被白花花的纸片淹没。

当然最后还是合校了，说是教育局的意思，两校统称龙泉县中学，高中部搬到隔壁龙中，二中变成初中部，二中这个响当当的名号从此消失。二中学子万念俱灰，莫羡倒是平静，她坐在靠窗的座位，一只手托着腮，一副岁月静好的模样。

没人知道那时的她在想什么。

踏进新班级的那天，何遇首先看到的是莫羡，缘分使然，何遇心想。再一转眼，方楚楚靠在椅背上，给了他一个饱满的大笑。我想死，何遇心想。

无敌方楚楚在这个学校有个男女混合团体，名曰"Girls and More（不只女孩）"，一看这小破团就是严重性别不平等。他们有课一起逃，检讨互相抄，团队宗旨就是活在当下，时光爱老不老，我们毕业就散。那个高个子刘海男叫修远兮，听说外公是日本人，家里开剑道馆的，常在座位上张牙舞爪，招式每天不重样，官方解释说他在练气功。说话总爱秀英文的寸头肌肉男叫高兴，从认识方楚楚他们那天起，他就不停炫耀自己毕业后会去英国念书，He is the king of the world（他是世界之王）。身高一米五的妹子叫郝青春，二次元美术生，会真实地把cosplay（角色扮演）的衣服穿到学校里，并且一整天都敬业地沉浸在角色里。最后要隆重介绍的是，占用了"每个班都会有一个胖子"名额的Pizza，英文名是她自己取的，她的梦想是赚大钱，每天都能吃上必胜客。

这帮人给何遇和莫羡的见面礼就是拉他们去网吧。对何遇这种没有深层次追求，且胆子不在线的人，网吧、游戏厅犹如善良人设的一处黑洞，如果进去了，那就真的从一个可塑之才变成无耻之徒了。何遇抱紧网吧门口的水泥柱子，宁死不从，最后输给了莫羡寡淡的一句话："我在这里有卡。"

网吧里乌烟瘴气，何遇有好几次都忍不住想吐。方楚楚热情洋溢，给何遇申请了一个QQ号，把每个人都加上，还特意把他设置到一个分组里，何遇像是看某种仪式一样，跟着方楚楚的鼠标箭头晃着脑袋。

还没把"886""9494"和"555"代表的意思搞清楚，就听见对面的修远兮扬着下巴，煞有介事地说："何遇，你六点钟方向，有个女生在偷看你。"

方楚楚机警地先回头，刚好撞见一个小女生躲闪的眼神，不住地把脸往显示器一角钻。

"她不是看你，她是看门口的警察。"坐在他们旁边的莫羡温柔一刀。

门口的警察叔叔看完网吧老板的登记表，开始挨个儿看身份证。所有人默契地开始脱校服，何遇胃里翻江倒海，他大口呼气，脑袋已经跟不上这节奏。

莫羡和修远仗着七成熟的脸，从警察身边走过，在老板那儿刷了卡从容离开，接下来是郝青春，她是直接大摇大摆走出去的，因为身高优势，警察压根儿没看见她。方楚楚把何遇的校服脱下来绑在自己腰上，抓起已经全身僵硬的何遇，掩耳盗铃埋着头走，结果不偏不倚撞在警察身上。

那天要不是 Pizza 靠吨位挡住了警察，高兴再靠蛮力抱走了 Pizza，他们一行人就跑不到龙泉湖边，即便喘不停，也不忘指着对方狼狈的样子大笑，还能相安无事地吃上便当，为了纪念，拍下第一张大合影。

有些人总是猝不及防地出现在你的世界里，清浅如过目则忘的照面，深重如镌刻回忆的凹痕。

何遇不知道这些人究竟能在记忆里撒野多久，未来是否有瓜葛，只知道在那一刻，好像机械枯燥的高中生活，突然鲜活起来了。

整理照片的时候，何遇翻到手机里那张大合影。"Girls and More"在毕业后如约解散，几十年更迭，各自早已过成了不同世界的人。因为当年的手机像素太低，Pizza 的胖脸照虚了，何遇后来用了各种修复技术，也没办法优化。但就像 Pizza 说的，就让她成为大家回忆里的一个谜吧。

这个谜打来了视频电话。

何遇摆正衬衣领口，按下通话键。视频里的胖老太虽然脸上堆满了褶子，但看得出平日里爱捯饬，红衣裳衬得嘟嘟脸饱满明亮。Pizza 在电话里举着比自己脸还大的比萨，说她的孙子给她开了新的餐厅，研发的比萨特别好吃。

何遇戴上 VR 眼镜，来到 Pizza 身边。来不及欣赏餐厅装潢，光是看到比萨上堆满的芝士就觉得腻了，他撇撇嘴，揶揄道："都七十多岁的人了，还拿身体开玩笑。"

"你忘了我们团的宗旨了，" Pizza 不依不饶地还嘴，"看看我这胃，为我操劳那么多年，不也一样坚挺?!"

"及时行乐也要守住资本啊，你看郝青春那癌，要是再多撑两年，药就出来了。"

"那是人家明白，与其受罪，不如当下舒服，早点走，让后来的人念着她。她那墓地啊，已经快被那些卡通玩意儿堆满了。不说我都忘了，那个漫画家最近才画完《海贼王》的大结局，回头赶紧给她烧两本去。"

何遇沉吟半晌，准备取下眼镜："我要去医院了。"

Pizza 叫住他，试探地问："准备好了吗?"

何遇背对着 Pizza 站着，话到嘴边又收住了，他缓缓摘下眼镜，回到自己的房车里，佝偻的身影被窗外的光线射透，影子被拖得老长，助理机器人在他身边辛勤地擦着地，空旷的车厢里发出清晰的声响。

二〇〇七年的冬天是龙泉历史记录里最冷的一个冬天。

南方的湿冷让整个龙中都笼着一层怠懒的气氛，四十分钟的课，感觉无限漫长。合校之后，雅典娜老师的心理课变成"一期一会"，龙中的校长在五层走廊尽头不起眼的角落里，给她弄了一间心理咨询办公室。或许是大家都活得没啥烦恼，来咨询的同学甚少，她平日里就在这个不足二十平方米的空间里看报纸做研究。

他们新的语文老师就比较忙了，还出了一套正确选项全是 C 的卷子，来考验大家的定心。要背诵的课文，他都会让学生们默写，一来二去大家就精了，都会事先抄在纸上，结果道高一丈，他故意从第二、三段开始，或是让大家把本子横过来，总之变着花样来默写。这让从二中过来的学生更是闹心到无以复加，几个男生带头扎了语文老师的自行车车胎，在他的课上睡大觉或是吃面条。

何遇和莫羡倒是没什么反应，二中的人觉得他们这是叛变，不顾及母校情分。一腔热血的方楚楚看不过去，约上那几个男生在操场小聚，等她的小团体悉数到齐，两方阵营正式对立。方楚楚是想和他们讲理的："马上都是成年人了，请带上脑子，不要看了几部港片，就在这儿瞎贯彻义气，要真觉得委屈，等自己扬名立万了，把学校名贴额头上都行，但有气别往老师身上撒，这让我怀疑你们究竟是不是男的。"带头的男生听罢走到方楚楚面前，朝她竖了个中指。本以为人高马大的高兴会直接动手，结果他只在旁边弱弱地说了个"oops（哎哟）"。

何遇突然伸手，抓住男生的指头，一副气势汹汹的架势，可惜帅不过半秒，认怂地柔声问："这样好像很没礼貌吧？"

在男生怒火中烧的当下，校长来看热闹了，问他俩这是干什么，莫羡镇定自若地解释："马上运动会，他们准备练习五千米。"

"这么用功，那现在给我跑跑看看。"校长笑着说。

现场的小伙伴都安静了。

何遇拦下想替他跑的方楚楚，硬着头皮跑在第一个，男生轻声骂了句娘，跟了上去。后面的课方楚楚直接翘了，备好两瓶水在操场边等何遇，莫羡也万分抱歉，在窗边行了四十分钟的注目礼。演戏演全套，以往运动会都只会写通讯稿的何遇，真的参加了五千米，不负众望地跑了个倒数第二，身体终于超负荷，肌腱炎外加感冒发烧，在家躺了一周。

某天何妈闻声开门，方楚楚搓着通红的手站着，乖巧地一鞠躬。

这个女孩子的大多行径都无法用常理解释，所以何遇也懒得问她怎么知道他家地址的。方楚楚以帮他补课的名义，强行同框，又是带高汤，又是送便当的，没有那些奇装异服，就穿着淡青色的羽绒衣，头发简单扎着，跟何妈说话声都降低了两个度，永远眼带笑意，何妈说什么，她都回一句好的。

何妈完全被方楚楚降伏，连说如果何遇的早恋对象是这样的，她也认了。

"妈你说什么呢！"何遇没好气地嘟囔，"她平时不是这样的。"

一学期唯一一次的心理课，雅典娜期待许久，她做好充足的准备，一上来就让班上的同学做吸管传递小纸杯的游戏，活跃气氛，不仅如此，她还能准确地喊出每个人的名字。本来其乐融融的氛围，却被郝青春尖厉的一嗓子给吼破了。

下雪了！

结霜的窗户外，片片雪白舞动。这是他们长这么大，在这个南方县城第一次看见雪。

所有人的视线都被窗外的景带走。板书写到一半，雅典娜放下粉笔，轻叹了口气，然后扬起一抹笑说："接下来的内容，是要大家去校园里找找你们最喜欢的东西，花草树木纸屑灰尘都不限。但是要注意纪律，下课的时候交作业。"

那天只有他们班在操场上玩雪，雪积不起来，只是润湿了路面，他们就从树枝草丛上裹起雪，手被冻得通红也不觉得疼。顶着一头白色的方楚楚突然拉住何遇的手，他想挣脱，连问几个干什么。方楚楚笑着答，逃课。

何遇半推半就着被方楚楚拽出了学校。这是他第一次翻围墙，第一次在学校外面听到上课铃响，第一次在上课时间轧马路。他没见过这个时候的小城，深邃安静，楚楚动人。大路上只有他们两个人，何遇摩挲着肩膀，只能靠偶尔路过的几辆人力三轮车缓解尴尬。

方楚楚在超市里买了两个冰激凌，随手递给何遇，自己熟练地咬掉围着蛋卷的包装纸。

"你疯了吧，大冬天吃这个！"

"谁说冰激凌只能夏天吃了，"方楚楚咬一大口，豁起嘴，边笑边哈着白气，"冬天吃冰激凌更好吃。"

何遇半信半疑地跟着咬了一口，透心凉，冻得太阳穴生疼，他鄙夷地看了眼冰激凌，大惊："这个牌子很贵吧。"

"还成。"

"少花点你爸妈的钱。"

"哎，你跟我来，让你看看我打工的地方。"说着方楚楚拽着何遇的羽绒服一角，拉着他跑起来。

"干吗要跑啊？"

方楚楚不带喘地大吼，雪花灌进嘴里："我每天放学和上学都用跑的啊，日升日落，我要奔跑过太阳。"

她真的是个神经病。

何遇在湿滑的路面迎着雪足足跑了一公里，最后在一家奶茶店门口停下。有一瞬间，他看见方楚楚在柜台上做着热奶茶，五彩皮筋绑着的马尾随着忙碌的身子来回摆动，这样的画面好像也很养眼。

"是这里。"方楚楚指着旁边的盗版音像店。

现实总是辣眼睛。

方楚楚拉开两抽屉的盗版碟和磁带，饶有兴致地给何遇介绍，卖一张碟能赚三块，以及哪些碟里面装的其实是十八禁，还有用步步高可以洗掉磁带录自己的歌……何遇听着听着走了神，他突然有种莫名的期待，这个与他不是一个世界的女生，还能做出什么他认知范围外的事。

音像店里只有一个架子上的 CD 和磁带是正版的，方楚楚问何遇喜欢哪盘，他看了一圈也只认识周杰伦，他指了指《依然范特西》的磁带，方楚楚大方地一拍胸脯，说等毕业了送给他，当作礼物。

其实方楚楚会来这个店打工，更重要的原因是看中了顶楼的天台，无论心情好坏，只要有时间，她就会独自上来坐坐。音像店的天台有最好的视角，能看见成片低矮的房屋，县城中心的灯塔，天气好的时候，云朵的浮动是一帧帧的定格动画，抬头有星星，全世界都是大片烧红的晚霞。

两个人坐在秋千上，何遇忍不住感叹，真美啊！

"何遇，你见过外面的世界吗？"方楚楚指着远处若隐若现的山说，"这座山后面，我们待的盆地外面，如果我们去到那些地方，会不会和现在不一样？"

"不知道，"何遇的思绪游离片刻，"我喜欢自己的家。"

"那还是要出去啊。"

"出去？"

方楚楚满脸憧憬道："对啊，我是属于世界的。"

"你就是太把自己当回事了。"

"我不把自己当回事，指望别人吗？"方楚楚陡然大声。

何遇尴尬症来袭，如鲠在喉，陷入沉默。

方楚楚止不住寒战，打了个喷嚏，阿嚏！

"你打喷嚏的样子挺可爱。"何遇脱口而出。

那个时候，说什么都挺容易的，我喜欢你，可以是开场白，我发誓，成了谎话的前奏，说了再见，以为真的会再见。就像那个时候的何遇不知道，因为这一句话，女生就对着风吹了一个晚上。

窗外仍是片片雪。

护士在纸上写下记录，二〇六三年十二月二十二日，呼吸机能恢复。

昨天方楚楚嘴馋，威逼利诱何遇给她喂了个橙子，结果吃到昏迷，身上连着的机器发出巨大的鸣叫，吓得何遇彻夜未眠。

倒是方楚楚，醒来后一直偷笑，一来是尝到了甜头，二来觉得何遇紧张的样子着实可笑。

何遇最近的一封信里说，保证接下来几天，再也不会被方楚楚洗脑了。那封信还有个主角，是大块头高兴，何遇有天在杂志上看到他了，小了他二十多岁的英国女友给他生了孩子，旁边人物介绍写着，他是登顶珠峰年龄最大的华人。

方楚楚让何遇念念这封信最后的情话。

何遇接过信纸："你负责任性，负责随心所欲，负责做你想做的，负责不负责任，我就只对你负责。"

方楚楚边听边笑。

何遇急了，皱眉解释："我是要对你负责啊，你最好的青春都给了我。"

方楚楚用力侧了侧身，盯着天花板，嘴角止不住抽动，柔声道："老头子，我又没吃亏，心甘情愿。你最好的青春也给了我啊。"

因为与二中合并，龙中背负着更大的升学压力，临近高二学年结束，学校立下了很多新规和禁令，比如周六补课，晚自习多上一节，以及禁爱令，还为此成立了各种学生小组，查迟到早退的，查上课纪律的。作为"Girls and More"里的"girl"和"more"，郝青春和Pizza自告奋勇成立了拆散情侣小组，终日戴着黄色袖标在校园里游荡，追追新番，兼顾吃垮小卖部。结果不小心真被郝青春拆到了一对，不过那个在树林子里拉小手的当事人，是他们同学，就是上次那个在操场和何遇跑五千米的男生。

小城风气，说是单纯，也不过是套着实心儿的愚，早恋发乎情止乎礼，牵手就已经越界，最严肃莫过于亲吻，所以处男处女这种事，会被上升到很严重的高度。那个时候，男女生间会传一个段子，说女孩子走路双腿并不拢就不是处女。

郝青春走路腿并不拢，是那个男生传出去的。同学们见到她视线一致向下，为此她连路也不敢走了。郝青春赖在莫羡怀里哭着说："腿细怪我咯！"这事后来是修远兮平息的，他把那个造谣的男生叫到车库，自己随手折了一节树枝进去，再出来的时候，那个男生就开始叉着大腿在教学楼里"游街"了。

都以为修远兮是表演型人格，上课晃神下课打坐什么的，别说剑道了，即便说自己是青龙帮帮主，他们也会配合演出跪地叫声大哥的。但没想到，他是真材实料。郝青春从此入了修远今的坑，只要有修远今出现的地方，她的脑子里就塞满弹幕，不停点赞。

也就是在这个人人谈爱色变的时候，方楚楚拎着行李箱敲开了何遇家的大门。她说是与家里人吵了架，离家出走又没地方去，就来何遇家避避风头。没等何遇发表意见，何妈已经好客地给她张罗起起居用品，还勒令何遇把床让给方楚楚，甚至连她喜欢吃什么忌口什么都记下来了。

何遇说她不是避风头，也不是离家出走，而是来认干妈的。

前半夜，方楚楚在何遇的床上辗转反侧，满脑子是睡在地上的何遇，她幻想了无数个能顺理成章睡了，哦不，睡在何遇旁边的办法，她甚至都想破罐子破摔默默钻到他被子里，第二天再把责任硬推给梦游。

何遇的床其实就是个床垫，四个角用木头撑子固定着，最后她研究出了一个法子，把垫子往外拉了拉，连拽带踹地弄走前面的木撑子，伴随着期待已久的失重，方楚楚成功滚了下去。

此时何遇用力翻了个身，于是方楚楚直接砸在了他的身上。

强睡计划失败，有方楚楚这个永动机在，下半夜的主题理所当然变成了"睡什么睡起来 high（嗨）"。

聊到何遇的爸爸，他首次松了口。在他很小的时候，爸爸去世，何妈至今未再嫁，也许她不想辜负席慕蓉的诗意。

何遇反问方楚楚的身世，她却不多说，浅浅提了一句和妈妈生活，便开始翻他的书桌转移话题。

方楚楚翻到何遇的作业本，被何遇机警地一把抢走，两个人争抢推搡间，方楚楚知道这是何遇写小说的本子。方楚楚强调写小说没什么可害羞的，还说她一向第六感灵验，何遇今后一定是个作家，说什么也要把本子往自己书包里塞，瞻仰瞻仰作家苗子的作品。

何遇没辙，躺回被窝，背对着方楚楚没好气地说："你啊，到底是个怪人。"

"我啊，就是喜欢跟你在一块。"

何遇用被子挡住脸，觉得脸有些烫。

"跟你在一块啊，有种一只手插进超市米堆里的感觉。"说罢，方楚楚身子一顿，目光灼然地朝何遇射来。

何遇下意识地缩了缩脖子，问："什么感觉？"

"反正就是很舒服。"

那次离家出走，方楚楚就战斗了两天，不过后面她也不常出现在学校，行踪不定，偶尔来上课，也是蓬头垢面精神恍惚。等何遇再次见着她，是在医院住院部里。

头天晚上龙泉下了场暴雨，学校对面的打印铺子因为打印机漏电烧了起来。好在雨够大，消防员及时赶到，没造成大事故，不过从里面抬了个人出来。

方楚楚这些天蹲在打印铺子的电脑前，一个字一个字地把何遇手写的小说敲在 Word 文档里。本想打印出来装订成书给他一个惊喜，没想到送来了惊吓。铺子失火的时候，她第一反应是抢救何遇的作业本，过程中被烟熏到，没一会儿就失去了意识，好在人没有大碍，但是她的马尾辫被烧坏了。

"Girls and More"一行人围着方楚楚，像是正在进行一场仪式。方楚楚深呼吸，鼓起勇气接过何遇递来的镜子，摇头晃脑地来回看了看，然后招呼所有人都先出去。

她痛定思痛地摸了摸自己枯焦的头发，咬住嘴唇流了几滴泪。

何遇站在病房外，心情复杂，说不上来的一种自责与愧疚。

第二天何遇一早来学校值日，教室门突然被一把推开，黑色短T恤，绑在腰间的校服，单手拎着的书包，一头利落的超短发，伴着广播站晨间新闻的BGM（背景音乐），无敌方楚楚回来了。

画面越来越模糊。

脑子不听使唤，闭着眼睛想要调取记忆里的某个画面，但总是被蒙上一层雾。再想分辨得清楚些，索性连那个画面都没有了。

方楚楚醒来后记不起过去一些细碎的事，她问何遇，那年她剪过一次短发，是因为什么来着？

何遇给她的信里写：那年夏天，我们县里有了第一辆公交车，当时车厢里人挤人，把我们挤开了，彼此去不到对方面前。但我们互相看一眼就心花怒放，我一笑你就跟着笑，停不下来。路人肯定觉得我们俩是智障。最后，那辆公交车着了火，我很机灵地用求生锤把玻璃砸了，把你救了出去，不过你的辫子被烧了。

"当时我们俩有到那地步吗，还心花怒放？"方楚楚问。

"不要质疑我的用词。"何遇笑道。

"而且，你什么时候有这么勇敢。我头发烧了，那你怎么好好的？"

"我的小说被烧了啊，不然我早当作家了。"何遇一本正经道。

方楚楚撇撇嘴："真的假的，我怎么不记得了……"

何遇还写道：因为你剪短发的事，没少跟校领导闹过，你是不良少女，而我跟你关系最近，所有人都知道。其实当时莫羡来找过我，让我还是注意点分寸。那天她用手框到了第一百架飞机，传说可以许愿，她许愿的样子好认真，我从没见过这样的她，会和一个没有根据的传说较真，但她却说："没关系，愿望都会落空的，不然每次许愿的时候就不会这么虔诚了。"

不知道那时的她许了什么愿。莫羡，在她高三被退学之后，我们就再没有见过她了。

高三那年，雅典娜的心理咨询室变成了"Girls and More"的庇护所。从这学期的第一天开始，整个年级就变了一种画风，走廊和班上贴满了直截了当的标语，老师们开始比赛发卷子，班上没了打闹和聊八卦的声音，只有永无止境翻试卷的声音，噼里啪啦噼里啪啦。

因为何遇高一和高二都在课上写小说，到了高三彻底力不从心。在这样的低气压里，雅典娜安慰他们："考到什么学校不重要，重要的是遇到什么人。你看，咱们这个学校，比不了大城市的重点学校，它可能不够好，但你们不都是最厉害的人吗？"

雅典娜说完这话的第二天，校园里挖出来了一块巨大的火山石，据说含有好几十种矿物质，价值过亿。龙中突然占据了报纸头条，一下子就身价暴涨，平日里闭塞的小县城也接连迎来了好几拨观光客。

在备考最紧张的阶段，一个大肚子领导来龙中视察，地方请了当时特红的男歌手来学校表演，说是配合大家的成人礼。

大肚子领导和男歌手来的那天，室外温度冲破三十七摄氏度。龙中初高中部所有学生停课，在中心大路上列队迎接。男女生交替站成两排，手举着假花，保持八颗露齿笑高喊着，欢迎欢迎。从没见过活的明星，高兴他们全程星星眼，喊得很用力，方楚楚在一旁吐槽这是十里长街，莫羡则全程冷面，机械地晃着手里的假花。

暴晒一天后，是无缝衔接的成人礼，校长专门去旁边的技术学院借了礼堂，主持人套着皮卡丘玩偶服，在舞台上又唱又跳地努力活跃氛围，成人礼宣誓结束，皮卡丘玩偶人开始跟学生们互动，提问如果能和七十岁的自己对话，会说什么。刚准备问第一个举手的学生，皮卡丘玩偶人就被工作人员请下了舞台，说是候场的男歌手等得不耐烦了。皮卡丘玩偶人几乎是被推到台侧的，又迅速被围观的人群挤到后门一角。何遇远远地看见皮卡丘玩偶人取下头套，果真与他心里猜想的人吻合。雅典娜的头发湿漉漉地糊在脸上，她揉着眼睛，看不清脸上的表情。

男歌手登台没唱两句，就被高兴揭穿是假唱。高兴说听过那么多国外表演，他这个假得就差冲着麦克风尾巴唱了。唱到一半时，礼堂的音响突然坏了，麦克风又没有声，那个男歌手在台上手足无措，隔老远都能感受到满场的尴尬。等麦克风调好，正巧收进男歌手问候老妈的一句脏话。

全场哗然。

那晚"Girls and More"拦了大肚子领导和男歌手的车，男歌手戴着墨镜在车里颐指气使，他的助理和工作人员下来实战。领导挂不住面子，朝他们吼："你们这些人不想上学了是吗？"方楚楚激动地正准备上前，背后的莫羡一声令下："你们都退下。"然后她把披着的头发用头绳扎好，上前扯开男歌手那一侧的车门，将他拽了出来，用膝盖问候了他的小腹，神情肃然地说："我教教你怎么接地气。"

何遇也是那天才知道，安静文艺的莫羡其实是"Girls and More"的老大，也就是当初方楚楚来二中偷的那个带锁笔记本的主人。那个本子是他们团队的交换日记，实乃最高机密。

莫羡被退学那天，他们在雅典娜的办公室进行了小规模的道别仪式。莫老大提了"三不准"要求，一、不准毕业前再闹事，二、不准哭，三、现在闭上眼睛不准偷看，等她走后一分钟，再睁开。

　　一分钟后，所有人睁开眼睛，白色的小黑板上写着四个字："我爱你们。"

　　青春总是有遗憾。

　　就像为人类取来火种的普罗米修斯，自己却遭受了宙斯永无止境的惩罚。就像追过的偶像剧里，又傻又痴情的男二号永远只能拥有女主角的背影。就像莫羡离开后就再也没有她的消息。

　　就像修远兮默默站在众人身后，哭得最厉害。

　　他那些怪力乱神的气功是为莫羡表演的，每次聊天拿捏的潜台词是为莫羡说的，他以为制造了那么多存在感，就能收获一点点的好意。当时QQ上流行测试缘分指数，实则是个恶作剧，能套出对方写下的暗恋对象，当修远兮把测试链接发给莫羡的时候，就一直期待着能看到自己的名字。

　　结果邮箱里显示的，却是何遇。

　　汤显祖的《牡丹亭》里说："情不知所起，一往而深。"

　　大概这就是青春吧。

　　还记得雅典娜在我们成人礼上问过一个问题，如果能和七十岁的自己对话，会说什么。

　　亲爱的楚楚，没想到我们就真的来到了七十岁。那个时候觉得七十岁好遥远，人生差不多就快看到头了，结果你看最近的报道，现在七十岁只算是中年人呢，我们的日子是不是才正要开始？

"如果"真的是个很有欲望的词，年轻时候的我们，以为只要不回头地改变世界就行，但后来却需要很多个"如果"。

真的有如果，我倒是有些话想对十八岁的自己说。

十八岁的何遇，抱歉我要剧透你的人生了。你不用纠结能上三本还是专科，因为那都跟你没什么关系。你反正没有上大学，所以也就别白费力气了。

十八岁的何遇，你信命，却不太信自己。理性虽好，但不可贪，人活着，偶尔还是需要那一次的冲动，一次的热忱，一次的勇敢啊。

你会与方楚楚一起，成年后开启崭新的人生，你们一生颠沛流离，彼此搀扶，过上了让人羡慕却不敢模仿的生活。你若喜欢她，请及时表达，对一个人好，就是要让她知道，因为方楚楚会在三十岁时因脑瘤病倒，好心提醒一句，如果可以，就别剪她的头发，因为手术最后不用开颅，为此，她没少责怪我。

她是闯进你世界里多余的太阳，但别赶她走，因为她让你看见了不一样的光。她经常放飞自我，脑回路与常人不同，但即使全世界都误会她，你也要懂她。你别怕她的好意，因为那是她爱一个人所有的表现，她果敢，善良，硬邦邦的心好像百毒不侵，但你要知道，姑娘都是需要疼的。

我唯一的劝告，就是在你写下结局之前，要用尽最大的力气爱她，守护她。沿途风景再美，也抵不过她的荒野，四季更迭，唯有好姑娘不可辜负。

方楚楚读完这封信后，甜甜地睡去了，梦里自己在一个类似时光隧道的地方不停下落，四周是变形的黑色纹路，心脏的跳动已经跟不上失重的速度，她觉得呼吸困难。

方楚楚终于睁开眼，视线被一层凝结的秽物遮挡，辨不清何遇的模样。她感受到何遇正抓着自己的手，想努力和他说点什么，却发现自己没有力气吐出字了。

"我在。"何遇俯身到她耳边。

方楚楚努力收紧小腹，用气音顶出一句话："这个结局已经很温柔了。"

护士的随诊记录上写着，二〇六三年十二月二十六日，方楚楚，呼吸机能衰竭。

"二十五年之后，我们再来这里见面吧。那个时候我坐在台下，视茫茫，发苍苍，齿牙动摇；意气风发的你们坐在台上。我希望看见你们如何气魄开阔、眼光远大地把我们这个社会带出历史的迷宫——虽然我们永远处在一个更大的迷宫里——并且认出下一个世纪星空的位置。"

这段文字，被雅典娜稍做改动之后，密密麻麻地写在咨询室白板上当作告别赠言。高考最后一门考试铃响之前，雅典娜给学校递交了辞职报告，辞职原因那一栏，她只写下了一行字：世界那么大，我想去看看。

高兴在散伙饭那晚喝得断了片儿，他轮流抱着大家哭，说他也想去世界看看。这些年吹得最大的一个牛，就是说自己会出国读书。富二代这三个字，只有第二个字是真的。

郝青春塞给修远兮一个大罐子，里面是她收集的修远兮出生年的硬币，那一年不怎么产硬币，但也收集了满满一罐子。她什么话也没说，也没有留一封情书。她只是觉得青春圆满了。

那晚方楚楚和何遇在音像店天台喝剩下的酒，方楚楚坐在秋千上，何遇在背后推着她。方楚楚突然转身，趴在秋千靠背上，抬眼望着何遇。

两人四目交接，心里似乎有千言万语，脸上却云淡风轻。

何遇知道再撑几秒自己的老毛病就要犯了，连忙对方楚楚说了声："谢谢。"

"何遇，你知道世界上名字最长的鱼叫什么吗？"方楚楚突然问。

"啊？"

"胡姆胡姆努库努库阿普阿阿鱼。"方楚楚把自己逗乐了。

何遇早就习惯方楚楚这清奇的脑回路了，配合笑起来。

"我认识你这么久，不是想得到一句谢谢，又不是抽了张奖券。"方楚楚转回身，开始自己荡起秋千，"何遇，这个世界上还有好多你不知道的东西，你难道就不好奇吗？"

何遇顿了顿，说："我觉得自己还没长大。"

方楚楚将袖子撩起来，露出胳膊上的伤口。

"又……打架了？"何遇惊讶道。

"我妈打的，"方楚楚脱口而出，她放下袖子，看着远方，"你能明白吗？"

何遇一时语塞，复杂的情绪上头，他从未看见如此真实的方楚楚，仿佛听见她身上从过去传来的求救声。

"何遇，我要离开这个县城了，没有志愿，没有大学，没有家，接受所有失去，因为我等不及要去外面看看了。"方楚楚微微侧脸，柔声问，"但我可以有你吗？"

"你喝醉了。"何遇心怦怦跳，不知如何回应。

"你不用太快回答我，暑假结束那天，我在公交车站等你。"

那晚他们喝到凌晨，走之前，方楚楚扔给他一盘磁带。何遇稳稳接住，摊开手，是周杰伦的《依然范特西》。

札幌的雪停了，游客在蓬松的雪地里踩出几厘米的小坑，路边的拉面店挂上"营业中"的牌子，飞机在空中轰鸣，这座城市又回到了往日的鲜活。

一个高个子老头儿站在房车边驻足看了许久，车顶的雪落在他背着的剑道竹刀上，他轻轻拍了拍，转身跟上同伴。

房车内，何遇把方楚楚最爱的几件衣服挂在衣柜里，又把她常用的杯子、牙刷和毛巾洗了一遍。她最爱看的书，爱吃的零食，去旧货市场淘的摆件，都整齐地放在熟悉的位置上，他一刻也闲不下来，好像方楚楚随时会推门进来。

助理机器人从床脚抽出一个封面烧坏的作业本，何遇惊讶之余会心一笑，他翻开看了两页，随后从大衣里掏出一封信，小心翼翼地夹在作业本里。

那封信是方楚楚去世前写的。

护士转交给何遇的时候，说她走得很平静，在睡梦里就去了。枕头边上摆满了好几摞何遇给她的信，她说这是她一辈子最珍贵的情书。

少年时，方楚楚连首藏头诗都写不好，身体旧了，又念及自己的一份偏执，享受何遇宠着她，给她写信，所以从没给何遇回过一封信。

这是她的第一封回信。

她努力控着笔，歪歪扭扭地写下了一句话："今晚的月亮好美。"

何遇最后还是没有考上本科。

何妈说无论是复读还是去技术院校上个专科，她都没有意见，只要是他自己的选择就好。

何遇颓丧了一个暑假，那天终于还是到来了。

他提早一个小时就到了公交车站，用硬币在沙地里写写画画。远远听到有人跑步的声音，就猜到下一秒方楚楚会拍上他的肩。

好像回到第一次碰面，她除了头发短了些，骄傲仍写在脸上，加上跑着来的缘故，额头上挂满了细密的汗珠。

公交车即将进站，何遇握紧手心那枚硬币。

来之前，他与自己打了个赌。

正面，跟方楚楚一起走；反面，留在这个小县城。

方楚楚收敛了兴奋的表情，看着何遇把硬币抛向空中，接住，松开手。

反面的菊花图案有些晃眼。

"很高兴，我还可以成为你的选择。"方楚楚主动伸出手。

"对不起。"何遇埋下了头。

"千万别说对不起，道歉之后就在等着对方的没关系了。我不想说没关系。"方楚楚努力克制情绪，拍了拍何遇的肩膀，"只能说，我等不了你长大了。"

何遇站在炎炎的烈日下，看着方楚楚上车。

司机可能在等乘客，公交车迟迟未开，邻座的大姐对方楚楚说："不舍得男朋友是不是？"

方楚楚用力背过身，捂住嘴，眼睛立刻就红了。

车缓缓开动，何遇也跟着慢慢跑起来，直到跟不上车的速度。他终于忍不住朝前方大喊："我会永远记得你！"

那一刻，像是捞起瓶子里翻肚皮的漂亮金鱼，像是亲自放走了心爱的风筝，他选择做平凡的人，却不是一个会爱的人。

后来呢？

后来是十年以后。

何遇拿到了公司先进荣誉员工的称号，当初要不是何妈以断他一个月口粮相逼，他也不会去何妈待的汽车厂工作。何妈倒是清闲，提前申请退休，把周杰伦的歌全做成"动次打次"的版本，成了龙泉县的广场舞舞后。

到底是小城青年，当初说着要解散的人，至今都还赖在彼此生命里。高兴去市里的雅思培训班当老师了，送走了一批又一批去国外镀金的学生。郝青春成了县里幼儿园的幼师，只是园长比较操心孩子们不爱喜羊羊爱《海贼王》的问题。修远兮继承了他们家的剑道馆生意，最近和楼下的肚皮舞老师好上了。莫羡仍然停在了他们的十八岁，至今去向不明。Pizza比较可怜，二十多岁的时候从楼梯上摔下来，摔成了永久味觉失调，彻底和她的比萨绝缘，不过倒是减了肥，了却一桩心愿。

何遇刚在镇里买了新房，餐厅的墙上挂满了相框，"Girls and More"的大合影骄傲地挂在正中，其他都是一个婴儿和一个短发女人的。

何遇的妻子是他汽车厂的同事，两个人在联谊会上看对了眼，妻子欣赏何遇的才气，何遇流连妻子的温柔。他们贷款买了这套房，下决心接下来三十年要为了按揭再努力一点。

加完班回到家的何遇吻了一下睡熟的宝宝，来到妻子身边。

妻子抱着一个纸箱蹲在客厅整理杂物，何遇让她先休息，自己来收拾。过程中他看到了许多回忆，收拾到那本烧掉封面的作业本时，他笑着摇摇头，随手放在了纸箱里。最后翻到一盘磁带，封面已经有些褪色，但也认得出是《依然范特西》。

他找到快变成古董的随身听，装上电池，一个人默默瘫在沙发上，戴上耳机，仰着头闭着眼，按下了播放键。

这么多年过去，周杰伦的歌还是一下就让他重返青春，不需要歌词，一直都在脑海里。

惊醒后，歌已经放到最后一首，伴着一阵杂音，磁带突然没了声。何遇以为是随身听年代太久坏了，正想取下耳机，一个熟悉的声音传来。

喂喂，喀喀，奇怪，是这么弄的呀，哦，已经在录了。何遇你好，我文笔不好，干脆就用说的吧，你不要太激动。想了很多话怎么现在说不出来了，看来活着，就是没办法等你全部想好了再说啊。我知道我浑身的毛病，还好你从没嫌过我，也没想过改变我，陪我一起胡闹三年。我承认，我很喜欢你，在很多时候。在你傻乎乎聊月亮的时候，我最喜欢你；在你四仰八叉睡在我旁边的时候，我最喜欢你；在你努力勇敢又马不停蹄软弱的时候，我最喜欢你；在你的小说里写'此去经年，最好是你'的时候，我最喜欢你；当我幻想的未来里有你的时候，我最喜欢你；我害怕我们不能在一起的时候，我最喜欢你。不管最后的结局如何，如果我们不能同行，那希望你能幸福，过自己想要的人生，不要再尿了，要学会反抗，如果有人欺负你，记着打啊，实在打不过，就用跑的，要跑过太阳。你放心，我当然会照顾好自己，我是野草，在哪里都能活下来。但我还是希望牵我手的人是你，能够借给我肩膀的人是你，我想我们一起死皮赖脸地活给明天看，我想为你系上衬衫的纽扣，帮你灌上钢笔墨水，坐在世界最高的地方狠狠亲你，哎呀，怎么有点想哭呢，你就当这是不良少女的胡话吧。何遇，你不用跟我有爱情，也成了我青春岁月里最温暖的回忆，因为你，我想成为一个更好的人。

青春总让人不知如何是好，以为遇见就是命中注定，以为说不破的暧昧都有迹可循，以为眼前的就是最好的人，但有些感情却无处安放，终究没有下文，过程中我们甚至都来不及问一句为什么。人生没有如果，只有结果，在那些 A 和 B 的选择之中，因为一丝犹豫没有抓牢的东西，最后都会被时间消耗殆尽，只是某个睡梦中醒来的遗憾太伤人，那一生仅此一次的一去不返，每个爱过的人都知道。

我们说好再见的，最后还是忘了，以为永远有多远，不过是一场顷刻结束的后知后觉。

平行世界里，玛婷达牵住杀手里昂的手说："我不报仇了。"泰坦尼克号沉没，木板却承受住了两个人。剪刀手爱德华修剪最后一片雪花时，金再次敲开了古堡的大门。藤井树不再是两个相同的名字，而是拥抱在一起的恋人。

就此告别，在某个未来重逢，我会想念你，在你想我的时候，也在你不会回来的时候。

后来
时间都
与你有关

BECAUSE OF YOU,
BECAUSE OF LOVE

DAYDREAMING CONFESSIONS

白日梦告白书

因为暗恋你，
所以梦里的人都像你。

#5

类型：剧情 / 喜剧 / 爱情

白日梦
告白书

◆

1111/

当初与××先生在一起的时候，欣赏他的主动与忠诚、藏不住的孩子气与天真、元气满满，但没想过他有一个隐藏技能是说情话。

事情是这样的：因为近两个月开项目会，作息稍微乱了点，体重不争气地"稳重"了点，于是脸和肚子上的肉齐头并进，每次想问题想躁郁了，我就会玩自己肚子。

××先生在旁边看老港片，身材傲人的女主角从泳池里出水，此时他回头看我一眼，然后继续看他的电影，表情略微绝望。

我不爽地问："干吗，有比较有伤害吗？"

他淡淡地回："挺好的，别的男人喜欢上面那一圈，我比较喜欢下面这一圈。"

我朝他脸上丢了抱枕，虽然听着有点冒犯，但从此说服自己，肚子上每多长的一寸肉，都是成全他人。

哦，忘了说，为什么叫他××先生，因为不想给他太多存在感，名字就懒得取了。

1112/

其实严格来说，我不是一个合格的 CEO。

只是碰巧做了喜欢的事，公司又有一百多号人等着喂饱，必然每天妆容精致、走路生风，告诉他们老娘倒不了；必然在见风投基金的时候于一堆数字之间的变量和逻辑中找到底气；必然要在"你怎么平衡职业与家庭"这种对女性带着刻板印象的蠢问题前强忍怒气，开玩笑说买个秤。

外界有很多定义女强人的词：强势、控制欲、压迫感。曾经有一段时间，我的脸上像长了个句号，同事碰到我，话题就收尾了。我听不到批评，看着一张张病态的笑脸和漂亮的成绩单，满脑子都是自己很优秀的泡沫，一度以为时间久了，我会慢慢变成自己想嫁的那种人，直到遇见了××先生。

尽管他同样优秀，我也不介意他吃我的软饭，万事我乐意，但主要担心他的小心脏受不了舆论攻击。

有一次××先生跟朋友聊起投资餐厅的事，刚好被我听见，说是差点钱，请不到法国的厨师，我提出赞助，但他立刻就拒绝了。睡前，我刻意转了条鸡汤到朋友圈，大意是说，活着，就不要在乎别人的看法。

我趴在床上，××先生上来拍了拍我的屁股，撒娇道："这年头，'财'貌双全的女人不好找了。"

我特别想踹他，转过身就不自觉埋到他怀里了。

他抱着我说："投资也讲究缘分的，'差一点'就是老天爷告诉你这不是你的。没关系啦，喜欢你是我这辈子做过最稳赚不赔的投资了。"

他总有特别的办法让我开心。

女强人在爱情面前容易回到小学生状态，表现为恋爱脑上头，困于昼夜和厨房，以及有了很多软肋。"爱"看似很耽误事，但男人也许不理解，其实女人天生最强大的那部分，也是爱。

1113/

我们刚谈恋爱那会儿，我爸是第一个知道的。我家的"催婚"人员配置一直反套路，我爸热衷于给我找对象，反而我妈总以一个大学教授的身份叮嘱我，宁缺毋滥，要往高处看，仰着头走路才能看见宝贝。

带 ×× 先生去见我爸的路上，他盯着我看，末了丢下一句结论："你爸的脸肯定很方，不然你怎么长得这么正。"

我猛地一转方向盘，说："你紧张就直接说，别拿我开涮！"

因为我爸的脸型非常鹅蛋。

他见到我爸说的第一句话是："叔叔好帅啊，这脸型跟打了瘦脸针一样。"

后来我们决定结婚那天，我爸喝到断了片儿，趴在我耳边说："我第一眼见 ×× 的时候，就特别喜欢这个孩子，实诚。"

实诚？老爸你这些年瞒着我做了什么？

1114/

讲真，我有时也挺受不了自己的。

最近看了某青春文学女王的书，我向 ×× 先生吐槽那些只能感动小学生的非主流桥段："完了，我觉得这种少女文全都打动不了我，我心里应该住着个直男。"

××先生说："对啊，我住在里面，谁敢打一打动一动试试？"

看完电影《我的少女时代》，又找回久违的少女心。××先生穿着一件连帽卫衣，我怎么看怎么顺眼，于是在大马路上犯花痴，不自觉想到一个作死的问题。

我问他："你以前比较喜欢我，还是现在比较喜欢我啊？"

他咬着冰棍，含混地说："我未来比较喜欢你。"

好啦！就让你当一晚的徐太宇。

1115／

我有一个明星朋友Q，你们不用猜名字了，只是我刚好看到手边有张扑克牌，黑桃Q。Q是典型的热心肠，很好奇她红成这样平日是怎么对我们这些普通人的烦恼了如指掌的。那段时间是我工作以来最忙最焦躁的时期，压力大到一度有过好几次解甲归田的念头。

Q没问我，直接给我订了飞夏威夷的机票，于是我抛弃××先生，她甩掉经纪人，两个傻女去岛上浪。谁知道××先生竟然不回我信息，我就隔着太平洋跟他吵了一架，直接微信拉黑，电话拒接。后来我才知道其实××先生在创作期，扛的压力比我还大。

回来拥抱他的时候，才看清他脑袋上白头发都冒出来好多根。

晚上我们在超市买了两瓶染发剂，神经兮兮地回家自己染头发。

他好认真地帮我套上塑料膜，仔细研究一番后，煞有介事地说："别把衣服弄脏了，干脆裸体吧。"

"哦。"我还真脱了。

然而那晚我们并没有染成头发。

要说 ×× 先生给我的全部感受，用电影 Her（《她》）里的台词可以概括："风雨里像个大人，阳光下像个孩子。"

好男人会让女人一直做个没心没肺的 good girl（好女孩），一个好女人会想让男人努力 be a better man（做一个更好的人）。

1116/

我们暧昧的最后一天，是二月十四日的"屠狗节"，我俩的微信对话是这样的。

×× 先生："情人节快乐，祝你早日脱单。"

我回："也祝你早日脱单。"

"那我们为什么不在一起啊？"

"是啊，确实没做好人才配置。"

我们热恋的时候，他会半路"劫持"外卖小哥，把我点的外卖多套上三层盒子。

我打开第一层，上面贴着便笺，写着："你想我吗？

"想，就立刻下来和我吃饭，不想，继续打开。"

第二层："再给你个机会，好好想想。

"想，立刻下来和我吃饭，不想，继续打开。"

第三层："好，你赢了，我上来陪你吃。"

我们决定结婚，要感谢那顿杂志推荐的日料。去之前我成竹在胸地跟 ×× 先生打赌：好吃，他埋单；难吃，我埋单。

结果那顿日料难吃到我如果睁眼说瞎话都会遭天谴的地步。

我吃了一肚子气，掏出信用卡，说："我埋单吧。"

"那结婚证，我埋单吧。"他说。

1117/

我想过我人生的结局。

我也想过那些"身为一个女强人的体验"里的标准答案。

哪怕相亲过程中，男方中途"尿遁"，我也会岁月静好地埋单之后独自回家。哪怕揭开时间的骰盅是清一色的孤独，我也无话可说。因为我相信幸福和衰就像是动能和势能，在一定条件下相互转化，但最后两者都是守恒的。如果这一秒衰到极点，那下一秒一定会触底反弹。

直到遇见××先生，我知道我的明天开始变得不一样了。

单单把新写的内容发布到微博，瞬间成百上千的评论涌进来。

"狗粮来了。"

"100000 点暴击。"

"一日一屠。"

…………

单单满足地合上电脑，今夜又是一场好眠。

每天早上八点四十五，单单都会准时出现在公司对面的街口。八点五十，鹿游原会穿着衬衫，端着一杯热咖啡从旁边走过来，单单刚好假装偶遇跟他打招呼。

完美的一天要从这样完美的"偶遇"开始。

公司里有人讨论昨天白芷的更新。她与××先生的甜蜜日常羡煞旁人，吸引了大票粉丝，通杀各个年龄段。

单单坐到工位上，侧头看了眼鹿游原，打开文章开始校对。

这是一家小而精的图书公司，专攻年轻市场，主推穿越类型的鸡汤校园文，偶尔来点文艺散文调和，成绩亮眼，是出版市场里的一支新秀。单单刚来公司一个月，情商不以"高""低"计算，只能说还"有"，毕业之后换过三次工作，也没能把她改头换面，仍然是职场中的顶级牛马，茫茫大海里的一枚贝壳，跟着浪走。

坐在单单旁边的是两个图书编辑，头发自来卷的叫小萨，每天抱着一头猪的公仔；另一个戴红框眼镜、喜穿皆川明拼布裙的女文青叫慢慢，目前除喜欢黄渤、说话慢以外，暂时没发现其他存在感。坐在最里面的是设计师黄桑（皇上），身高一米八，性取向不明。皇上的设计能力是随他吃没吃好这个标准上下浮动的，最近畅销到盗版摊上都铺满的言情书是他做的，库房里堆着的那些也是。

对桌的这位，名字跟脸一样让人服气，上辈子应该积满了阴德，这辈子才能姓鹿，还得投胎到一对有文化的爸妈家里，才能名——游原，天时地利人帅，"不公平"三个字就是这么写的。

最后，这个正朝单单走过来，犹如脚踩维多利亚秘密舞台、臀部开着振动模式的大波浪，是她的项目经理Lisa。

"单单，看看你二校的稿，我随便看一眼，就能揪出俩错别字。"Lisa叉着腰。

"Lisa姐，我叫单单，那个字用作姓的时候……读shàn。"单单弱弱地说。

"管你是山丹丹还是红艳艳，需要你来教我拼音吗？"

做错了事就得挨着，更何况撑天撑地不撑美人，单单老实受着骂，蜷在座位上不敢挪动半寸。

对于名字，单单一直都耿耿于怀。爸妈起的名字太随便了点，连累她的人生也显得过于随便。随便的长相，随便的性格，随便的运气。在这座能食人的大城市里，以为靠着一腔孤勇，就能看见自己的光，但只有努力过，才发现人跟人的差距真的是大到不公平。

就像她来这个公司遇见鹿游原，愤慨世界的不公，却又想跟这个不公平产生交集。要说喜欢他什么呢，小到每天不重样的穿搭，大到做书时满溢的才情，又或者粗浅一点，仅是因为那张好看的脸。总之因为他，单单开启暗恋模式，陷入纯情，即便对方是座拒人于千里之外、傲娇清高的冰山。

单单的人生中唯一值得欣慰的是，对文字长情，总还算有点高贵爱好。某天她在梦里参加了自己和鹿游原的婚礼，醒来就开始犯病，打开了久违的 Word 文档，以鹿游原的样子，幻想了一个 ×× 先生，翻中药百科，一眼相中自己的笔名——白芷。

生活中得不到的东西，通通在文字世界里实现吧。

可能是这个时代的人都太缺爱，这些仅在单单脑海里排练过的桥段，竟然戳中痴男怨女的心，哪怕网上根本搜不到他们的照片，也对白芷和 ×× 先生的日常坚信不疑，说这就是嫁给爱情的样子。

这天单单一早醒来，打开卧室门就被客厅大包小包的衣服拦了去路，穿着牛仔衣的宁缺从一堆纸箱子里探出半个身子，与她道早安。这个短发女孩是单单多年的闺密，单单眼里的未来影后，因张牙舞爪的性格成了配角专业户，一群女的里最爷们儿的那个，衬托"傻白甜"女主角的。宁缺的偶像是蒂尔达·斯文顿，房间满墙贴的都是她的海报，宁缺说这是吸引力法则，演戏就是要学会修炼气质。只是这位未来影后迫于生计，没戏的时候就直播卖卖衣服，有时候直播间人数只有十来个，她也来回介绍得乐此不疲，话术还都不重复。她有一个理论，如果是一家实体服装店，同时有十几个顾客在店里逛，是不是就觉得人还挺多的。

单单觉得她说得对。另外如果有差评，宁缺在直播过程中，一定会毫不留情地怼回去。曾有黑子根本没消费，重复刷屏说："为什么不包邮。"她回复道："这位宝宝，我给你包机吧。"

一语双关，下流女商人。

宁缺是全世界唯一知道单单就是白芷的人，所以即使她再飞扬跋扈，单单也只能转身微笑，揣着一肚子憋屈，认栽地问她一句玩爽了吗？好在有这几年闺蜜情撑着，不然宁缺一定变成她笔下某个讨厌的路人甲。

公司有个行踪不定的神经质男主编，此时正站在单单身后，说作者拖稿把 Lisa 拖得去了医院挂急诊，他决定让全公司最人畜无害的单单帮 Lisa 催稿去。单单一听是那个青春文学女王朵蜜，吓得大惊失色连连后退。主编大手一挥，说："鹿游原作为前辈，他会陪你去。"

如果所有爱情故事里都有一个这么明事理的配角，编剧就犯不着那么辛苦了。

对于编辑催稿这件事，好比打游击战，敌进我退，敌驻我扰，敌疲我打，敌退我追。那群作者的招数，保持着一天五次的更新频率：他们的系统最容易崩溃，Word 文档最容易忘记保存；他们不是在打开电脑的时候发现电脑打不开，就是在准备打开电脑的路上；他们有特别的时间观念，"马上""等会儿""明天"均等于"永远"；手机的作用是镇宅，小区隔三岔五断电，英年最容易早衰，行走的生病百科全书，一年失恋三百六十五次；他们有全天下最够义气的朋友，三天两头喝酒、闹事、打胎、抓小三；他们有最体贴的父母，一两天不见就逼他们回家亲亲、抱抱、举高高。

一般的编辑可能在催稿一周后，就对这个世界失去了信心，但像鹿游原这样的大神，自然胸有成竹，大招在后。

一路上鹿游原都稳着他的冰山气质，刻意与单单保持一段安全距离，单单只得有一搭没一搭地找话题，实在觉得尴尬就用余光瞥他。从她的视线看过去，刚好能看到他的喉结。

这小东西怎么长得这么可爱，她想。

来到一个高档别墅区，鹿游原气定神闲地站在门口，摆出业主回家的姿态。门卫小哥竟被他的气场唬住了，殷勤地打了个招呼，上前开了门禁。单单瞬间骄傲放纵，昂首跨步到朵蜜家门口。鹿游原突然站住不动，单单会意，咽了下口水，准备上前按铃。

"回来。"鹿游原终于出声了。

单单愣住。

"退到一边。"他命令道。

单单应声缩到一边，乖乖看鹿游原放大招。只见他没有按铃，而是席地而坐，拉开拎包，拿出一包全麦吐司和两瓶酸奶，跟着翻出一个红色胶囊状的音箱，然后开始放《爱的供养》，还是单曲循环。

单单下巴要掉下来了。

一个小时后，有个阿姨开了门。

"您好，朵蜜老师在吗？"单单强忍困意，补上标准八颗牙露齿笑。

鹿游原咬着牙小声提醒："她就是。"

直到现在，单单都无法相信出版了十六本青春少女读物的作家朵蜜，真实身份是个快五十岁的姐。代入想想又不禁暗自垂泪，要是被不明真相的粉丝们知道白芷的真实身份是她这等模样，应该比这个朵蜜还要让人咂舌吧。

朵蜜老师不是刻意拖稿的。有一天她不小心看到男助理小朱的工作邮箱，里面全是谩骂的邮件，她才开始研究网上的评论，原来大家早已对她脱轨矫情的文字嗤之以鼻。当一个人达到某种地位的时候，身边的人会自然为你筑起一道高墙，你住在墙内岁月静好的阁楼之上，看不见外界的喧嚣，很难听到实话，所有感知的信息都是被美化后的版本。朵蜜看清真相，一时间无法扛住舆论压力，丧失了面对 Word 文档的勇气。

单单全程一言不发，倒是鹿游原彬彬有礼，难得凑出了很多成段的话，大体都离不开那几句："走自己的路让别人说去吧""你写给那些真正喜欢你的人就好了""只要还畅销就说明是正确的"……跟他的人一样，冷冰冰的商人语气。

大人有时更玻璃心，朵蜜听不进去，执意让小朱送客。在单单努力从"这个男助理长得像明星"这个生不逢时的感慨里回过神时，他们已经快被推出门外了。

她突然抵住大门，怒刷存在感，朝屋里大吼："是啊，你真的写得很烂啊！"

朵蜜老师从屋里出来，靠在扶梯上，一副要吃人了的表情。

"来来回回就那么几件事，也就是消费原有的粉丝罢了。青春就只能谈恋爱，出车祸打个胎就能赚人眼泪，真实的青春其实全是有血有肉的日常啊。为什么一定要写青春呢，青春留给那些正在经历的人自己感受就好了，你的使命已经达成了。你是作家啊，作家就是造梦的，这个梦旧了，换个新的不就行了，你还有很多别的感受可以写啊。反正以你的地位，无论写什么，都一定会有人给你出版的不是吗？那些真正有故事可写的人，连这个机会都没有！"单单连着前阵子看完她的书的怨气，一口气发泄完。

最后他们还是被赶了出去。

鹿游原用一种不可思议的眼神望着她，单单拍拍袖子，佯装镇定道："我有预感，她很快会交稿的。"

现实生活始终没有鸡汤故事来得励志，朵蜜还是没有交稿，她甚至立刻毁了出版合约，随后让小朱在工作室微博上发了声明，宣布暂停写作计划，并且表示一直都在赶路，现在想看看风景。

单单不知道朵蜜会不会带着更大的骄傲回来，只知道自己的年终奖肯定是没有了，要不是抱紧主编大腿，顺带去庙里烧了三炷高香，自己可能连工作都保不住。

单单彻底成了害群之马。皇上事不关己地猛塞了口方便面，慢慢的节奏还没跟上，抱猪同事小萨指桑骂槐连发好几条朋友圈暗讽猪队友。这只是暴风雨前的宁静，躺在医院的 Lisa 还不知道这个"好消息"。

第二天单单垂头丧气地踏进公司，看见工位上多出来一个纸杯蛋糕，上面用马克笔画了一头牛和一支笔。好烂的谐音哏。她向四周扫了一圈，直到视线停在最不可能的鹿游原身上，他竟然在看着她。

1118/

不知道有没有人跟我一样，喜欢男生的喉结。

××先生的喉结很大，与他站在一起的时候，我的视线刚好对着他的喉结。看他仰头喝水时喉结一上一下的样子，就满足了我所有身为怪阿姨的幻想。

有一回我看书，说亚当在偷吃伊甸园的苹果时，吃得仓促，有一块果肉哽在喉中，不上不下，留下个结块。他和夏娃违背了上帝的告诫被逐出伊甸园。从此，亚当就永远在脖子前端留下"喉结"，作为偷吃禁果的"罪证"。

看完我不禁感叹道："男人的喉结是伊甸园里最后一个存在于世的苹果了，怪不得我那么喜欢。"

旋即××先生接话："我身上还有很多突出来的东西，你都可以喜欢一下。"

我要报警了。

1119/

我公司里有个女孩，暂且给她个英文名 Lisa 吧。Lisa 工作履历低调，为人倒是挺高调，日常穿着隆重，见着我总是一口一个"白姐"。

我一向对事不对人，但碰到她很难喜欢得起来，每个"姐"字听着都别扭，好像无时无刻不在提醒我，该买保险了。

最近一次公司搞团建，百十来人浩浩荡荡去了近郊的度假村，××先生担心我喝多也跟来了。那是他第一次这么正式地抛头露面，往日那群自称 i 人的下属，都燃着他们旺盛的八卦之心，围着××先生转。

其他小孩我权当开玩笑也就算了，唯独 Lisa 最不懂事地拉着××先生聊了很久。

事后我问他们都聊了些啥，××先生学 Lisa 说话："她就夸我啊，听说白姐以前的男友都挺惨的，你的抗压能力应该特别强吧。"

我当下就想打给人事，让她滚蛋。

××先生看出我爆表的怒气值，问："你不想知道我怎么回的？"

"嗯哼？"我开始编辑信息给人事。

"我说，"××先生生动地演起来，"啊？她告诉我，我是她的初恋啊！"

不好笑！我关掉微信，准备直接打给人事，打完电话再打眼前这个男的。

××先生扳下我的手正色道："我说，这种理性知性并存，性感可爱同在的女人，之前的 loser（失败者）不适合她。"

说实话，我没有很详细地告诉过他我前任的事迹，他也没有很在意，反正每个人在爱情这门课上都会有几个试错的名额。遇到××先生之后，我更擅长做自己，毛毛虫蜕变成蝶，留下的那层茧，冰块融成水，流走的时间，就是我的伪装。

好了，大人不记小人过，Lisa 你就浪去吧。

单单就觉得冥冥中今天会发生什么事，早晨起来口气很重，倒开水烫了手，宁缺强行占用她如厕时间让她帮忙对戏，角色是在后宫只活了一天的宫女，出门赶地铁晕乎乎坐过了站而迟到……种种预示都往不好的方向发展。

而终点只有一个。

Lisa 坐在单单的工位上，悠闲地喝着咖啡。见到埋头示弱的单单，她阴阳怪气地调侃："你真是催稿领域的天才。"

Lisa当然不会善罢甘休，剩下的稿子不用校了，发配单单驻扎偏远山区的印厂，帮忙搞印制。先不说厂里糟糕的空气，光是上纸切纸，力气小点的女生都要耗费半条命，防止头发卷入印刷机还得扎着，饿了只能吃盒饭，几天下来，单单已然从一个还能看的女人变成一个普通的雌性。

在她历史最丑最瘦的时候，宁缺拎着面膜、麻辣香锅、啤酒和一袋烤红薯拯救了她。印厂外有个卖烤红薯的大爷，每天限量供应。有次宁缺因为最后一个烤红薯和一个帅哥起了争执，饿到变形的单单跑到案发现场。只见宁缺嚷道："在这个红薯烤熟之前我就预订了。"帅哥倒是幽默，还嘴道："那你叫叫它，看它理不理你。"说着捷足先登扫码付了钱，想把烤红薯拿走。

此等鸟不拉屎的地方冒出个像模像样的人精，不是私人飞机抛锚了就是千年妖怪，单单捂着叫个不停的肚子，不管这个帅哥某个角度看上去有点眼熟，上前一把拽过烤红薯，连皮带肉先下口为强，然后留下目瞪口呆的帅哥，挽着宁缺，拎着半截烤红薯走了。

美食面前无帅哥，这种积极向上的态度，宁缺自愧不如。

后来单单才知道这位眼熟的帅哥，就是鹿游原一直想签下的当红作家顾文。鹿游原此等冰山属性的人，能摞下面子，路上拦门口堵，好不容易才让顾文点头答应签约。就在做好合同给对方发过去的时候，顾文突然反悔了，他发了张名片过来，问这个人是不是你们公司的。

名片上写着：单单，文字编辑。

单单赔上一百个烤红薯，也填不满遗憾。鹿游原那天当着所有人的面，朝她发了脾气。他听不进单单的解释，也对，解释什么呢，因为自己饿或是在印厂工作委屈，在不喜欢自己的人面前，所有原因都失去了立场。

他点了一个赞，你脑补出了一出戏；他更新一条动态，你就像在做阅读理解；他坐在你身边，却隔着一条银河；他什么都没做，却成了你心里最重要的。他什么都好，唯一的缺点就是不喜欢你。

在新一轮被同事的眼神吊打后，单单躲在茶水间里写辞职邮件，写到声泪俱下时，皇上咬着鸭脖子从沙发背后钻出来，扶着把手喊腿麻了。他说躲起来吃东西能找到不一样的灵感，单单抹了一把泪，说："不要再提吃了。"

皇上瞥了一眼她屏幕上的辞职邮件，事不关己地继续咬了一口鸭脖子。

单单雪上加霜，问他："你怎么就不劝我一下呢？"

皇上含混着说："人跟人之间啊，没那么熟，顾好自己就行。"

单单眼泪又上来了："你是不是也太直接了点。"

皇上吐掉骨头，补充道："但我觉得你可以再努力一下，苟到年底发了奖金再走。"

单单被自己的口水呛到，邮件也没心情写了，陪皇上啃起了鸭脖子。第二天她破天荒地翘了班，多方侦察锁定顾文的公寓地址，去他家门口放音乐，结果被保安赶了出去。之后又尝试各种办法，比如假装送快递、伏击他常去的咖啡厅、半路拦他的座驾，最后要么被拉下半截墨镜的顾文眼神杀，要么被他的工作人员直接拎走。她哭求再给他们公司一个机会，但顾文的态度非常决绝——不可能。

直到一周后，单单想再垂死挣扎一次，熬夜手写了整整五页说鹿游原有多牛的推荐信，埋伏在顾文家附近的进口超市里，隔着一截货架的距离伺机行动。

单单猫着腰来回蹿了几次，顾文突然不见了，等她四处打量的时候，突然小腿被推车架子撞上，腿一软，整个人坐进推车里。回过头，抱着一大袋薯片的顾文正睨着她。

没等她说话，顾文顺手拎起一件酒，直接推她去收银台结账。他们坐在超市门口的小桌上，顾文把酒一瓶瓶打开，说陪他喝，喝开心了再听她说话。

单单咬咬牙，接过啤酒，怔怔地看了眼顾文，然后用力撞上他的瓶子，仰头灌了下去。

喝完最后一瓶酒的时候，单单觉得自己被整了，但理智已经被酒精冲散，她只记得脑海里几帧定格的画面，一张是她抱着顾文大腿让他读推荐信，一张是顾文直接把她装在推车里推她回家，一张是她中途下车抱着路边的垃圾桶，边吐边哭。

1120/

年前我查过一次基因，就是那种吐口唾沫就可以检测体质和遗传病的技术。

我的报告上写的是酒精代谢快，千杯不醉。××先生不相信，愣是买了好几瓶红酒回来。于是老夫老妻两个人大晚上在家里酗酒。

果然我喝多了就是不停去厕所尿尿，而他就是不停去厕所吐。

最后他像只猫咪一样趴在我怀里，硬要把银行卡里的钱转给我，余额宝里的都要转出来，他说想把一切都给我。睡着之前，他喃喃道："感觉真的要一辈子了。"

那一晚我无比爱他。

还有什么比喝醉酒就打钱的丈夫更令人喜爱的呢。

单单没有料到，清晨出现在梦里的，不是 × × 先生或鹿游原，而是顾文，他那副不可一世的贱样，灿烂地占据她 16 ：9 的超清视界。再一睁眼，听到门铃响个不停，单单腰酸背痛地起身开门，顾文拎着一袋子早餐满脸灿烂。

他一进门就帮单单回顾昨晚是如何一路走一路吐，死都不肯坐出租车，以及自己是如何千里推车送疯子的。但他大气地不计较，因为被单单打动了，感谢她给了自己创作瓶颈期的灵光一现，说着举起手机栽到沙发里，一条腿搭在扶手上，说："你的推荐信我看了，我可以帮你。"

单单觉得间隔一晚的世界变化太快，她需要适应。

接下来他们的对话是这样的。

顾文："单单。"

单单："我叫 shàn 单，那个字念 shàn。"

顾文："哈哈哈，我以为是小名呢，你父母真够损的。"

单单："你到底要干吗?！"

顾文："小声点，你喝醉酒后的样子比现在可爱多了。"

单单："我喝醉……是啥样子？"

顾文："没什么，就是抱着垃圾桶喊鹿游原的名字。"

单单："……然后呢？"

顾文："然后就骂，你这个没良心的啊，我喜欢你啊，我只是想帮你啊，你对我好点会死啊，你……"

"可以了！"单单打断他，不想再听。

听着动静的宁缺蓬头垢面地从房间出来，眼见烤红薯男上门，抢起抱枕就想打，被单单劝下来。一听说是那个当红大作家，宁缺瞬间态度突变，整理好睡衣和发型，换了个声调问："大作家，最近有没有新作品改剧啊？"

到底是缺活，在屋檐下别说低个头，磕个头都行。

顾文出现在单单公司的时候，工位上的人已清空，众人像《釜山行》里的丧尸一样趴在会议室的玻璃上，观赏这难得一见的"当红炸子鸡"。

会议室里，顾文在出版合同上签上了名字。鹿游原承诺，一定会做好这本书。顾文朝他暖心一笑，指着外面抱着稿纸路过的单单说："我要她做。"

人生总是不堪与顺遂交错，这样才会坚信自己是被上帝选中的人。每一次触底反弹的前提往往伴随着谷底几日游，单单终于从印厂的苦海脱身，却又跳进另一个泥潭里。

单单彻底被鹿游原隔绝。单单每天早上八点五十的早安，他权当过耳的风；单单刻意凑近他身边找的话题，他也用标准的省话模板"嗯啊哦呵呵"带过；最后单单受不了了，在男厕所门口堵住他，说自己能力不够，顾文的书还是还给他做。他只是冷冷地看了单单一眼，撂下一句，"连你都不要的东西，我还会要吗"。再无赘言。

单单被他这话激起斗志，刻意在他面前忙碌，虽然主编安排了其他的编辑帮她编校书稿，但她的日常也被工作塞满。除了要面对顾文的稿子，还要搞定封面排版，确定用纸计算成本，提供给营销同事内容亮点。她一度崩溃，发现自己什么都不会，在很多年前，她就知道自己是这个世界第二梯队的人，但这一刻，她承认了自己的普通。

在快绝望的时候，慢慢拍了拍她的肩。

慢慢虽然性子慢，但好歹是老编辑，有慢慢的帮助，单单的情绪平和许多，开始上手了。慢慢说："做书一定要知轻重，不要总想在重要的地方偷懒或者跳过哪个步骤，反正到最后，你做到和没做到的事，都能在这本书上看见。"

顾文的时间观念比他本人还随便，常常凌晨三点一个电话，早上五点微信连环轰炸，没什么要紧事，有时只是单纯要求陪他聊天找灵感。单单催稿催到他家里，偌大的豪华大平层，摆满了书、玩具摆件和杂物，根本容不下脚，只要有凳子，上面永远放满衣服。

单单战斗力不足，神经又紧绷，于是练就出一个右手摸着电脑键盘，左手扶着手机，挺直腰背、头纹丝不动的入睡技能。这天鹿游原刚好也加班，夜深了，他伸个懒腰提神，看到对面像是在做法事的单单，免不了背后一凉。

他起身将单单的头按在桌上，不料没过一会儿她的头又条件反射地弹了起来，无奈之下，只得拿同事的空调毯整个给她罩住。大概是空气稀薄，单单开始呻吟，鹿游原赶紧把毯子掀开，给她调整好睡姿。单单一个激灵，半眯着眼醒了，她觉察到身边的鹿游原，便假模假式地装睡，抓住他的胳膊，然后再也不松开，这样就可以枕着无比暖心的鹿游原，直到天亮。

偶像剧里都这么演的。

现实是单单刚碰上鹿游原，鹿游原就下意识地一抽手，手背不小心正中单单的脸，好嘹亮的一声响。接下来的后半夜，公司独留无比清醒的单单，美梦与情人的手印交织，体验感异常丰富。

鹿游原没告诉过任何人，他拒异性于千里之外的原因，是不能让异性碰他，只要身体有接触，就跟触电一样，不受控弹开。他并不讨厌单单，一开始用激将法让单单踏实接手顾文的书，又拜托慢慢去帮她，或许是放不下面子，总之说不清原因，那一刻他只是说服自己，就当是对弱者的同情，但心里又有另外一个声音响起，觉得这个女孩的能量绝非只能走到这里而已。

1121/

最近碰上一个难缠的大客户，时间观念被狗吃了，害得我总是熬夜看方案，好在××先生也在写案子，于是我俩破天荒地对坐在书桌前一起刷夜，颇有重返青春，在图书馆共同温书的架势，小腿在桌底打架，小纸条在桌上横飞。

××先生还真是配合，其间动不动偷瞄我，好似是在看暗恋的姑娘。

我忍不住损他："我知道我好看，但你也要适度啊。"

"就你这姿色，别自恋了。"

我准备"揭电脑而起"。

"参加选美比赛，最多前一。"

单单没想到顾文这个宇宙直男，最挑剔的竟然是封面。在皇上出了十稿设计之后，顾文仍然不满意，他说不是他要的感觉。

单单更没想到自己第一次去日本，是跟着顾文去的。受岩井俊二文艺片的影响，单单对日本有少女情结。她一直幻想陪她在银座四丁目看霓虹与夕阳、在河口湖远眺富士山、在箱根温泉里亲吻的人，是她心里的那个人。但在顾文要求她一起去见一个日本设计师朋友后，这个幻想就永远只能留在脑子里了。

那次日本行，其实只用了半天时间见设计师，之后的五天单单都在给顾文当助理，订餐厅订车票拎购物袋。在涩谷的娃娃机店里，单单抓了一个很丑的公仔送给顾文，说跟他很像，作为回礼，在寺里为新书祈福时，顾文送给单单一个御守，感谢她这段时间忍受他的折磨。

回国后的单单了无生趣地在御守上画了只鹿，将鹿的身体涂成雪白，还在鹿角画上了玫瑰，非常惹眼，也不管这御守是不是招桃花的，默念了三遍"爱情快来"。

日本人并没有传说中那么守时。单单在承受着上市日期的压力，终于盼来设计师的稿子后，直接傻了眼。封面一片直截了当的灰白，寡淡得像是无印良品体系的招贴广告，原本与爱情有关的书名赤裸裸地躺在中央，显得故事主人公要么清苦，要么出了事。

文艺青年都不靠谱，但没想到顾文非常满意。他执意要用这版封面，这令皇上之前的十稿设计死得特别冤枉。单单知道，每版封面的背后都是皇上用麻辣香锅、酸菜鱼、煲仔饭、鱼香肉丝、泡椒凤爪、海胆、寿司、全糖奶茶喂出来的。

单单信誓旦旦地和皇上说："承蒙上回'开导'之恩，这次一定会帮忙。"然后她雄赳赳气昂昂地去跟顾文理论，好好的一本爱情故事，偏偏做成性冷淡风，男人到死都是少年，女人永远有爱的能力，爱情就要有颜色，黑白灰也要看主人啊。干净素雅的封面是别致，但对一本书的价值而言，好看的封面是要读者想拿起来读的，而不只是摆在货架上有逼格。

顾文二话不说，取下鸭舌帽套在单单头上，戴上墨镜潇洒离场。两天的冷战过后，顾文在进口超市结完账，看见门口拎着一件啤酒的单单。

她手里紧紧握着皇上的设计稿，按老规矩，先给自己灌了一瓶酒。

没一会儿单单的理智就下线了，飘忽着说再喝就睡了，顾文霸道地捏住她的肉脸撑住她，嚷嚷道："那就看我喝。"于是他一口气喝了大半瓶，呛得龇牙咧嘴，手微微失了气力，单单就直接倒在了他肩上。

他看着单单，换了语气："其实那天你说完那些话，我就已经有选择了。上次也是在这里，你拿着推荐信，这次拿着设计稿，你怎么就那么爱管别人的事呢，不服输又固执，我突然很期待，你还能做出什么事了。"

后来在单单做好的征订单上，顾文的新书是黑色色调，犹如静默宇宙，书名一抹亮橙，两个手绘的男女相遇。设计师一栏的名字是黄桑。

从此以后，单单桌上的美食就没断过。

1122/

与××先生的日本行。

找了几家点评网推荐的银座美食，都大排长龙，在我快暴走的时候，××先生看到巷子里一家新开的饺子店，里面刚好有空位。

结果我们全程尖叫着吃完那顿饭。

××先生走之前用蹩脚的英文外加竖起的大拇指对厨师说："这

是我吃过最好吃的煎饺和蛋炒饭。"

其实我只是觉得还不错，也嫌过他是不是太夸张，但他大快朵颐的真诚，也让我的每一口"好吃"变成了"好幸运"。他总是很容易感知幸福，对世界上的一切美好都保持好意。

这就是我如此喜欢他的原因吧。

1123/

我跟××先生玩了很多情侣间的小游戏，在箱根泡温泉的时候，我俩裸着身子玩猜明星。出题者心里想一个名字，答题者有二十一个提问机会，但出题方只能回答"是"或"不是"。输了的人要给对方买礼物。

我以为自己的"景岗山"已经超纲了，没想到他请来了"屠洪刚"，于是我俩两败俱伤，我送给他一个在箱根神社求的御守，可他迟迟没给我礼物，离开箱根前，他竟把那个御守塞还给我，不过上面多了一只他自己手绘的鹿。鹿的身体涂成了白色，鹿角长出了玫瑰花。

只有我知道，这代表着他。

他努努嘴说："我知道你什么都有，所以就希望你平安，以及老老实实待在我身边。"

我让温泉旅馆的司机小哥再等我们一下，然后转身给了××先生一年份的吻。

1124/

我们并没看到富士山。

好死不死地赶上大雾，我站在河口湖畔，对着一片苍茫的惨白哀号。

回去的飞机上，××先生突然把我叫醒，指着窗外清晰可见的富士山对我笑。

在河口湖的时候，××先生安慰我："它一直都在，只是你没看见。"

我躺在××先生的肩上，以特别的角度俯视着富士山，不自觉眼眶就红了。想想我总归是不自信的，因为事业太顺利总怕给另一半压力，所以当初才会三番五次拒绝××先生，迷信天时地利人和，追求命中注定，差点就要错过他了。

心里的人从未离开过，这就是最好的天意。

顾文新书的征订单一发出去，首印的五十万册就被瓜分得差不多了。在单单以往的工作经验里，一本书能做到五万册，已经要拜天地了，更何况自己第一本统领全程的书，竟然是顾文的，现在想来还不免觉得是一场大梦。

说到顾文，没想到这位久经沙场且看上去没烦恼的大人物竟然也有"产前焦虑"，三不五时的电话不说，还要约单单出来陪着他才能缓解。几次下来，连累原本只有一点小紧张的单单也变得莫名焦躁，每一个细节都要来回确认无数遍，生怕自己容易触霉头的属性又惹来灾难。

恍恍惚惚间竟然在早晨八点五十分撞上鹿游原，他手里的咖啡泼出来，弄脏了从单单包里掉落一地的杂物。

鹿游原捡起那个画着鹿的御守，来回翻看。

单单安慰自己，鹿游原这种挑剔大神，应该不会看她写的那些凡夫俗子的情爱段子。

鹿游原突然开口："你是白芷……"

天。

"……的朋友？"

单单夺过御守，头点个不停。

事情往诙谐的地步发展了。鹿游原让她帮忙引荐白芷，想出版白芷的书。他对单单每多说一个白芷身上的优点，单单的心里就痛一下，终于等到了自己和他的交集，但交错的却是平行世界里，那个张扬的、幸福的、成功的、虚构的自己。

推开白芷的别墅大门，女管家有模有样地招呼鹿游原和单单，大概五分钟之后，穿着真丝家居服、妆发到位的宁缺在二楼闪亮登场，全程用慢半拍的步子走下来，一落座就开始做作地磨指甲。

"你的御守上次落我这儿了，"单单刻意把御守塞给宁缺，在她耳边咬牙切齿道，"让你找个场地，给我搞这么大阵仗，我钱包不答应啊！"

按照之前和单单对好的台词，宁缺假扮白芷，动用影后演技拒绝鹿游原的出版邀请，借口全推给××先生，说他只接受分享爱情，不想变成商品云云。没想到鹿游原对宁缺使出当初对朵蜜老师那套，用异常温柔的语调完整洒了一整罐鸡汤。活了快半辈子的朵蜜自然免疫，但宁缺就完全上了套，在一个帅哥严肃地告诉自己"你很优秀，我看到了你身上闪光的东西，你会记录这些细节说明你善良"等等漂亮话后，宁缺听醉了。

不过是上个厕所的工夫，单单回来就看到鹿游原起身，对宁缺说："那就这么说定了。"他本想伸出手，却又警惕地缩回，改为点头道别。

鹿游原走后，单单想把宁缺千刀万剐。宁缺撩着头发对单单说："人间极品啊，这次我承认你有眼光了。"

"你们说定了什么，不会答应他了吧？"

"老娘吃素的吗？先耗着，折磨他个九九八十一难。"

顾文的新书上市，从网店预售开始，顾文每天都穿着一件毛茸茸的熊猫家居服窝在电脑前，不停刷新榜单，但凡掉到第二，他都会把单单拎到家里来虐一遍，以至单单半个月都没敢合眼，满脑子都是顾文的脸以及网站的刷新声效。直到书店正式铺货那天，她才舒了口长气，紧绷的神经微松，身子就垮了，发高烧。打电话给顾文，才知道他松得更离谱，直接低血糖晕去了医院。

顾文躺不住，没等葡萄糖输完，就拔掉针头，牵着单单去了最近的书城。

穿着病号服的顾文格外显眼，只能用袖子捂着半张脸，躲在角落里看他新书的堆头，看有多少人路过，有多少人拿起书读，有多少人愿意付钱带回家。

单单觉得顾文在抖，抬眼一看，他竟然哭了，是那种小男孩的哭法，手掌抹着眼睛，泪痕把脸弄花。

顾文抽泣着说："写东西真的是一个很孤独的过程啊，一万次想砸电脑摔手机，一万次自暴自弃塞零食转移注意力，一万次骂自己写的是什么垃圾，一万次又觉得好有成就感。一万次想放弃，一万次明白已经没有放弃的资格了。终于看到它出来的那一刻，就像重新活了一遍。"

这是第一次有个男人在她面前哭，单单被吓得不知所措，只得拍拍他的肩以示安慰。看来每个职业都一样，所有的光鲜其实都是外在的茧，内在多难，真的只有做毛毛虫的自己知道。

这时有别家公司的销售员出没，偷偷把他们作者的书盖在顾文的堆头上。单单直接冲上前一番理论，在对方胡搅蛮缠快败下阵来的时候，顾文适时出现，坦荡地露出脸，销售员惊呆了，连说了几声对不起，仓皇逃走了。

单单把那个作者的书放回原位，俯身整理顾文的书，碎发垂在耳际，她下意识地伸手撩到耳后。顾文看在眼里，心里突然涌上一阵暖意，像是有个按钮被按下了。

新书规整如初，二人相视一笑，为了这几个月的成果用力击掌。

1125/

今天要讲一下我的大明星朋友Q。

因为在拍一个大导演的大戏，所以这段时间她都在组里，除了拍戏，经常无聊骚扰我。她特别爱收集各种段子，尤其是折叠答案，就是发在朋友圈，你得点开全文的那种。

我经常提醒她："做点你们女明星该做的事吧。"

她却回我："你教教我，女明星该做什么。每次给你发好玩的事情，都想到你手机屏幕前的那张笑脸，这个对我比较重要。"

尽管我知道，台词功底超强的她对这些酸话信手拈来，但我相信，说话的那一刻，她是真心的。

1126/

要说我跟Q认识的过程真的非常drama（有戏剧性）。当时我在上海出差，听到酒店隔壁房间门口，一个女的好像来抓奸，一直像雪姨一样喊开门。我在屋里听得干着急，好想告诉她，姐妹你要么找服务员抓紧把房卡办好，要么带两个壮丁破门而入，抓奸哪儿有敲门抓的啊。

结果没一会儿，外面就打起来了。那女的在酒店走廊质问服务员：为什么你们酒店可以找小姐。好像很精彩，但我一个人太怂，只开了一条门缝，发现斜对面一个漂亮妹子也在偷看，我的门缝对着她的门缝，我俩四目交接有些尴尬。就是那一眼，两个八卦的人就此建立革命友谊，我反射弧比较长，直到后来微信都加上了，才终于想起她就是那个电视里、微博热搜上经常出现的大明星。

感谢那一场好戏。

1127/

今年 Q 的经纪公司给她搞了场生日会，刚好我一个人在家，就找她要了票，想着去凑热闹。当天场地外已经被粉丝的应援淹没，我跟着人流往入口处走，还没走到一半，手里拿的票就不知道被谁扯走了。到了检票口，工作人员不让进，这我理解，毕竟这是他的工作，但对我态度极其恶劣，好歹我也是一上市公司的 CEO，平时很少被人用鼻孔看的，气不过就跟那男的理论了几句。

等到快开场时，眼看这眼力见儿太低的生物无法教育，就发了个微信给 Q，准备离开。没想到她竟然放着内场一大票粉丝不顾，踩着高跟跑过来，身边围着一群吓坏的工作人员，她指着检票的工作人员说："你不让她进来，那我就出去了。"

她永远不在乎别人怎么说她，大大咧咧，没有偶像包袱，带兔头来我家啃，喝醉酒拉我去 KTV 疯，手机打到烫手才肯挂，跟我睡觉的时候非要比谁胸大。洒脱到有点可爱，耿直到有点臭屁，她说过："能和你成为闺密，我很荣幸，如果有一天我们俩淡了，也为你感到高兴，还好你早点认识我了。"

这点是真的，写到她的时候，感觉她就是我的骄傲。

友情跟爱情一样，宁缺，也不要滥，她是很多人的大明星，却是我唯一的星星。

宁缺欣赏完单单笔下的自己，异常满意，即便外包装是假的，但闺密的内核比真金还真，她大手一挥说会以撮合单单和鹿游原为己任，每次鹿游原约她出来聊书，她就把单单带上。但那个画面非常糟糕，宁缺很入戏的一身女强人装扮，鹿游原保持他一贯的禁欲风，身材高挑的两人中间夹着个像是出门帮家长买菜的单单。为此单单向宁缺抱怨，觉得自己的加入毁了他们的画风。

宁缺拍她后背让她挺直身子，说："鹿游原这种猫系男，都喜欢抓不住的，你下次打扮成熟点。"不过单单对"成熟"的定义有误解，以为把头发绑起扎高，套件皮衣，有模有样地化上浓妆就成熟了。等他们仨再并排走的时候，宁缺扶额叹息，完了，这次像冲进来横刀夺爱的拉拉。

宁缺让鹿游原去舞蹈工作室陪她学街舞，说是想要出她的书，就要参与她的兴趣；去健身房跑步，说是要身体受得住日后的折磨；帮她发货填快递单，说是要练字。直到单单某天下班折返回公司，看见鹿游原在跟着音乐跳 poping（机械舞）之后，她郑重地和宁缺开会，给宁缺放偷拍的鹿游原跳舞视频，说差不多就可以了，不是不忍心看到自己的高冷男神那么接地气，而是跳得真的太难看了。

宁缺爆笑，理解为什么单单这么喜欢他了。

这天回公司时，单单在门外看见一个不知该叫爷爷还是大叔的男子，头发白了大半，拎着一个蓝色的帆布袋来回踱步。本想上前关心，这时慢慢从里面出来，非常不友好地把男子赶走了。后来单单又在公司附近遇见过他几次，才知道这个男子是慢慢的爸爸。

慢爸其实也是个作家，不过写的大体都是家乡的方言故事、地方历史和民间传奇，他视作宝贝的蓝色帆布袋里，装了厚厚的手写稿。他来找女儿，是想能出版自己的书，但他明白，女儿避着他，是不想让他做白日梦。这个时代，看书的人本来就少了，大家不是用短视频来消遣，就是在乎深切意义，不愿花时间读一些晦涩无聊的小地方趣味。

单单特意找慢慢聊过，理解她的苦衷，慢爸卖了老家的房子，自费在小地方出版了几本书，但结果都是自娱自乐，为此妈妈离开了家，他们父女俩也积下矛盾。如今出版行业难做，好的出版社都不愿意收留这样一个偏门弱小的孩子，毕竟都是为了生存，有些梦想终归是要悬崖勒马的。单单连夜读完慢爸的手稿，竟被他笔下对陕北文化逗趣的解读所感动。叔叔有一个年过半百的智慧心，知道什么值得记录，什么随它遗忘。她冥冥中觉得，自己的公司会容纳慢爸，于是向鹿游原请教，他的答复是，试试看。

单单将慢爸之前自费出版的书都读了一遍，写了满满两页纸的选题报告，在周一的提案会上慷慨陈词，最后却铩羽而归。她抱着电脑跑到主编跟前，想让他看看稿子，主编拒绝，她连问数个为什么，都被主编骂了回去："出版业不是做慈善的，你有你的赤子之心，公司有公司的考虑，不要以为你一腔热血，就能说服别人照你说的做，说白了，还不是自私。"

单单的不服气挂在脸上，她不轻易认输，一连拜访了几个认识的出版社编辑，稿子都被退了回来。到底不免俗地还是失败了。

单单把蓝色帆布袋还给慢爸，看到他失望却强行释怀的表情，难免鼻酸，甚至有那么一刻，她开始怀疑自己的职业，怀疑自己每天朝九晚五的原动力，怀疑自己每每去书店赏心悦目的是什么，是明码标价的商品，还是铅字印纸背后的梦想和热血。

单单独自坐在路边的台阶上发愣，鹿游原坐在她旁边，放了瓶水在两人中间，递给单单一块灰色的手帕："由不得你任性吧。"

"我没哭，"单单不敢多看鹿游原一眼，这种让她措手不及的关心，随时会让她的眼泪不争气地漾一脸，她兀自说，"我真的很喜欢这本书，为什么大家就不试试呢，至少也给读者一种可能啊。"

"这个市场是不以你自己的喜好为前提的，整个行业的规则和现状，你应该最清楚。"

"我以为我可以改变什么的。"

"你只能改变你自己。或许只是时机未到吧，现实就是用这种刁难的模式来证明它的厉害，我们要是能琢磨清楚，就不会那么容易失望了。"

单单不置可否地喝了口水，问鹿游原："你为什么当编辑啊？"

"作家负责天马行空，编辑负责天马落地，我已经没有想象的能力了，所以当编辑比较适合我。"鹿游原反问道，"你呢，没想过自己写本书？"

单单言辞躲闪："想过啊……哦我意思是，随便写写可以，我就是自娱自乐，出书对我来讲还是一件很神圣的事，就交给那些更有天赋的人完成使命吧。"

两人有一句没一句聊了一会儿，暮色四合，起风了，鹿游原才发现不知道什么时候单单已经坐在他身边了。他脸色陡变，腾地起身，淡淡道了别便离开了。

几天后的某个早晨，慢慢的座位空了。她辞职的原因有很多个版本，主编说她身体不舒服，小萨说她被那个固执的父亲带回老家，转行做生意去了。只有单单知道，在她的微信记录里，躺着昨晚慢慢发来的消息：做了这么久别人的编辑，是时候要帮爸爸成为真正的作家了。谢谢你让我知道我还不够懂他。

想象虽美好，现实却总是残酷，所以我们降低期待值，不容易失望，但另一方面，也让我们自愿选择挑战，反正最坏的情况已经烂熟于心。

周围议论声不断，单单撑着下巴颏儿转着笔，对桌的鹿游原探出半个头，送上一抹难得的笑。

顾文的新书巡回签售会成了单单的二度噩梦。带通告原本是营销编辑的工作，却被顾文油腻腻的两句话——"这么久不见难道你就不想我""你是孩子的妈，生了还要教人家走"堵得只能硬着头皮陪同。

顾文的专车停在单单家楼下。顾文勾住单单的肩膀将她塞上了车，热闹的是，宁大小姐也坐在后座，最近没戏可拍，直播生意不好，这一个月准备蹭吃蹭喝蹭好感，时刻不忘举着顾文的书推销自己适合哪个角色。

前几场签售会单单被顾文这个生活不能自理的过动儿折腾得不轻，在人头攒动的签售会上，顾文不时地抬头看向单单，朝她做鬼脸，吃饭的时候一定要她陪着吧唧嘴，房卡一定要她收着一张，这样第二天准点掀他被子才不会耽误行程。只是那个时候的单单，"被喜欢"只存在于想象，现实总是慢半拍，她不知道，若一个男生喜欢上一个人，就会迫不及待去找她，无论何时视线都离不开她，再硬气的汉子也可以分分钟娇喘成一只猫，总之，傻子什么样他就什么样。

　　第四站签售来到南方城市，当地领导很重视，批了最好的购物中心做场地，主编还特意让鹿游原飞来支援，但也就是这一站，单单发现生活兜兜转转，注定就是个笑话。

　　事情是这样的。宁缺出门与当地的朋友聚会，单单不凑巧地将顾文的房卡错给了她，后来喝大了的宁缺不凑巧刷错了房，在顾文身边睡了一晚，睡成死猪的顾文不凑巧没有醒，抱着顾文大腿的宁缺不凑巧以为是单单最近没积极剃毛，最后非常不凑巧，鹿游原一大早敲响了顾文的房门。

　　人生他妈的就是这么多不凑巧。

　　发丝凌乱的宁缺握紧门把手，"嘿"地自带振动模式，此时顾文被门口的动静吵醒，穿着一条内裤走来，宁缺和他面面相觑。

　　"白芷？"鹿游原惊讶道，"你怎么在这里？"

　　好在单单及时出现，赶在宿醉的宁缺开始表演之前，对鹿游原小声正色道："他俩是一对，顾文就是××先生。"然后进屋把顾文拉去一边，破罐子破摔告诉他实情："我就是网上那个写段子的白芷，那些日常是我编的，但我不想让鹿游原知道，所以跟他说白芷是宁缺……哎呀我知道有点绕，来不及解释了，你就先当一下××先生，帮我这一次，我求你了，以后你说什么我都答应你！"

爱耍小聪明的顾文会意，上前抱起宁缺原地打转，落地再来个壁咚，说一晚不见，甚是想念。宁缺撇过头，一脸尴尬。

鹿游原恍然大悟："怪不得不愿意让我出你们的书。"

签售结束后，当地书店领导请他们去附近的风景区游玩。一行人来到姻缘树前，导游介绍这棵千年古木招桃花很灵验，其他人都不屑，只有顾文积极地买来木牌子，背过身写字，嘴里还傻乎乎地振振有词，接着避过所有人，将写着他和单单名字的木牌扔到了树顶上。

众人离开后，从上帝视角，可以看见宁缺偷偷摸摸来到姻缘树旁，写好名字，后退几步想扔到最高点，正要脱手时，被同样偷摸前来的单单抓个正着，于是那牌子只飞到了树中间，挂在一根瘦削的树枝上。单单边写鹿游原的名字边审问她："什么时候有喜欢的人了，是谁啊？"宁缺仰起头，保持她那副盛气凌人的模样，娇嗔道："顾文呗，我掐指一算，就知道他旺妻。"

单单咂舌，好心劝好姐妹别往火坑里跳，同样都是男的，和她的鹿游原比起来，顾文就像小时候玩的发条青蛙玩具，幼稚又咋呼。

单单扔完木牌，像干了件坏事，火速逃离"犯罪"现场。看着单单的背影，宁缺收敛了脸上表情，回望一眼姻缘树，正想离开，听见"啪"一声，有块木牌掉了下来。她捡起来，发现是自己刚刚扔的那块，旋即吸了下鼻子，然后将"鹿游原"旁边"宁缺"的名字涂掉，改成了"单单"。

她使出全身力气向空中一扔，嘴里含糊地默念着，你们要幸福啊。

她从什么时候也喜欢上鹿游原的呢。大概就是假扮白芷那天，鹿游原说能看见她的闪光，大概就是这段日子被鹿游原频繁陪着，感动于他的真诚。这些年习惯被挑选的她，已经很久没有被人认真对待过了。

爱就是这样，专挑你毫无准备的时候登场，你在门背后往猫眼里守着看，都是过路人，不看了，反而就听见敲门声了。

很多事情，差一点就可以，海滩差一点就能遇见海浪，出租车差一点就能等到乘客，情歌歌词差一点就能被有心人听懂，想要爱的时候，差一点才真被爱上，但那一点，往往要付出很多代价。

外表无坚不摧的宁缺，心里到底还是有笨拙的软肋，摸爬滚打这些年，她早已清楚，谁才是对她最重要的，她可以忽略沉没成本，懂得止损，喜欢一个人，但就到喜欢为止。

当地有一个淡水湖，这个季节温度适宜，映衬着碧水蓝天，很多人在湖上泛舟。小舟两人一只，还在假扮××先生的顾文不得已与宁缺组队，单单与鹿游原共乘一只。两人优哉游哉地在湖中心划着桨，单单看着远处的小山，几束阳光从云里泻下，像是受到什么指引，她提议去那边看看。

他们来到一片草海，一层青绿将水面铺满，隔开了蓝天白云的倒影，与之前是全然不同的景致。水面上的植物根系发达，他们的船桨很快被缠住，越用力越难挣脱，直到力竭。鹿游原使出最后一点力气，不巧没有握紧船桨，身子直接被带了出去，坐在对面的单单迅疾地拉住了他，由于外力的惯性使然，他们一起栽进了湖里。

两人费力爬回小舟，太阳已经下沉，整片天空布满火烧的晚霞。两部手机一部进水一部无服务，他们裹着湿透的衣服在起风的傍晚蜷起身子，以为大部队会来解救他们，哪儿知道山对面的湖畔，好心的宁缺拉住魂不守舍的顾文，悠悠地说："应该是去对面的岛上了，让他们俩单独待一会儿吧。"

单单觉得冷，往鹿游原身边靠了靠，手臂的皮肤彼此触及的那刻，鹿游原又本能地弹开了。单单委屈地逼问他："为什么总要保持安全距离，你又不是唐僧，我也成不了妖精，要是你今天告诉我你是个弯的，那我就当场认了你这个姐姐。"

那晚，鹿游原第一次向外人敞开了心扉：五岁的时候，邻居的好奇姐姐带他一起洗了澡，给他上了堂生动的生理卫生课，内敛的鹿游原从此对女性身体有种莫名的羞赧。看来性启蒙太早也是一种压力啊。

鹿游原掏心掏肺地讲童年阴影，一旁的单单没忍住笑出声，以鹿游原这种后天高冷阴郁的气质，总以为会有什么了不起的缘由，这样听来莫名多了点喜感，说到底都是"怪姐姐"的错。

两人聊到夜深，也不见有人来，四周愈加安静，没有一点光亮，听着水里不知是什么生物发出的声响，单单瑟缩着抱膝坐着。鹿游原打开手机电筒，叮嘱单单不要胡思乱想，如果害怕就早点睡，天亮再想办法。

终于感受到有一种"关心"是来自喜欢的人，单单脑中竟然还闪过变态的假设，如果就这样困在这里也不错。单单的幻想世界开始运转，坐在对面的鹿游原变成对她爱到痴狂的××先生，怕她受凉，还将未干透的外套脱下披在她身上，然后抱她入怀，对着天上的星河哼起曲子。

雨水把美梦扰醒，清晨的湖面雾气重重，凉风刺骨。单单叫不醒鹿游原，碰上他的额头才发现烫手。她倒吸一口气，将自己的外套脱下来给鹿游原盖好，在小舟上找到一把透明小伞，帮他撑着，自己只能躲进去半个脑袋。

雨不见停，她紧靠着鹿游原，心跳加速，自言自语地问自己，怎么就喜欢上他了呢。她微微侧头，见鹿游原的喉结上下蠕动，一点醒过来的意思都没有。

单单的手不受控地轻轻拉下雨伞一角，贴在鹿游原脸前，然后伸长脖子，隔着伞上透明的塑料膜，在鹿游原嘴唇的位置，偷偷留下一个吻。

雨一直下，晨雾深处，顾文和宁缺的呼声传来。

1128/

因为从来没有曝光过自己和××先生的照片，网上各种传闻，有人说我其实是个男的。也有人说我被断崖式分手，受了委屈才在微博上幻想的。还有人说我缺乏安全感，所以金屋藏"鲜肉"，不敢让大家知道××先生有多帅。

有次我问××先生："如果我把你的丑照发出去你怎么办？"

"那我就发一张你美到不可方物的照片。"

"那这样你不是很亏？"

"不会啊，这样显得你瞎啊。"

"那我就发你帅照。"

"那我只有发你抠脚挖鼻屎，对我发脾气的照片了。"

"这不会显得你瞎吗?!"

"那只会显得你暴殄天物。"

是啊，反正怎样都是你对。我要代表广大女同胞表示抗议。

1129/

第一次跟××先生接吻是在一个雨天。记得《燕尾蝶》里有一段情节印象很深，肖飞鸿对雅佳说："灵魂会飞向天空，碰到云的那一刻就会变成雨落下来，所以没有人看过天堂……如果人最终的归宿是天堂，我想这里就是天堂了。"

××先生撑着伞，俯身亲吻我的时候，那一刻，无论是肉体还是灵魂，我都觉得置身天堂。

单单如往常一样挤地铁，换乘公交车，八点四十五准时出现在公司对街，等待五分钟后出现的心上人。只是今天这一路，莫名感受到多了些眼光。她不解地滑开手机，扫了几眼后，止不住颤抖地锁上屏，在鹿游原距离她只有短短十几步路的时候，掉头往来时的方向逃走了。

自己以白芷名义更新的微博在凌晨发布了一条图文。

1130/

这是我的真相。

图片配的是单单在公司存档的个人信息，包括照片、姓名、电话、年龄、出生地、工作经历、住址，全部一清二楚。

单单删掉微博，可惜为时已晚，微博上已经炸开了锅。越来越多她的私人信息被扒出来，不是什么事业女强人，只是一家出版公司小小的女编辑，而编辑最清楚什么样的文字能够迎合读者，什么样的套路能够深得人心。

宁缺来了电话，说家门口堵上了几个讨真相的小女生。单单让宁缺先出去避避风头，在更多信息和电话涌进来之前，她无助地关掉手机，看着迎面路过的行人，仿佛随时会有人站出来指责她，为什么要欺骗大家的感情。

单单不敢出示身份证，去不了酒店，兵荒马乱间买了些干粮躲进公园，一躲就是两天，最无助的时候，能自我安慰的办法就是逃避。

也是在这个公园里，她竟然撞见小萨和一个脸熟的男生你侬我侬。原本只是出于好意关心一下公司有没有受影响，却意外从那个笨拙的男生口中听出了端倪。事情的线索要回到当初去朵蜜家，因为单单义愤填膺的一段话，朵蜜封笔，男助理小朱，也就是眼前的这个男生，跟着失业，而小萨常抱着的小猪公仔就是他们爱的证明。

小萨也破罐子破摔露出真面目，某天着急借用单单电脑的时候，看到了她忘记退出的微博主页，竟然是白芷的账号。自卑的小萨不明白，同样是平凡的女孩，为什么单单就能得到那么多原谅与关注。她不喜欢单单身上那种正能量加身的光环，这只能衬托自己多么可悲。

于是小萨替单单说了实话。

伤透心的单单觉得饿坏了。她丢掉剩下半块已经发硬的吐司，跑去附近的高档酒店吃自助餐，各种情绪加上胃的抗议，她发疯似的胡吃海塞，结果成了史上第一个吃自助餐吃到去医院的人，还是宁缺把她扛过去的。

单单洗胃之后睡了一夜，第二天拉开对床的门帘，出现了Lisa素颜憔悴的脸。两人默契地同时拉回门帘，用被子罩住头。过了会儿，只听隔壁的Lisa说："不然我们聊聊。"单单欣然应允，这才得知Lisa

得了胆囊炎，身体一直不好，跟男朋友领证很多年始终没办婚礼。俩人都太忙了，一个做出版，爬到高位就停不了，一个当老师，学校扩招，师资力量不够，所以一拖再拖就给耽误了。

她看新闻知道了单单的处境。她说人活着就是有太多事与愿违，但只要能够承担结果，做什么样的选择都无可厚非。

她还说，等她病好，就马上办婚礼，不等了。

单单躺在床上，听着Lisa说着自己的故事，胃里的不适渐渐缓解。她想上厕所，刚走到病房门口，看到鹿游原出现在楼梯口，她吓得立刻撤回来躲进病房的柜子里，留下一条缝，朝Lisa比了个"嘘"的手势。

鹿游原见到Lisa并无惊讶，只是一声不吭地在病房内溜达，打给宁缺，确认单单的床位。末了正想离开，Lisa突然叫住他，神情倦怠道："不管你们男人有多大能耐，永远也不要让一个女人独自躺在医院里。"

鹿游原前脚刚离开，单单就向Lisa道别逃离了医院，这些天她想过一百种理由给全世界解释，却不敢面对鹿游原，和他说一句：因为暗恋你，所以梦里的人都像你。

单单拨乱头发挡住脸，来到医院楼下，一头撞上顾文的胸。

顾文跛着脚，朝她大吼："宁缺说你在医院我都要吓死了！你知道这个点路上有多堵吗？我车也不要了，学他们扫了一辆共享单车，妈的半路还被撞了。"

"那你赶紧上去看病吧。"单单埋头往前走。

"你能不能行了，多大点事，管别人怎么说啊！"

单单在路边拦出租车。

"你不是说我说什么你都答应我，那我让你站住！"

一辆出租车在身边停下。

"单单我喜欢你！"

车门拉开一半，单单猝不及防地僵住了。听到身后有落叶被踩碎的声音，顾文朝她一瘸一拐地走来。她害怕面对接下来的情景，迅速坐上车，命令司机赶紧开。

不忍心辞职，却又害怕去公司，单单只能漫无目的地让司机在城市里兜圈，最后停在了常去的书店前。

她在货架上徘徊，用手抚摸过顾文的书、朵蜜的书，还有公司出版过的很多作品，甚至又碰到了那个搞破坏的销售员。他见到单单，吓得将顾文的书放在自己公司的书堆上，一副慷慨就义的表情。单单朝他笑了笑。

更深处的货架下，装满了几篮子卖不动的书，她能预见到它们的目的地，运气好一点，只是回到冰冷的库房，残忍一点，就在造纸厂里结束短暂的生命，化为新的纸浆。

这个世界上从不缺好的故事。书里的铅字真真假假，无心人在意结局，有心人不会问底，反正美人与英雄各自老去，结果与答案都成了谜。

单单一只手滑过货架上冰凉的书脊，直到指尖在一本新书上停住。她小心翼翼地取出来，看见书上慢爸的名字，翻到信息页，编辑的署名是陈慢。

她终于蹲在地上，狠狠哭了出来。

有人拍了拍她的肩，她抹着泪转过头，站在身后的是另一个自己——白芷。白芷化着精致的妆容，身着黑色的宽版卫衣、破洞牛仔裤，叉着腰，整个人跟她笔下勾勒的气质一模一样。白芷把单单扶起来，揶揄道："女人啊，可以给自己理由大大方方地伤心，但不能太多，哭鼻子这种事，得设定一个限额。"

"我是因为慢慢他们哭的。"单单留有最后一点倔强。

"好啊。那别的事就不重要了，活得像我一样，别人相信或者不相信你的故事，那是别人的选择。梦想很美好，现实很残酷，两者之间确实差距巨大，那么你至少，不能让它更糟。"

刚到家的顾文收到单单的微信，转身就跛着脚跑到进口超市。门口的桌上，单单抱着几瓶啤酒，爽快地对着等红灯的他，隔空碰了碰杯。

第二天一早，单单让宁缺帮她化了妆，用卷发棒做了发型，还破天荒动用了衣柜里斥巨资镇宅的大牌衣服，在公司所有人的注目礼下，闪亮登场。

她甚至主动捡起小萨掉在地上的小猪公仔，若无其事地还给她，道了句："别把人摔着了。"小萨的手僵在半空中，脸上的表情说不上是惊讶还是失落。

单单非常诚心地写好致歉声明，打算把真实的自己亲自剖给大家看，一切不过是一场暗恋的白日梦。

而在这之前，微博上出现一个疑似××先生的账号。他竟然开始更新与白芷的日常，那个日常里，白芷是坐在他对桌的同事，是一个白日梦想家，经常闯祸，但拦不住倔劲儿，身体里似乎有个发动机，只要按下她的开关，就能量无限。

白芷每天都会跟我说早安，我坐在她对面，偶尔累了，抬头就能看见她傻乎乎努力的样子。是她让我知道，有些事不去瞎想，那这枯燥又内卷的现实生活，真是挺难熬的。也是她让我知道，死皮赖脸地争取一下，真的会有转机。

看她吃饭狼吞虎咽的样子，在工位上累到睡着的样子，还有小心翼翼与大大咧咧并存的反差样子，我的某部分也被她点燃了。

…………

曾经做过一本书，书的扉页上写：我们要说真话，不说假话，但真话只说一半。她其实挺难的，不要忘了，所有人都相信她的故事是真的，但从一开始只有她自己知道是假的。

她把好的拿出来分享，告诉你还是要心存美好，相信爱情，却不告诉你，背后那些不好的经历，不给你规避办法，也没有解决之道。你就相信你愿意相信的部分就好。

…………

如果可以，我多希望我就是××先生，可惜的是，我没有他那么可爱。但有一个地方我们是一样的，那就是我真的喜欢她。

有一天做梦，梦里都是她，醒来觉得这个觉没白睡。我觉得该去找她了。

单单看着对面空着的座位，给鹿游原发了条微信，说，不用这么帮她。

傍晚下班时，窗外下起了雨，单单没带伞，在屋檐下等雨停，恍惚间伸出手，雨水打在手心上，想起了她和鹿游原在小舟上的那个吻。

这时男主角突然出现，一把抓住她，拉进他的伞下。

两人紧挨着，一时无言。

"你千万别对我太客气。你只是客气，但我会幻想很久。"单单终于说出了埋藏的心事，她逃避鹿游原的目光，低头嗫嚅着。

鹿游原愣住半晌，没有说话，他唯一的回应，不是热烈的拥抱或是亲吻，而是牵住她的手，手指紧扣那种。

然后再没有松开过。

南方景区的姻缘树，那天它业务繁忙，送走了顾文单单宁缺，终于迎来最后一位客人。

鹿游原扔了好几次木牌都挂不住，换作别人可能多少会丧气，认为是天意注定，但鹿游原不信邪，一口气买下一堆木牌，每个都写上单单和鹿游原的名字，然后绑在一起，用了好大的力气抛了上去。

鹿游原跳起来，做了个胜利的动作，看着自己的一捆牌子，牢牢地挂在树顶最粗的树枝上，满足地微微一笑。

顾文跛着脚，在进口超市门口见到单单的那晚，他竟先把自己灌醉了，额头贴在单单的手背上，用撒娇的口吻说："我知道你喜欢鹿游原，看完了你更新的一千多条微博，都没有一条是和我有关的，明明是我们一起去的日本，你写的那个什么××男也跟我没关系。我连你的幻想世界都住不进去。可是……自从认识你以后，我新书里每个故事的女主角都有你的影子。感情始终是不对等的，勉强不了，我认了，你可千万别后悔！"

说完，他哭得眼泪鼻涕飞扬。

网络上的众多信息是一场场过不了夜的风暴，单单的白芷风波告一段落，顾文的新书宣传也全部结束。顾文决定去巴黎旅居，说要收拾心情，为下一个作品收集灵感。单单和宁缺在机场与他依依惜别时，单单眼泪差点掉出来："去那么远的地方，以后都没人跟我喝酒了。"

顾文神情有些复杂，摸了摸单单的头，说："你好好的啊。"

说完这句话，顾文头也不回地进了安检口，他背着的双肩包上，挂着单单在日本抓的丑娃娃。

1131／

为什么喜欢××先生，除了眉宇俊朗不羁，额头饱满明亮，鼻梁挺拔，明眸皓齿，用人话来说就是帅。但他真的有很多缺点。

他爱哭。

他撒娇功力满级，幼稚程度可以领终身成就奖。

他是霸道理事国国王，日常行为准则就是，顺我者昌逆我者——来啊我们互相伤害啊。

他自理能力为负，家里只要有凳子，永远会自动长满衣服。

还有很多，不胜枚举。

为什么有这么多缺点我还喜欢，因为我知道，他的这些缺点都是以折腾我为圆心，围着我绕一圈，就是他的整个世界。

1132／

××先生住的地方附近有一家进口超市，我们常在那儿喝酒。

我们热恋那会儿，公司要派他去巴黎出差半年。我们在机场依依惜别，我的眼泪差点掉下来："去那么远的地方，以后都没人跟我喝酒了。"

他神情有些复杂，摸了摸我的头，我以为他要用什么"你好好的啊"这样安慰人的标准方式搪塞我。

结果他面无表情地把登机牌撕了，牵着我的手说："走吧，现在就带你去，喝个开心。"

然后我们屁颠屁颠地回家了。

如果这是电影的最后一幕，停在我们两个人的背影，黑场，这个结局应该很温柔吧。

仍然是早晨八点四十五，单单准点站在公司对街，提前五分钟就到的鹿游原，递给她一杯自己常喝的咖啡和已经加热好的可颂，他还是保持冷漠表情，不过两人并肩走进了公司大楼。

顾文的新书首印售罄，主编批了三十万册加印量，单单成了年终奖金最多的编辑，Lisa还在淘宝上给她做了个奖杯，结果店家很实在，把Lisa备注的"出版界小花旦单单，第一个单后面加读音shàn"一行大字都刻在了上面。

最近大明星宁缺又想转行，缠着鹿游原给她出书，在成为中国蒂尔达·斯文顿前，想先出一本《我与世界只差钱》。鹿游原当然没理她，签下了新的作者，也是和白芷一样写"虐狗"日常的，扬言要挑战单单的纪录。

单单和鹿游原同框出现在公司的对桌、街角的餐厅、去印厂的路上，每次听到鹿游原远远叫她的名字，都仿佛开启一个崭新的故事。只是故事的进展速度与单单想象的不太一样，但没关系，无论终点在哪儿，此刻的他们一起走过就好。《太阳照常升起》里有一句话说：

"你离我十米远，我就会开始脸红，离我两米远我就心跳加速。"鹿游原离她还有多远她不知道，但单单一想到他，就已经心跳加速了。

随着心脏的跳动声，时间拨回几个月前。

单单为了顾文的新书忙得焦头烂额，在公司加班睡得放浪形骸。鹿游原与熟睡的单单大战三百回合，帮她调整睡姿时，不小心碰到她的鼠标，屏幕亮起来，微博停在白芷的个人页面。

这个故事告诉我们，微博虽好，也请记得退出。自媒体时代，哪儿有秘密可言，有幸阅读过你的幻想，与有荣焉。

生活如一场天气系统失衡的晴天风雪，让人持续性怀有希望，却总间歇性给点打击。那些看完和没说是一样的道理，过目则忘，真实体验的人生，只能靠自己慢慢想通。

到不了的梦想，只是一个比现实稍稍多一点修饰手法的平行世界而已；伤害你的人，只是一个在你身边停留久一点点的过客而已；男朋友女朋友，只是比普通朋友稍微特殊那么一点点的朋友而已。

所以不用那么有压力。你所在的世界，暗潮涌动，但是你清楚前方还有多少崴脚的石子，未来那些迷惑的选项也一览无余。所有人都在这个世界真实地活着，而你因为拥有幻想的能力，心里自然也有底气：我看过你们不曾见过的广阔星空。

后来
时间都
与你
有关

BECAUSE OF YOU,
BECAUSE OF LOVE

STORY BEGINS WITH RED LIGHT

红灯故事

#6

两个有趣的灵魂相遇，
上帝会为他们创造故事。

类型：犯罪 / 剧情 / 爱情

红灯故事

电影《蓝莓之夜》里，有句台词很适合我现在的心境："其实要过那条马路并不难，就看谁在对面等你。"

自从我入职后，就跟马路结下了不解之缘。

有人一直在路上，而我一直在马路中心——酒吧一条街和剧院大道的交会处，固定一天换两岗，每次四个小时。我特别希望，面对的不是酒驾司机或是飙车的热恋情侣，而是一个让我能看见未来的人。

我其实挺喜欢疏导交通的，路口不堵，我心里也不堵了。可能在外人看来，女警是警队里的稀缺生物，重点保护对象，但实际上，为了能让自己看上去不那么好欺负，我说话要练丹田之气，头发也不能留太长，一年中四分之三的时间都穿着警服，每天早上七点多出勤，几乎也没时间化妆，素面朝天地混到男警察堆里，其实性别是可以忽略不计的。

除非出现一种情况——感冒，就像今天这样。

我一整天都昏沉沉的，站两个小时就有人来接班，中午还吃到了同事甲乙妈妈做的爱心午餐，对，甲乙是人名。不知是哪个领导想出的主意，在警队官号上直播查酒驾，作为队里唯一的女性，我被"特殊照顾"成了这个路口的主播。

我们区的交警队跟一个代驾公司合作，引入了一个代驾热力图，可以实时查看以群组区域为特征的代驾订单密度，代驾订单越多的地方，喝酒人群越密集，酒驾风险也就越大。

我在的路口刚好成了重灾区。

每日看似冷漠的车来人往，却像是一个小型的人生舞台，你方唱罢我登场。在这里，除了剐蹭追尾带来的各种啼笑皆非的日常，你还可以看到因为比赛谁的喇叭按得更响，最后弃车打架的；可以看到失意男女车开到一半，跑到路边痛哭的；还有展现咱们中国女性时代显性特征——从前是一个男人载着不同女人，现在是一个姐姐载着不同"小鲜肉"……

剩下的，就是最常见的酒驾。

就好比现在这个，满嘴酒气，硬说他刚吃了蛋黄派，副驾驶上的女人低头扶额，显然这个烂借口，连她也听不下去。

我强撑着酸疼的身子，将直播手机的摄像头对准自己，朝酒精测试仪吹了口气，数值显示为零。我当着酒驾司机的面，从甲乙的包里找出个蛋黄派吃掉，再次检测，数值显示为七十毫克/一百毫升。

酒驾司机嚷嚷着："你看吧！我的也才八十毫克！"

我保持微笑，关注着手表秒针，三十秒后，我再次吹气，数值变为三十九毫克/一百毫升，三分钟后，结果忽略不计。

酒驾司机没辙，下车胡搅蛮缠，试图抢我的手机，说这是侵犯他的隐私。

他靠近我，突然指着我的鼻尖喊："原来是你啊，你还记得我不？"

我用手背贴了贴自己的额头，确实烧得厉害，但理智还算清楚，不记得这号人。

"上次就是你，罚完我钱当没事人一样是吧！"司机咄咄逼人的唾沫星子溅在我的脸上，臭得我下一秒就要晕过去了。

恍惚间我看到了他的车牌，一拍大腿："蓝色的玛莎拉蒂，当时你还搂着一个尖下巴的短发女生，对吧？"

后来的事啊，直播回放里有，点开直接拉到二十三分五十七秒，坐在副驾上的女人直接下车，因为"尖下巴的短发女生"当街跟酒驾司机打了起来。

这种奇景在我的职业生涯里屡见不鲜，所以我一般很少看电视剧，我每天在这条马路上见过的人和事，超越了狗血本身。

回到家后，我晕得实在厉害，明明已经入夏，浑身还发冷，身上突起的鸡皮疙瘩随着步子的挪动此起彼伏的。原本以为只是个小感冒，含完温度计发现已经烧到四十摄氏度，我翻箱倒柜找到了药，不管说明书，看到退烧两个字，就往嘴里塞了两粒，浑浑噩噩地睡下了。

后半夜，我的梦里出现一个会飞的超级英雄，没有穿像蜘蛛侠蝙蝠侠那么闷骚的紧身衣，就是一件特别干净的白T，下半身是宽松黑短裤，身后披着一条真丝披风，肌肉丰满，该激凸的地方激凸……等等，我是个人民警察，怎么能做如此下三烂的春梦，等我想再看清楚这个超级英雄的脸，画面来到了我执勤的马路上。

他渐渐向我走近，然后脱了他的鞋。

我真实地感受到臭味袭来。

我猛地睁开眼，臭味还在肆无忌惮地弥散。

黑暗的卧室里，一个男人正逆着月光背对着我，但我太虚弱了，嗓子里发不出声音，等那个男人转过身见我忽闪着大眼睛看着他时，他向后一个趔趄吓得摔在地上，身上掉出一把刀。

我计算了一下，大概和他对视了有五秒。我本能地起身反抗，但无力可施，像一条带鱼瘫回床上。那个小偷本来想躲，见我这德行，立刻操起了手边的刀。

尖刀伴着月色银光一闪，我绝望地闭上眼，往事在脑子里如跑马灯闪过，再睁眼时，另一个身材更高大的男人举着一盆龟背竹，朝小偷脑袋上用力一砸。小偷随之倒地，龟背竹在原地转了两圈，完好无损地停稳。

我想看清这位高大英雄的样子，只见他戴着一个日式的猪脸面具，潇洒地跳窗走了。

我躺在枕头上，恍然觉得这可能还是梦里的情景，英雄应该飞走了，要知道，我家在七楼。

我在一家面包店工作。

店面很小，在一个毗邻湖泊的小山丘上，我也不是那种穿着白衣戴着厨师帽的高级糕点师，顶多就是个打杂的，主要负责揉面、烤面包，每天工作四个小时。对我来说，八个小时的工作实在是不好找。

因为我这个人特别丧，有我在的地方，大好的天气也会突然晴转多云。我前三十五年的人生几乎就是一出闹剧。

我妈刚怀上我的时候，她跟我爸在录像厅看恐怖片，我爸嘴里含着块喉糖，结果碰巧屏幕上猛鬼出街，我爸一个激灵被喉糖噎死了。

我爸的离奇死亡成了镇上的花边新闻，从此我妈被说是克夫灾星。我一岁那年，她想在家里的农地盖个新房，于是省吃俭用，把自己活成了一台机器，结果房子盖好第一天，人没踏实住下，就昏倒在地。半年后，我妈因为宫颈癌去世，我头上绑着白条子穿着孝衣，周围人议论纷纷，有一个声音我听得很清楚，她说："原来真正的灾星，是他们儿子啊！"

成人后，我就没干过一个长久工作，不是老板拖欠工资跑路，就是碰上奸猾刻薄的包工头。我在饭店误伤过客人，烧过打工的烤串摊，印刷厂都能被我弄得大量机器报废。最穷困潦倒时，垃圾桶里的饼干我都捡过。

我不是一个快乐的人，老天爷给了我一条命，却欠了我一辈子。

我谈过一次恋爱，那个女孩还陪我睡过地下室，她喜欢日本电影，那个时候我俩天天守着一部山寨手机看电影，小小的地下室被我们布置得异常温馨，温馨到我真的以为她会嫁给我。

她离开后，我仍然悉心布置自己的小窝，每天把自己捯饬得人模狗样的，虽然我丧，但我不脏，说到底，骨子里还是一个文艺青年。这个世界上的人擅长遗忘，我其实挺怕浑浑噩噩走这一遭，好像没有存在过一样。

所以我还有一个听起来特别不要命的职业，危险到随时会搭上性命，每天爬上爬下是常态，不能光是体力好，还得聪明，要熟读各种心理学的书，要眼观六路耳听八方。

好吧，就是小偷。

带我入行的人叫强子哥，强子哥对贯彻"惯偷理论"很得心应手：偷风不偷月，偷雨不偷雪。所以我第一次上手，是在一个风雨交加的夜晚，偷一个小商户。强子哥砸掉摄像头，熟练地撬了锁。我全程手抖脚抖，大气也不敢出。强子哥问我："你看看周围，有什么是自己特别想要的。"我扫视了一圈，大件物品不敢瞧一眼，只能伸出一只颤抖的手，指着一个生锈的电风扇。强子哥猛拍我的后脑勺，说："出息！"

那天我们什么也没偷到，因为风太大，门窗被吹得哐哐直响，住在二楼的店主人醒了，妈呀，原来有"老虎"！我俩落荒而逃。而我因为太尿，从窗户外面溜走的时候，把人家的百叶窗一并给带下来了，绑在屁股上，一路逃一路嘎吱响，从此我有了个代号，叫百叶窗。

我一直坚信，一个好的小偷必须要有人性，如果一味靠手法和技术，那永远是二流小偷。所以直到现在，我下手之前，还是会尿。

今天注定是非同寻常的一天。

我在面包店里揉着面，强子哥突然出现，假借买面包的空当，给我使了个暗号，意思是：今晚干票大的。

月黑风高，我们假扮外卖小哥混进小区，强子哥锁定了三家重点对象，"老虎"均不在家。我们从第一家顺走了一把古董刀，显然第二家家里有小孩子，遍地玩具，家具几乎都搬空了，除了彩电还值得偷，没什么值钱玩意儿。但强子哥一直叮嘱我贼不走空，我左顾右盼，最后看到一个日式的猪脸面具，觉得甚是可爱，拿走前忏悔一番，才带在身上。

第三家在七楼，我俩进到屋里，客厅东西少，一眼便能看穿满屋子的穷味，眼看今晚又要无功而返，强子哥忽然瞧见卧室一角有一个金晃晃的东西，敢情是一块大金砖啊。

强子哥勇猛一挥手，我乖乖地跟在后面，做贼剁窑窿，全凭不吱声。蹑手蹑脚来到卧室，才发现床上躺着人，我立刻就慌了，入行以来，最怕的就是与"老虎"共处一室。

强子哥拍拍我的肩，示意我脱鞋进去，我紧张地涌起一阵尿意，脱得慢，不料被强子哥的脚臭味熏得"啊"了一声。

我赶紧捂住嘴巴，蹲下身子，此刻那个金晃晃的东西就在我脚边，我低头一看，是一盆龟背竹，好死不死花盆外涂了一层发财金漆。这"老虎"是有多迷信。

内心牢骚还没发完，只见强子哥重摔在地，手上的古董刀也跌落在一边。

床上的"老虎"坐了起来。

那一瞬间，我脑子里挤入很多画面，比如我跪在"老虎"面前自扇耳光，比如我被警察叔叔套上手铐押解上车，比如我直接用强子哥那把古董刀切腹一了百了。

但现实的画面是，那"老虎"突然躺回枕头上，强子哥不受控地举起古董刀，我被古董刀映出的白光吓得退后两步，直到我看见衣架上挂的警服。

"苦海无边回头是岸"几个大字闪现在脑海中，我下意识举起那盆龟背竹，对准了床上的"老虎"。

强子哥被我砸晕在地。

而后听到床上的"老虎"虚弱地喊了声："英雄！"

还是个女人！

我吓得措手不及，摸到腰带上绑着的面具，手疾眼快地戴在脸上，伴随着大脑的短暂缺氧与浑身不由自主的抽搐，想也没想就摸着窗户沿跳了出去。

我以为我会在那晚结束自己潦草的生命。

结果两家的雨棚给我做了缓冲，最后砸破一块塑料大棚，掉进了柿子车里，我人没事，就是满身柿子泥。

在我看来，知道自己糟糕的人才是成熟的人。如果世界上只有这一种判定成熟的办法，那我觉得我已经熟透了。

春城市政厅发布沙尘暴红色预警，整个春城淹没在红色的沙尘里。

强子哥被警察带走的时候，神志还不太清醒，第二天的报纸上，刊登了一则新闻，有人拍到戴猪脸面具的宋乾坤，加上交警李唯西的口供，记者给他取了个超级英雄的名号——神猪侠。

正在烤面包的宋乾坤无意间看见门口经过的老式广播车，他用手帕捂住嘴，眯起眼睛努力看清广播车上贴着的今日报纸，头版头条上，几行大字写着：春城神猪侠勇斗小偷，飞天遁地营救人民警察。

宋乾坤羞红了脸，原来误打误撞当上超级英雄是这种滋味，只不过"神猪侠"这个名讳过于像某个低成本动画片的主角，好歹应该叫个"百叶窗侠"之类的。他转念想到强子哥现在还在局子里，难免又有点追悔莫及。

本以为这小城风云随着红色沙尘暴吹几天就过了，这天宋乾坤准备下班时，李唯西竟然出现在面包店里。

李唯西穿着便装，背对着他选面包。宋乾坤一边收拾厨具，一边上下打量她。

"有没有人啊？"选好面包的李唯西转过身，视线与宋乾坤对上。

老板在里屋里喊："乾坤，结下账，我在厕所呢。"

宋乾坤咽了下口水，怔怔地从烤间里出来，在衣服上蹭了蹭手上的水渍，走向李唯西。

好漂亮的女孩啊。

这是蹦进他脑海里的第一句话。

"这个点了你们是不是该打个折啊？"李唯西看着眼前过于害羞的怪人，大方地笑起来。

她笑起来真好看。

这是第二句。

"行行行，不打折那就多送我一个牛角包呗。"李唯西其实是在逗他。

她不仅漂亮，笑起来还好看，关键是好眼熟啊，会不会是我前世的恋人啊。

这是第三句。

第四句还没来得及蹦出来，宋乾坤已经机械地送了她两个牛角包，并且打了个六折，然后挥着小手与李唯西送别了，以上一套行云流水的动作全出于本能，并没有给脑子思考的机会。

因为与甲乙临时调岗，李唯西换到了靠近春城湖的小学门口，接下来的一周，她收工后就三不五时去山丘上的面包店买面包，说来可笑，每次都是那个憨憨的面包师傅帮她结账，要么在集点卡上多盖了几个红章，要么偷偷塞给她好几个牛角包。

她职业病一犯，想拍拍肩章才发现穿的是便服，于是换上一个凌厉的眼神："送我一次当你是可爱，多了我可就认为你在贿赂我了。"

这姑娘当自己是警察呢，宋乾坤觉得自己恋爱了，甚至扒别人钱包的能力都退化了，再也无心恋战，晚上一个人躺在简陋的小民房里都能咯咯傻笑个不停。

他看见桌子上的猪脸面具，莫名开心，好像他的命运从他成为超级英雄那刻开始，慢慢发生改变了。

他戴上面具，从圆形的两个小洞看出去，世界仿佛变成了粉红色，他将床单披在身上，学着电影里的英雄，一只脚踩着窗台，伴着朦胧月色，摆了个拯救世界的 pose（姿势）。

此时，就在他对面的民房楼顶，站着一个中年男人。

宋乾坤一个趔趄摔到了窗台底下，等爬起来再向窗外看时，中年男人已经坐在了天台边上。

他朝对面的男人吼了一声："别动！"然后磕磕绊绊地穿上鞋冲出了门。来到对面楼楼顶，中年男人见有人出现，那些标准台词终于有机会说了。

男人："你不要过来！再过来我就跳下去了！"

"不是，兄弟，我是看在下面那家面包店的分上，咱别影响人家做生意，能不能换个方向，往那边跳一跳。"一直戴着猪脸面具的宋乾坤此刻说的全是真心话，比真金还真。

"你不是那个神猪侠吗！见死不救啊你！"中年男人崩溃了，小嘴一瘪，哭了起来。

后来他们开了很久的 loser 夜聊会，中年男人苦心攒了大半辈子的钱都被一个女人骗走，人财两空，他感受到了人生满满的恶意，准备一了百了。说到惨，宋乾坤就有了话语权，想说这男人在他面前，也不过是小惨见大惨，自己爹妈女朋友跟赶集一样离开他，人民币从没眷顾过他，就连最近喜欢上一个女孩也连屁都不敢放一个，之所以活到这岁数没感受到什么人生恶意，是因为打从他出生到现在，就没善良过。

藏在面具后面的宋乾坤一把鼻涕一把眼泪，越讲越丧，他突然站上天台，说什么也要往下跳，好在中年男人紧紧抱住他，俩人一同倒回天台的水泥地上。

次日，中年男人登报感谢神猪侠救了他一命。游走在春城的广播车上，循环播放着中年男人的话："原来世界上的英雄过得比我还惨，我还有什么想不开的！"

在此之后，宋乾坤的人生开了挂，像被神明指引，但凡戴上面具，他总能误打误撞，成为别人的英雄。

他看见迷路的小女孩哭，便戴着面具哄她，她爸妈找来的时候，连连感谢，又是送钱又是送菜的，殊不知小女孩事后偷偷趴在他耳边，用大人的语气说："其实我是故意走丢的，就想看看他们更爱我还是弟弟。"

碰上两个同行从一个老太太身上偷了钱包，赃款瓜分不均，他本想戴上面具吓唬他们，自己渔翁得利，结果同行是吓走了，老太太这时带着警察找了过来，宋乾坤只得乖乖上交钱包。老太太老泪纵横，感谢神猪侠帮她找回钱包，回头恶狠狠地跟警察说："你看，要你们有啥用！"

这只是神猪侠光荣事迹的冰山一角。

原本只是舆论的一阵风，渐渐吹成了这座小城的大事件，神猪侠成为吉祥物，几番修饰加工后，他真的变成上天遁地、无所不能的超级英雄。神猪侠的周边还成了爆款，经常在路上看见小孩子戴着做工参差不齐的同款面具，手里拿着公仔小人，嘴里振振有词念着口诀，好像下一秒就可以一飞冲天，惩恶扬善。

宋乾坤在家中墙上钉了块木架，还打了红色射灯，专门供着面具，他决定从此金盆洗手，做个正儿八经的英雄，不辜负老天爷给他的这一道缝隙里的阳光。

李唯西也是神猪侠的超级崇拜者，甚至有一点私心，觉得自己是这座城里第一个发现神猪侠的人。她站在小学门口，看着鱼贯而出的孩子们，期待着神猪侠再次出现在人群里，与她上演一次久别重逢。

甲乙带了西瓜来给李唯西解暑，自从换到这个小学门口以来，工作明显比以前清闲很多，光是看直播开播次数就知道。但甲乙换到李唯西以前的十字路，就没一天轻松过，各类奇葩车主让他大开眼界。

还有零星学生从学校里出来，李唯西扬扬下巴颏儿，示意甲乙注意前面那辆正左摇右晃的黄色 SUV。

拦下车后，司机摇下车窗，果然酒气熏天。大白天的喝成这样还敢往学校门口开，李唯西让司机出示驾照，那司机眼珠子骨碌碌一转，弃车就往山上跑。

山丘上的民房错落无序，李唯西和甲乙晕头转向差点跟丢了人。最后他们把酒驾司机堵在一个单元门口，李唯西喘着粗气，习惯性地打开手机，开启直播。

酒驾司机看着铁门上的锁眼，糊涂得当这是密码锁，拼命在上面一顿乱按。

甲乙抱着双臂横在胸前看好戏："这锁眼都要被你给按秃噜了。"

李唯西上前一把揪住酒驾司机的衣领，气鼓鼓地说："没心情陪你玩。"

怎料那酒驾司机直接一拳头挥在李唯西的右眼角，李唯西被打翻在地，太阳穴顿时如针刺般疼，右眼一时间什么都看不清了。

甲乙沉闷的一声惊呼后，正想动手，这时一串强有力的水柱直接劈头盖脸地将司机冲倒在地上，神猪侠举着下水道施工队的水管，英勇降临。

酒驾司机被押上警车，等着清醒后的审判。戴着面具的宋乾坤将李唯西扶起来，虽然此刻她肿着右眼，但他一眼认出了这就是他朝思暮想的牛角包女孩。

好好的女孩当什么警花，宋乾坤恨不得立刻找个地缝钻进去，他习惯性地想逃，被李唯西一把抓住，她按着眼睛，带着哭腔喊道："英雄，我终于又见到你了！你还记得我吗？"

一直在试图挣脱她的宋乾坤心中一喜，难道她认出来了，早在面包店时就互相看对了眼？

"龟背竹！金盆子！"李唯西兴奋得全然忽略了痛觉，"就是我啊！"

此话仿佛一道晴天霹雳，宋乾坤随之一颤，他使出吃奶的劲儿挣脱她，向后退了好几步，结果被绊倒，尾椎直接磕在石头上，他站起来扶稳面具，不敢多说话，怕声音暴露自己，便夹着尾巴狼狈逃走了。

再见神猪侠，果然非同凡响，李唯西春心荡漾，甜意浸满全身。甲乙伸手摸了摸她的右眼，她痛得惊声尖叫，被一顿暴击的甲乙央求着："我以为你不痛了啊！"

那是宋乾坤一生中最漫长的一夜，惊喜与惊吓并存，从他嘴角压不住的笑，可以看出内心十足的小确幸，小偷爱上警花，故事终究是往浪漫的方向去了。

这天是春城入夏以来最热的一天，往日下围棋的大爷们不见踪影，冰激凌车沿街摆了一排无人问津，看门犬吐着舌头懒洋洋地趴在地上，只有广播车还在勤勤恳恳地播报着价值连城的红宝石被盗的新闻。

宋乾坤戴着猪脸面具，送完一个迷路的大妈回家，出来听见学校的放学铃响。他来不及躲，就被蜂拥而至的小学生们团团围住，他不得不蹲下身子，耐心地在他们的书包和作业本，还有脸上签名。

招呼完一群小粉丝，他看见站在对面满眼星星的李唯西。

李唯西满腹热情，给宋乾坤讲了很多她执勤时的趣事，最后问及他那天为什么会出现在她家，宋乾坤三缄其口，怕多说一句就露了馅。天真的李唯西认定他肯定有任务在身不方便透露，煞有介事地搓了搓拳头，问："是不是超级英雄都像你这么酷啊？"

宋乾坤其实特别想用力点头，再呐喊一句："是的。"

但他忍住了。

收工后的李唯西头一回穿着警服来他店里买面包，没戴面具的宋乾坤失去了英雄名片，在李唯西眼中，不过是个有点印象的面包师傅。宋乾坤不甘心，这次换他开启话痨模式，还故意放慢结账的速度，就想多跟她聊两句，末了还补上一句："是不是你们女警察都像你这么漂亮啊？"

李唯西恶狠狠地瞪了他一眼，差点给他按性骚扰处置。

宋乾坤喜欢李唯西，而李唯西喜欢神猪侠。从此面包店与学校街口情景来回交互，宋乾坤不得已在沉默寡言的英雄和言语轻佻的面包师两个身份中忙碌切换。

李唯西问神猪侠："你有超能力吗，就像电影里那种？"

宋乾坤问李唯西："女孩子当交警，会被人欺负吗？"

李唯西问神猪侠："你可以谈恋爱吗？"

宋乾坤问李唯西："你有男朋友吗？"

李唯西："沉默就当你默认了哟，也是，电影里的那些超级英雄背后都是有美女相伴的。"

宋乾坤："沉默就当你默认了，你别告诉我，那个人是神猪侠。"

李唯西红了脸："你这个面包师能不能好好结账，聒噪死了。"

到这里为止，他们之间上演着一部遗憾的三角爱情片。

与甲乙换回原岗那天，李唯西按约定等神猪侠到傍晚，她恋恋不舍地看着这个山丘下的路口，脸被火烧云映得通红，手里握着的牛角包，是几个小时前去面包店买的，想送给神猪侠。

宋乾坤给她结完账，看着她雀跃地来回盯着手表，那个时候他就决定，还是不要赴约了。

她是安稳骄傲的猫，而他是四海为家的老鼠，她是无公害的万家灯火，而他只是路口的一盏红灯，注定没结果，注定擦肩而过。

心灰意冷的宋乾坤戴着猪脸面具躺在床上，老天爷这玩笑开得并不好笑，甚至过头了，或许回到平日颓丧的日子，当个浑身负能量的厨包小偷，他会更心安理得，不像现在欲望的开关被打开，开始自我膨胀了，还敢奢求爱情，享受万人敬仰。

他站在窗前，对着天空喊："老天爷你是不是选错人了！"

变调的门铃声适时响起。

这么晚，来者何人，宋乾坤小心翼翼地开了门，四下无人，他怀疑是不是门铃坏了，正琢磨着换一块电池，忽然从楼梯上滚下来一块石子。

强子哥回来了。

他笑得满脸灿烂，还夹杂着一点猥琐，宋乾坤思量着，然后被一块黑布当头罩住，后脑勺挨了一闷棍，而后再无意识。

宋乾坤在一间气味刺鼻的破屋里醒来，嘴上贴着胶布，手脚被绑在凳子上动弹不得。见强子哥正趴在对面的桌子上打盹，他哼唧着努力挪动凳子，强子哥被吵醒，连忙蹲在宋乾坤跟前，嘘声道："百叶窗，你不能怪哥，哥也是身不由己。"

宋乾坤吓得不轻，用舌头猛舔胶布，直到口水把胶布滑开，他正想求救，被强子哥脱下的袜子堵住了嘴。

他翻着白眼，熏得眼泪直流，此刻很想死。

"坤儿，我没跟你闹！一会儿他来了，有啥你就答应着，老大真的惹不得。"

原来这剧情里，还有个大哥。

幕后大哥终于现身，他双手插兜，从暗处徐徐走近，不是宋乾坤不相信，而是这个所谓的"大哥"看起来像个未成年"小鲜肉"，穿着干净妥帖的白衬衫，一脸人畜无害的样子，这和古惑仔里的刀疤黑社会着实不符。

宋乾坤被嘴里的臭味呛得近乎昏厥，艰难地哼唧着。

"小鲜肉"下手利落地在他脸上留了一巴掌，帮他清醒，然后一撅屁股，强子哥手疾眼快地将凳子对准他下落的屁股。

"小鲜肉"叫老K，春城的地下老大哥。强子哥当时入行也是为他做事。这次老K把宋乾坤绑来，是听闻神猪侠的事迹弄得满城风雨，他手里拿着宋乾坤的猪脸面具，直觉靠他的英雄身份可以做点大事。

老K将猪脸面具给宋乾坤戴上，问他："是要继续做你的大英雄，还是人人喊打的狗熊，自己选吧。"

宋乾坤泪流满面，连连点头。

"你这小兄弟，这么好说话？"老 K 大惊，伸手抽走他嘴里的袜子，宋乾坤哇的一声，吐了老 K 满脸。

被逼无奈的宋乾坤重出江湖。所谓的大买卖就是让他抱着一盒生日蛋糕在春城大酒店等人，按照信息行动。宋乾坤被要求全程戴着猪脸面具，酒店的客人看到他，争先恐后地打卡拍照，工作人员也给他开绿灯，一路畅通无阻。他按照老 K 的指示预订了 603 号房，等待晚上八点敲门的"客人"。

早早入住的宋乾坤肚子叫唤，与那个蛋糕面面相觑许久，心想着就是一常见的某品牌蛋糕，一会儿下去再买个补上就行了，于是拆开蛋糕盒准备大快朵颐。

蛋糕切开一半，刀子被钝物卡住，好奇害死猫，他将手伸进去，拿出来一颗红宝石。想起最近的新闻，宋乾坤目瞪口呆，后背瞬间冒出一层汗，喉结上下抖动，生出的口水都能呛死他。

此时强子哥发来信息，带了个挑逗表情，说："我在你隔壁。"

"你知道你在干什么吗?!"宋乾坤火速敲下一行字，拍下红宝石照片想一起发过去，担心信息会被监控，于是点开手机蓝牙，准备直接把照片传给他，结果此时蹦出另一个开了蓝牙的用户，他来不及反应，食指已经点在那个人的头像上。

李唯西的手机收到了红宝石的照片。

空旷的走廊传来手机的振动声，另一头一个西装挺括的男子机警地回过头，李唯西猛地捂住手机，躲进墙角。

就在一个小时前，一辆比亚迪和大奔在李唯西眼皮子底下追尾，责任显然是后方的比亚迪车主，李唯西敲敲大奔的车窗，想和他说明情况，刚看清楚司机是一位穿着白色西装、戴着墨镜的中年男子，男子就猛踩油门，扬长而去，留下一个被撞歪的保险杠。事有蹊跷，李唯西和甲乙报备后，开着警车跟上了那辆大奔。

大奔停在了春城大酒店楼下。

男子拎着一个棕色皮箱进了酒店，李唯西一路尾随，男子的电梯停在六层，训练有素的李唯西轻松地从消防通道来到六层走廊。

敲门声响起，宋乾坤还未消化完刚刚误传照片的祸事，接着又心跳漏一拍，他戴上面具，强装镇定地打开门，请拎着皮箱的西装男子进屋。

"你这 cosplay 的是谁啊？"男子进屋后开始环顾四周，从包里取出一只马鞭草味的空气喷雾，在潮湿的房间里喷了喷。

"你不认识我？"宋乾坤诧异道。

"老 K 的人那么多，没必要都认识吧。"男子点了支雪茄，用手帕扫了扫皮质沙发的浮尘，优雅地跷着二郎腿坐下，"废话不多说，东西给我看看。"

宋乾坤指了指桌上的蛋糕盒，男子打开，那颗红宝石搁在空旷的盒子中央，四周还有没来得及吃完的蛋糕。

男子睨了他一眼。

"我也是方便您看。"宋乾坤哆嗦着嘴，叉着腰说，气势上不能输。

手机提示收到一条信息，老 K 说："想办法跟窗外的强子换一颗宝石。"

愚钝如他，此刻也都懂了。宋乾坤看着男子戴上白手套，取了一枚放大镜凑在蛋糕托上认真检查，他无从下手。等男子无比庄重地拿起宝石，用手帕一圈圈擦拭时，宋乾坤灵光一现，整治洁癖强迫症以及品位甚好的人，只有一个办法，就是无下限的脏，以及无下限的

low（差劲）——气死他。宋乾坤开始胡扯，说他们老大还有更多好货，矿区直供，然后开始抠头发，讲话故意喷口水，最后懒散地往凳子上一瘫，一只腿跷在扶手上，脱去袜子，伸出小拇指，开始在脚趾缝里上下左右来回搓。

一系列叹为观止的小动作完毕，他伸出双手灿烂地拥抱了男子。

男子上了套，嫌弃地站起身，将宝石放在垫着手帕的桌上，打开洗手间的水龙头就是一顿猛洗。

宋乾坤回头看了眼趴在窗外的强子哥，抓起桌上的宝石，晃着小碎步来到窗台，成功与强子哥用太子换狸猫，正要回身，听见身后男子的声音："你们在干什么？"

后面的事就变成了动作片，男子识破骗局，拎上皮箱开门想走，结果趴在房门上听动静的李唯西直接栽了进来。她戴好警帽，用催泪喷雾将男子制伏，再来个临门一脚，男子跪地，被铐在桌腿上。

"坤儿，跑啊！"站在窗台边的强子哥拍了拍愣神的宋乾坤。

见他没反应，强子哥直接将他抱了出去。六层楼外的冷风一吹，一脸蒙的宋乾坤终于回了神，跟着强子哥扒着通气管道向下滑。屋内的李唯西咬紧腮帮子，来不及消化混乱的信息，纵身跳窗追了出去。

这是她当警察以来第一次爬通气管道，以往在警校最多是模拟训练，以至抓力不够，爬到三楼的时候，没抓稳管道上的铁片，仰头掉了下去。她身下的宋乾坤适时抛出挎包，让她扯住包带一角，她瘦归瘦，但密度大，把宋乾坤一起带了下去。宋乾坤用手腕护住她的头，俩人摔在低矮的植物带里。

假的红宝石摔在台阶上，裂成碎片，被阳光折射出漫天的红色光晕。

李唯西忍着痛爬起来，费力咳嗽，她捡起一块碎片，是玻璃。

强子哥拿着真的红宝石刚跑出去五十米远，迎面等来了接他回"家"的甲乙。

"没想到竟然在这里遇见啊，"李唯西的情绪开始起波澜，语无伦次道，"神猪侠嘛，对啊，肯定是在帮警察的忙，以身试险啊。"

宋乾坤低着头，难过得一言不发。

"刚刚那个人叫你……坤儿，那是你的名字吗？"李唯西声音发颤，"强子，他是上次来我家的小偷，他为什么可以这么亲切地叫你啊？"

宋乾坤也站起来，手臂钻心地疼，他知道自己骨折了。

李唯西解锁手机，打开直播，她高高地举着手机，对准戴着面具的宋乾坤。

"你到底是谁……你说话啊！"李唯西上前，伸手想要摘他的面具。

宋乾坤后退了一步，摇摇头。

良久，李唯西突然冒出一句："你是好人吧？"说着眼泪流了出来。

宋乾坤被这个问题问傻了，他百口莫辩，这段日子自欺欺人努力扮演一个好人，但现在才知道，主角光环笼罩下的，还是那个费劲儿撞着砖块的马里奥，并且永远困在第一关，没有超级药水，没有火力花，没有公主，也没有恶龙。

认怂才该是他人生的永恒要义。

在逃跑之前，宋乾坤压低声音，问了李唯西一句话："你喜欢我吗？"

李唯西换了个陌生的眼神盯着他，眼里全是泪。

"原来你也只是把我当英雄。"宋乾坤也哭了，眼泪藏在面具背后。

这不明就里的话，让李唯西如鲠在喉，她放下手机，眼睁睁看着他逃之夭夭，心里支撑自己的正义感突然破碎了。

那天宋乾坤没有回家，在卫生所简单打上石膏，不顾医生劝阻疯狂灌啤酒，在四下无人的街道，拎着酒瓶晃荡，路遇一只不怀好意的流浪狗，他叫得比狗还大声。

那夜他和流浪汉坐在一起，他没有哭，却比任何一次经历都要心痛。看着这座小城从黑夜慢慢苏醒，感受地球转动，生命又老去一天，他决定换一个地方，浪费接下来的人生。

第二天一早，宋乾坤去面包店辞职，老板好巧不巧又闹肚子。门口的风铃响起，一脸寡淡的李唯西破天荒在这个时间光顾。

宋乾坤对着烤箱的反光快速整理仪容，重新回到收银台，不敢正眼看李唯西。

李唯西问他："你的手怎么了？"

"哦，揉面揉的。"宋乾坤侧过身，将打着石膏的手臂藏起来。

"鬼才信。"李唯西笑不出来。

"那个，今儿你的面包算我头上吧。"他尽量压低声音，"我不干了。"

"哦？这么巧。"

"你也……"宋乾坤睁大眼。

"你知道，当警察的，每个错误都是道坎，有些坎过不去。哎呀，说了你也不懂。"

宋乾坤送李唯西到门口。

李唯西问他："还不知道你叫什么？"

"宋乾……"他顿了顿，"……捆。"

"怎么名字还带东北口音啊。"她竟然笑了，"我叫李唯西，这些天谢谢你的牛角包。"

宋乾坤老实巴交地点点头。

走开没几步，她突然折返回来："你一会儿有事吗？"

李唯西邀请宋乾坤陪她轧马路。虽然她是交警，但其实对春城并不熟悉，毕竟她的生活半径也就在那几条熟悉的街道。

他们相处了一整天，聊天的频次却很少，很多时候俩人默契地保持沉默，看着自己的手机。太阳落山前，他们站在春城湖边，比赛打水漂。

"我一直在想一个问题，"李唯西举起手里的石子，"人因为有鼻子，所以能闻到气味，有眼睛，所以能看到喜欢的人，那这个世界会不会还存在很多感觉不到的东西，只因为我们少了那些器官。"

石子在水上跳跃好几次，打出无数个涟漪，超过了宋乾坤的最好成绩，她拍拍手，继续说："比如说，人跟人的灵魂这种东西，如果我们有一个感知器官，是不是从一碰面就能知道这个人是不是适合自己，是好人，还是坏人？"

"你这很像我看过的日本电影。会思考这种问题的人，都有病。"宋乾坤指了指脑袋。

"我就不该跟你这种人聊灵魂天。"李唯西叹气道。

"不是，我这人虽然不怎么会说话，但一定程度上，也是个文艺青年，不然也不会在面包店工作了。"宋乾坤苍白地解释道。

"你没有女朋友吧。"她的转折很突兀。

宋乾坤不接她的话。

李唯西顿了顿，说："要知道喜欢上一个人的时候，就是有病啊。"

"我觉得造物主很聪明的，我们的身体已经很精密了，不需要专门弄一个器官来帮你科学挑人，因为好不好、适不适合，是喜欢之后的事，这个人怎么样，你们适不适合，要脑子来判断，但是喜不喜欢，是走心的，就那一下，怦！打开了，才会给你上头的机会。"见李唯西有点呆愣，宋乾坤补充道，"哦，我在回答你前面的问题。"

其实这番回答宋乾坤暗自想了很久，看到她时，一万次现实的暴击都抵不过一次还是想要爱的冲动。

晚高峰车流密集，他们在路口分别，这一次离开，宋乾坤并没做好告别的准备。好几个高考结束的学生从他们身边跑过，在车流的缝隙中打闹，将书撕成一片片抛向空中。李唯西上前抓住他们，告诫他们注意安全，其中一个染着黄毛的学生叫嚣着："这位大姐你谁啊？"

李唯西意识到自己没穿警服，她换了个语气："大姐是为你们不值啊，书上都是笔记，咱卖掉不好吗？"

说得好有道理，竟然无法反驳，几个学生乖乖被说服。

宋乾坤被李唯西逗乐了，是时候了，他远远地与李唯西道了再见，双手插兜，转身朝十字路右边走去。

刚迈出步子，他突然意识到什么。

在那几个学生模样的人里，有一个人的侧脸特别熟悉，他终于想起来是谁了。

再回头，李唯西已经被抓上了车。

手机收到老K的信息，是一个定位，他不敢报警，一路小跑回家，从墙上取下猪脸面具，仪式般地戴上。自己爱的女人要靠自己拯救。

宋乾坤的手机信号不好，定位失灵，耽误了不少时间，急性子的老K等不及打来电话，劈头盖脸地一顿骂："我都要等睡过去了，你他妈是不是男人啊！"

宋乾坤委屈道："你这定位的是个茅厕啊哥！"

无奈之下，老K直接派了个大汉将宋乾坤敲晕，直接扛去了目的地。

醒来后他躺在一个烟草味刺鼻的仓库里，四周全是红色的集装箱。

宋乾坤的手脚被绑着，身上缠着一个称重的编织篮，里面放了几块废铁。他克制着恐惧环视一周，看见对面双脚腾空的李唯西，脖子被麻绳勒着，脸已涨红，她的身上也有一个篮筐。

那个大汉来到李唯西身边，二话不说抛了两块铁片到她的篮子里。这头的宋乾坤感觉到脖子上的麻绳慢慢收紧，似乎瞬间陷进喉咙里，然后直接被拎了起来。宋乾坤浑身开始发麻，猪脸面具贴在脸上，让他的呼吸更加困难，他张嘴吐着舌头顶着面具，眼球充血憋出眼泪。

在窒息之前，大汉又扔了几块铁片到他的篮子中，于是俩人就像一个巨型跷跷板，一上一下被大汉玩弄于废铁之间。

宋乾坤呼喊着李唯西的名字，让她保持清醒。

老K鼓着掌登场，做作地抹着眼泪，撅起屁股，坐在大汉及时送来的椅子上。

"我该叫你百叶窗，还是……神猪侠？那颗宝石在哪儿？"

"强……子……"吊在空中的宋乾坤闷声道。

"你的强子哥，可是说在你这里哟。"老K摩拳擦掌。

"他……骗你。"宋乾坤呜咽。

老 K 笑出来，摆摆手示意大汉："好，我们玩一个选择题怎么样？"

大汉丢了块铁片到宋乾坤的篮子里，他随之下落，脚尖终于够着地面，而李唯西则忍着窒息之苦吊到空中。

"你要让我做什么都可以，放了她！"看着李唯西一脸痛苦，宋乾坤歇斯底里道。

"我是你们的狗吗，在这里秀恩爱虐我！"老 K 陡然站起身大声说，清清嗓子又温柔坐下，"我要玩点更有意思的。"

他在手机按键上打出 110，招呼大汉在李唯西脚下放上一台摄像机。

老 K 举起左手的手机，说："交出红宝石，我可以放这个女人走，但你要跟警察叔叔说真话，你不是什么神猪侠，不过是个人人喊打的小偷，不仅缺德手贱，还倒卖宝石。抬不起头是小，这辈子你就要在牢里蹲着了。另一个选择，宝石我不要了，我还会把所有的铁片都放到你篮子里。但你知道后果吧，你会看到她高高地吊在空中，呼吸一点一点停掉，你可以继续做你的英雄，但是，我会把录像带送给你，让你想她的时候就看一遍，看她怎么吊死的。左边还是右边，选吧。"

话音未落，宋乾坤果决地喊："右边。"

老 K 下巴都快掉到地上。

"啊，是我的右边还是你的右边，你能不能说清楚啊？"宋乾坤急忙补充。

"你的，哦不对，我的！"老 K 来回举着手。

"你们……能不能……他妈的快点！"吊在空中快背过气的李唯

西使出洪荒之力喊道。

"你快报警吧，我自首！宝石我会给你找来！这些对我来说就是个屁，我压根儿不想做别人的英雄，只想做她一个人的男朋友。你快把她放了！"宋乾坤着急喊道。

话说回来，小朋友想玩游戏事先也不搞搞清楚，宋乾坤这三十多年来就没抬起头过，他的生活和牢里也没什么两样。

简而言之，选错人了。

一旁的大汉认真地看老K拨通报警电话，突然一撮麻绳掉到脑袋上，大汉抬起头。

李唯西使出洪荒之力用力卷腹，用膝盖将篮子高高顶起，里面的铁片全部掉了出来，正中大汉面门，大汉应声倒地。宋乾坤脖子上的麻绳突然松下来，他弯下腰，用力撞上老K的脑门，将他远远撞在地上。李唯西一个高抬腿夹住灯管，脑袋从麻绳里钻出来。

她荡着身子，选了个离自己最近的集装箱跳了下去，连带着几个翻滚安稳落地，最后用箱子上的铁钉割开手上的绳子，一套动作行云流水，帅得不给英雄们留一点活路。

这一边的宋乾坤见身后的绳子掉下来，他甩开身上的编织篮，一蹦一跳地与李唯西会合，俩人默契地抱在一起，那一刻，他们仿佛与整个世界划清界限。

李唯西解完宋乾坤腿上的绳子，宋乾坤突然重重摔在地上，被绳子另一头的老K扯了过去。

李唯西朝地上吐了口唾沫，咬咬牙，两腿站定一个马步扎稳，使出在警校拔河女王的魄力，轻巧地将绳子一拉。

老K在空中完成了个抛物线，脸朝地完美降落。

李唯西不紧不慢地继续给宋乾坤解绳子，宋乾坤戴着的猪脸面具永远挂着一副不合时宜的欠揍假笑，唯独从双眼的位置能看出他突然放大的瞳孔。因为他看见李唯西身后鼻青脸肿的老 K 颤悠悠地站起来，掏出了一把手枪，对着她的后背开了火。

宋乾坤动作敏捷地上前一步，像《植物大战僵尸》里的坚果墙般挡在了李唯西身前。

他以为自己要死了。

睁开眼，老 K 打偏了。

老 K 恼羞成怒，又连开三枪，还是没射中，最后一枪还被强大的后坐力振麻了手筋。

李唯西见机朝老 K 扑了上去，两人扭打成一团，枪掉在地上，滑到宋乾坤脚边。

一阵阴风拂过，一股迷之真气游走全身，他将歪了的猪脸面具扶正，掸掸身上的灰，扭了扭酸疼的脖子。

拯救春城的神猪侠，show time（表演时间）。

他学警匪片里警察握枪的动作，对准眼前的猎物，虽然两个人纠缠在一起敌我难分，但此刻他眼里如有精算机器，自动过滤要保护的人，他拉开枪栓，瞄准对手。

毫不犹豫地扣动扳机。

子弹从枪膛射出，笔直飞向目标老 K——脚下的废铁片，清脆一声响，子弹被反弹到旁边的铁柱上，又弹向大汉骑来的重型机车，拐了弯，最后往回弹，直接穿破了宋乾坤自己的心脏。

李唯西尖叫一声，用手肘敲昏了老 K。

她上前抱住倒下的宋乾坤，泪如雨下。

"他妈的，子弹会拐弯啊……"宋乾坤气若游丝，握着李唯西的手问，"我是不是第一个挂掉的超级英雄啊？"

"那不是，钢铁侠比你先死的。"李唯西继续哭，"你不会死的！"

宋乾坤的嘴里涌出一口血，从面具下溢出来，他奄奄一息道："上次有个问题你没回答我……你是不是喜欢我？"

两行泪滚落，李唯西用力点点头。

"好巧，我也是。"宋乾坤开心地笑起来，"你觉不觉得，我的声音，有点熟悉……"

话没说完，他的眼皮不受控地慢慢合上。

"从刚刚你开口说话，我就听出来了！"李唯西哭着挽留，她俯下身，听着宋乾坤不再跳动的心脏，然后缓缓取下他的面具。

"宋乾坤，你别死。"

红灯熄灭，绿灯亮起。

我叫宋乾坤，在刚刚等红灯的六十秒里，我的视线一直停在对面正在执勤的女交警身上，她身姿挺拔，气质非凡，就这么美好地站在路边，看到她的时候，我在脑海里好像就已经和她度过了一生。

有个路人竟然上前与她交谈，还比我帅一点，为免除后患，他只能是她的同事，就叫甲乙，路人甲乙丙丁的甲乙。站在我旁边这个八字眉、下垂眼的小胡子就是强子哥，虽然我不知道他是谁，但好歹"扬眉吐气"当了回贼。

我给那个交警起了个很好听的名字，李唯西，念起来的时候像在微笑。

刚刚幻想的故事不够好，但我也想不出更好的结局了，毕竟还是要面对平凡的自己啊。

我以前从不相信一见钟情，现在我信了。我现在慢慢走向对面，离她越来越近，我看到她在用余光上下打量我，不对，她在看着我笑。我确认。

《蓝莓之夜》里有句台词："其实要过那条马路并不难，就看谁在对面等你。"

我好像等到了，我决定在与她擦肩而过的时候，和她打一个善意的招呼。

绿灯开始闪烁，行人加快步伐，互相擦肩而过，这条斑马线上，有穿着校服的"小鲜肉"，干净妥帖的白衬衫，一脸人畜无害的样子，有拎着皮箱穿着白西装的男子，有老太太，有小孩，小孩的手上，拎着一个猪脸的面具，对面的广告路牌上，是新上映的英雄片续集。

他们成全了我的奇幻故事。

有人说，遇到一个对的人好难啊。感觉过去太放肆，爱我的人我没有珍惜，我爱的人送了我一身伤痕累累。但越往后走，越发现过去发生的种种，不过是肩上的一枚勋章，有些疼痛的记忆已经被时间篡改，需要时提取成一张褪色的简历充当谈资，全无痛觉。

要知道，遗忘是大脑最温柔的自我保护。

后来循此一生，遇到一个对的人，确实好难。但遇见，特别容易，可能就在某个路口。

放下那些被伤害的后遗症吧，爱情始终不是精挑细选的商品，求不得好，也问不明合适与否，爱就是两个灵魂，住到对方的身体里，弥补了之前的所有伤口，开始第二段人生。

　　而两个有趣的灵魂相遇，上帝会为他们创造故事。

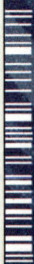

后来时间都与你有关

BECAUSE OF YOU,
BECAUSE OF LOVE

FAREWELL, MY BEST FRIEND

再见
永无岛

#7

我觉得，只要门没开，
最好的朋友，只是去了远方，
至少我们永远不会分开。

类型：剧情

再见
永无岛

◆

有些故事不该是悲剧结尾。

我是飞机先生，是的，网上最近很红的那个文化脱口秀《飞机哲学》的主持人。大部分时间的我，晃着一把小木剑，一本正经地洒鸡汤。我的鸡汤口味丰富：清淡口的就讲讲君子之交，新人职场准则；甜口的，就说说爱情真谛，两个人如何正确腻乎给大家看；苦一点，就讲人之不幸，生老病死，回头再硬拗过来，上个美好的价值。说实在的，节目已经录了三季，能讲的道理差不多都讲遍了，为了道理编的故事也已经动用了几乎所有网站的素材，从"我有一个朋友"开始，以"明天会更好"收尾。

我要给你们透露个秘密，其实我压根儿就不信什么人生道理，一般会讲道理的人，自己都过得不好，世界再美好，那也是世界的，和自己无关。

但观众们喜欢，这件事就停不了。

线上点击量破了几十亿，没少赚钱。为了配合赞助商，现在还开始在百城百校举办线下的演讲。相比冷冰冰地在录影棚对着摄像机唠嗑，我更喜欢有人气的地方，运气好，碰上几个有思想的大学生，真能问出一些好问题，让我快生锈的脑细胞，擦出些新的火花。否则，我只是把准备好的内容机械地复述一遍，然后在回答过无数次的相似问题下，微笑回应。

"您这么正能量，平时就没有烦恼的时候吗？""您实现小时候的梦想了吗？""您半只脚都踏进娱乐圈了，颜值也高，有没有考虑转行当演员啊？"

"我小时候的梦想，就是在台上表演如何骂街。"我脱口而出，眼看提问的女孩脸色一变，我立刻补充，"哈哈，开玩笑。自从开始给大家讲故事以后，我好像真的就没有什么烦恼了，任何不愉快都能很快过去。然后我小时候的梦想啊，就是能成为一个美好大方且用嘴皮子影响世界的人。至于演戏，我的颜值只允许我成为熬鸡汤的好厨子，大家对演艺圈本来就有偏见了，就是觉得门槛低，我不能去撬了人家最后的门槛啊，还是做我自己喜欢的吧。"

嗯，完美的标准答案，高情商，还幽默。翻开你左手边的杂志，我最近的访谈也是这么回答的，一字不差。

看样子又是一次例行公事的演讲，最后一个提问的男孩，戴着一副高度近视镜，他清了清嗓子问："飞机先生，您每次讲的故事里都有一个朋友，我就很好奇，您是从哪里交到这么多身上自带故事，还乐意让您把他们用进节目里的朋友的？"

好问题，这个男孩子让我浑身燃起一股劲儿，我决定认真了："我讲的所有故事都是为了服务我的观点。"

"所以他们都是编的咯？"男孩的气焰越发嚣张，引得台下一群看热闹的人开始起哄。

"我只是把我听过的案例都简化成朋友了，难道我要一开场说，他是我姑妈家二姨的儿子的小学同学，因为在屋檐下一起避了场雨，他就给我讲了个故事，你确定你要听这一堆冗杂的信息吗？"

"那您对朋友的定义好像很浅薄哟。"男孩以为自己开了挂，追问道，"既然这样就是您的朋友了，那您有最好的朋友吗？"

虽说童言无忌，这个问题却让我心口突然一紧，旋即喉咙里泛上一层胃酸，很不好受。我顿了顿，回他："我最好的朋友，已经死了。这个故事，要听吗？"

男孩怔住，意识到自己失了态，朝我摇摇头，羞赧地坐下。

场子气氛转冷，我选择此时开始一个故事。

"庞加莱重现你们知道吗？就是说宇宙的物质是有限的，其排列组合也是有限的，所以这个看似巨大无穷的鬼东西，其实所有可能发生的事物都已经出现过了。简而言之呢，宇宙其实不过是一场循环，所有发生过的事，都将再次发生，还未发生过的事，都早已在历史的回音里重演了无数遍。所以，我要说什么呢……即便有人死去，那在某个未知的未来和过去里，他依然存在。"

我看着台下的同学们眼神已然失焦，显然这个开头，撩拨了他们的好奇心。

我开始回忆那些年发生过的事。

二〇〇〇年，我上小学六年级。这是我们这代人唯一能经历的一次千禧年，所有人都跃跃欲试地想成为新世界的宠儿。我对电脑没兴趣，尽管他们都争先恐后地申请七位数 QQ，每天抱团玩《大富翁 4》《仙剑奇侠传 98 柔情版》。我就是天性好动坐不住，土生土长的小镇流氓，穿着黑胶凉鞋下河摸螃蟹，上树捅马蜂窝，玩火炮炸牛粪，以及在墙上写老师坏话。

也是那年，偶然第一次搬到我家隔壁。你没听错，偶然是个人名。隔壁家前阵子有个老爷子自杀，之后举家搬走了。本以为房子空置没人接手，直到偶然和他妈妈住了进来。

我其实第一眼挺瞧不上他的，身材瘦小，皮肤白皙，说话奶声奶气的，那个时候的帅哥审美是以我为标准的，他顶多算是个看得过去的小白脸。每天我浑身狼狈地回来，单肩背书包，校服捆腰上，自认为帅到不行，在楼下碰到和我不是一个频道的偶然，会忍不住推搡他几下，主要是因为他长了一张特别受虐的脸，这就算了，他还不爱讲话，简直不把我放在眼里。我们为数不多的几次对话，只是一大早开门，双方父母见着面，逼着我俩彼此打的招呼。

直到某次，我看见几个高年级的人围着他，对他毛手毛脚要钱。敢欺负我欺负的人，我当下就不乐意了，反手一个书包砸到那个最高的男生头上，操起路边的牛粪就往那几个人的脸上和嘴里抹。

最后我肚子被踹上鞋印，肿了一只眼睛，但他们损失惨重，骂了我几声"疯子"就逃之夭夭了。就没有我打不赢的架。偶然吓得不轻，带我到餐馆边的水池冲手。那是我俩第一次正儿八经地聊天。他说爸爸跟别的阿姨去城市里了，他妈用所有积蓄买了这间最便宜的房子，所以才和我成了邻居。我还吓他，我说那间房子闹鬼，他却说，没什么比他爸爸的离开更让他害怕的了。

那一年，我们成了好朋友。他身上有文艺细胞，会带我蹲在镇上的小超市前，听苏慧伦唱的《鸭子》，还借我一本叫《第一次的亲密接触》的小说，尽管到现在我一页都没读下去。

而我呢，就尽量让他笑，在我狭小的世界观里，没什么是我罩不住的，所有不开心遇上小爷我，都见阎王去吧。太阳从东边冒出来，都是在提醒我，该我闪亮登场了。

初一那年我们升到同一所学校。我们的相处模式趋向于技能交换，说是交换，其实是我在找借口能多跟他相处一会儿。可能当时看多了港片，小小年纪有大哥情节，总想让自己的小弟过得开心，偶然只会"圈地自萌"，花上一周饭钱加入那个什么贝塔斯曼书友会，读书看报，大好人生多无趣啊。比如做饭这件事，我擅长寻找食材，偶然擅长捣鼓锅碗瓢盆，于是我就教他钓鱼钓虾，他教我把它们做成吃的。再比如当时我家里还算有点钱，老爸买了辆单车，我就教他骑单车，他教我——论一个头脑发达四肢不会蹬车的人是怎样炼成的。作罢，我只好载着他，在巷子里来回窜，离学校就五分钟的路，也要骑车走，同学们羡慕得不行。当然了，以我大魔王的性格怎么可能没几个防身技能，我教会了他如何脸不红心不跳地偷书店里的《机器猫》，以及如何玩好猫鼠游戏——偷完水果不带喘气地躲开农民的一顿追。

还有我天赋异禀的舌头，我能把整个舌头顶住上颚，然后弹下来发出超响的声音。曾经无聊时我们做过一个试验，他在距离我一百多米的地方，隔着民房小店，都听得一清二楚。他把舌头弹抽筋了也学不会，但他有个技能我也永远都搞不定，他手作能力极强，会自己做小刀小剑，会折纸画画。我们第一次互相送生日礼物，我用弹舌的"咯咯"声给他弹了《鸭子》，他送给我一把刻着我名字的木剑。

我们学校后面有块工地，听说老板卷钱跑路，里面的楼修了一半就废弃了。最后那栋大楼变成了我们的秘密基地。偶然给它起了个很梦幻的名字——"永无岛"，《彼得·潘》里的世外桃源。我常拉着他在水泥砖头空间里探险，走在木板桥上，脚下就是几米高的水泥地，我们爬着没有遮挡的楼梯到最顶层，拨开绿色布网，就能在落日时眺望整个小镇，一人抱着一桶热乎的方便面，也不管家里人是不是已经做好晚餐等着收拾我们。

我很严肃地和他说，长大以后如果能天天吃泡面，可太幸福了。那时的我应该不知道，长大以后一切都是空谈，只有这个梦想最容易实现。

"非典"肆虐的时候我们正备战中考。你能相信吗，其实我的成绩比偶然好。我是那种平时不怎么听课、考试前过一遍书就能拿高分，简称天才的人；他是那种平时很认真、笔记记好几大本、红橙黄绿青蓝紫记号笔画满全书，但一遇上考试就歇菜的人。而且偶然还有个毛病，特别怕被提问，尤其怕站上讲台，他无法对着几十双眼睛完整说出一个句子。所以老师也不怎么喜欢他，每每换座位，他就一直往后排挺进，入驻了坏学生的专用地盘，恶性循环下，成绩就没好过。

为此我没少看他妈妈在背后抹泪，因为升学压力，有段时间他妈妈还不让我们来往，每天放学就把他关在屋里复习。

谁知道"非典"来了之后，我们在学校见面的次数也少了。大人们都草木皆兵的，学校全面戒严，校长每天在校门口把守。有天我上学快迟到了，单车蹬得有点狠，被风呛到，停下来的时候疯狂咳嗽。校长见状直接把我送到了隔离室，我硬生生在隔离室住了三天，连我爸妈都只能在楼下送饭。

那天夜里，隔离室的窗户被敲碎了，我从外面透过的月光辨认出趴在窗户边的偶然。这小子太令我刮目相看了，我心口不一地怪他怎么这个时候才来，他大口喘着气，说他已经用了全部的狗胆子，从我被关进来第一天就开始做心理斗争了。

那晚我们没敢回家，逃出学校就跑到"永无岛"上，裹着布网凑合睡了一夜。整晚他止不住唠叨，自问自答地说自己是不是做错了，就连做梦还一个劲儿地道歉。我实在忍不住把他叫醒，朝他吼了两嗓子："以为躲在角落里，天就不会塌了？别那么悲观，你他妈还没我高呢，塌了也轮不着你来顶。"

"非典"特殊期安稳度过，不过我和他的大名醒目地出现在了通报栏上，记过处理。门卫大爷那晚看见了趴在三楼窗户上的偶然，好一对难兄难弟。

我安慰他："没说让你顶，但是咱们有过一起记嘛。"

他红着眼睥了我一下，用充满委屈的奶声说："你知道的，万一中考我有什么闪失，就只能去外面读书了，我们就要分开啦。"

就为这话，我放学后不去浪了，从此金盆洗手，在"永无岛"顶楼给他补习，比他亲妈还紧张，督促他"只要学不死，就往死里学"。在他书包、饭盒、课本里塞满温馨 tips（小提示），考试没有秘籍，借他胆子也不敢作弊，那只能背啊，整本书来来回回地背，我就不相信分数上不去。

在我的不懈努力下，我们终于顺利升入镇上的高中，虽然不是一个班，但至少还能一起为非作歹，强行霸占彼此的人生。

当时流行看手相，什么生命线事业线爱情线的，仿佛人人都变成了神算子，一眼看破漫漫未来。偶然说我生命线短，他炫耀自己的老长，我呛他："你最好比我晚挂掉，我可不想去你坟头那小照片上看你的音容笑貌。"他把我的手扯过去，煞有介事地研究道："你的爱情线波动很大啊，感觉你的桃花要来了。"

我觉得他在放屁。那时的我心高气傲，能看上的女孩子都在画报里，总觉得身边的女生不是过分幼稚——谈恋爱以写交换日记为日常，就是过分成熟——牵个小手都要摆起架势问："我们会在一起一辈子吗？""毕业之后我们如何打算啊？"

麻烦！谈恋爱不就是图个开心，给日后回忆起初恋留个美好的念想嘛。

结果没几天，我就把偶然送我的那把小木剑上的名字划掉，转送给隔壁班的一个女生了。因为她太漂亮了，特别像 S.H.E 里的 Hebe，音像店玻璃上标准的画报女神。

说到音像店，我爸在那家买过碟。某天我见他神神秘秘地将碟片放到柜子顶上，出于好奇的我，在那个夏天第一次看见女人全裸的身体。

我不止一次幻想过 Hebe，哦，不对……幻想过隔壁班那个女生，会自动把她的脸套在光碟里那些女人身上，总之非常羞耻下作，第二天长了针眼一定是对我的惩罚。

我大魔王的初恋，也要取之有道，好歹是正人君子，不能搞邪门歪道瞎幻想，一定要兴师动众——我派出偶然，我骑车，他坐后座，每天放学都跟着她。偶像剧里都是这么演的，霸总在背后默默保护心爱的女人，有一天女人终于停下来，愿意走进霸总的内心。有天她果真停下来，转身对我说："你俩能不能不要每天在我面前秀恩爱。"

我顿觉五雷轰顶，我是在罩你啊，跟他秀什么恩爱啊！正想着，只见她将书包里塞满的情书、贺卡、手串、吊坠、小公仔倒出来，然后捡起我那把木剑说："见过怎么追女生的吗？这些都是别人送的，你看看你，送剑。你想说明什么啊？"

我的初恋宣告失败，那是我人生目前为止最大的滑铁卢。

我在"永无岛"里猛灌啤酒。偶然把那把剑收了回去，念叨我不尊重他的礼物，竟然转送给别人。我当时特别生气，直接三两下将他抢翻在地，扣住他的手别在背后，嚷嚷道："她才不是别人！不就一把破剑吗？你根本不知道喜欢一个人是什么滋味！"

他被我压得说不出话，脸颊上蹭满了废楼地面的灰尘，直到我听到微弱的一声"知道"。

我失去力气，被他推倒在地。

偶然暗恋他们班的女生，还告诉我已经暗恋很久了，以他的性格，应该神不知鬼不觉到死都爱不上得不到。看着那天被我揍了一顿，脸上还磨破皮的他，我同情心作祟，心里掂量着要补偿，于是收拾好自己的心情，主动跑到那个女生跟前，自作主张告诉了她。

我觉得我特别畜生，因为我刚借酒浇完情伤，回头就对兄弟的女人一见钟情。我对自己特别失望，平时生活里缺少发现美的眼睛，吊儿郎当惯了，总是心猿意马，瞎凑热闹，但看到这个女生之后，确实感到心底的开关打开，世界都亮了。

女生名字好听，叫简言之，对，就是简而言之的简言之。畜生归畜生，还好我是有原则的畜生，那天见着水灵的简言之，我仍然镇定自若地告诉她："偶然喜欢你，但是我那兄弟害羞，所以你能不能假装不知道，平时也多留意着他。"

"我也喜欢你"从未说出口，就让它烂在心里。

接下来，我们就变成了各怀心事的铿锵三人行。看到简言之，我努力克制自己不由自主的笑容，吃饭时怕尴尬还躲到厕所里，让他俩独处。那时的我好自信，好像她会在我们之中果断选择我似的。

我给偶然出谋划策，在家里看碟太浪费时间，轧马路又太枯燥，最自然的泡妞办法就是打台球。手轻轻揽过她的腰，温柔地撩拨她耳后的头发，然后握住她的左手，帮她架杆，右手再与她一起叠握在杆上，你们彼此贴着，让她感受你从胸口到手心的温度。接下来，就不用我教了。

结果偶然铩羽而归，挂着张苦瓜脸说："我照你说的做了，谁知道她反手一杆，就是一当代女球神，全程都是她在教我。"

本以为这段实力悬殊的感情会死在襁褓里，直到有一次，我投中一个华丽的三分球后，第一眼朝简言之看过去，发现她在看偶然。那天以后，他俩就在一起了。其实到今天，我都不太确定简言之是怎么看上他的，有些事，不用那么清楚，就淡淡地略过起因经过，记着结果就好。

至此，"永无岛"闯进第三者，我变成高瓦电灯泡。那会儿我们没手机，简言之有一台很厉害的MP4，听歌、拍照、看电子书、看视频，无所不能，二〇〇五年，《超级女声》比赛如火如荼的时候，她直接将视频存到MP4里，我们仨就躲在顶楼看。简言之是"玉米"，偶然是"笔亲"，我算是半个"凉粉"加半个"盒饭"，所以我相对置身事外，那两位就剑拔弩张地争着冠军之位，每天到处拉票，好像下一秒他们的偶像就会出现在他们跟前，拿着冠军奖杯，含着热泪演唱《想唱就唱》。

以至他们分手的时候，我还认真地问了偶然："不会真的是因为她的春春拿了冠军你气不过吧。"那浑蛋竟然告诉我:"占了百分之二十吧。"

简言之要转学了,她家条件好,父母工作变迁,她就跟着去市里读书了,临走前,偶然给她送了个手作的小木头房子,没告诉她在房子里的天花板上,他刻了一行小字——谢谢你喜欢我。

分手事小,简言之走了事大。偶然的悲观情绪堆积,他泪如雨下,开始细数自己的罪过,说他们在一起的时候不用心,她要走了,他才缓过劲儿,后知后觉难过到死。他斥巨资买了一箱酒,学我的样子灌自己,刚仰头喝了几口,就跑到一边吐了。他说:"尿都没那么难喝。"

我严肃地问他:"你喝过?"

他的黑洞情绪又来了,抱着水泥柱子大哭道:"我怎么永远都那么笨,不会说话,又孬种,怪不得总被欺负,我这个人就不配得到幸福。"

那一刻我特别想嘲笑他,但更多是心疼。这个世界上除了我应该不会有第二个人那么懂他了。他告诉别人,他只是有一点不开心,但是,他会告诉我,其实,他好难过,好难过。

我走到他身边,拍拍他的背,说:"不然我跟你说件事,或许你就没那么难过了。"他扑闪着水汪汪的大眼睛疑惑地看着我。我猛吸一口气道:"其实我暗恋简言之很久了。"

伴随着一声"畜生",我的左脸挨了一拳。那一拳竟然打得我有点兴奋,因为我的偶然小朋友,体内终于有点显性的男性激素了。这一拳和一句"畜生"下去,在我这里,他就从小白脸变成真正的大男孩了。

那晚我跟他说："人啊，无论多亲密到最后都会分开的，只是早晚的问题，你有这个预期，等到那一天真的来临，就不会那么难过了。"

他蜷着身子，甩着被我的反作用力弄疼的手，揶揄道："你怎么那么爱讲道理啊。"

"因为我就是道理本人啊，我就是你的小太阳。"我卖了个连自己都嫌弃的萌，偶然拿起酒瓶子准备抢我了。我狠心制止了他："兄弟，差不多就可以了，知道你长大了，收着点收着点。"

那天的我，像是受到神明的指示，莫名跟他说出了那段不符合年纪的话，后来想想，可能也是预兆吧。就像我曾经在网上看过一个理论，说宇宙源于一次大爆炸，但很可能之前已经爆炸重启很多次了。宇宙其实不过是一场循环，所有发生过的事，都将再次发生，还未发生过的事，都早已发生了千千万万遍。你永远也无法知道你处在第几遍循环里，这件事好像有点绝望，绝望到我妈因为淋巴瘤去世，我像是知道将要发生而预感到了一样。

淋巴系统的分布特点，使得淋巴瘤属于全身性疾病，几乎可以侵犯到全身任何组织和器官，我妈没能挺过去，在我十八岁成人礼那天过世了。医院到火葬场这一路，想着我妈从体态优雅的妇人变成瓷盅里的一把灰，我全程一滴泪都没流，总感觉哭了就代表她真的走了。

我没去学校，家里人也管不住我，我就每天独自在"永无岛"里待着，看着日升月落，除了过耳的风，只剩寂静。我只有在这里才感觉安全。这个被我们设定的避风港，好像真的拥有了特殊的能量，时间在这里会快一点，也许时间的指针拨到一个节点，可能就不那么容易想起妈妈了。那些大道理不是总叫嚣着，时间能治愈一切吗？

其间偶然会来给我送吃的，他一言不发，放下盒饭就离开，哪怕我其实根本没动过筷子。直到一天夜里，他拎着一个麻袋上来，从里面取出枕头、垫子和被子，默默在离我不远的地方躺下。

我抱膝坐着，侧头问他："你干什么？"

他双手叉着放在胸前，嘬嚅着："没什么，换个环境。"

我们没再说话，深夜的小镇安静下来，脚下只有一些微弱的灯光。在偶然刻意翻身一百次，咳嗽两百次，以及咿咿呀呀三百次之后，我受不了了，说："你困了就睡吧，没困的话，陪我聊会儿。"

他猛地直起身子，抱着被子屁颠屁颠地坐到我身边，用被角给我搭着肩。

"这种感受好奇怪啊，我这么开心阳光的一个人，怎么能经历这种事，我不知道该怎么面对这个结果。这个世界上无条件包容我爱我的人走了，我还想让她幸福的人没给我这个机会，真的好遗憾。我不知道下辈子还有没有资格再做她儿子。"我努力克制胸腔的起伏，也终于体会到，书上说的不假，原来心真的是会痛的。

偶然见我有些失控，不停地拍着我的后背安抚我。

"怎么可以这样呢，明明那么大一个活人，哪怕最后身上插满管子，脸瘦得变了形，那也是我妈妈啊，怎么就能最后放在那个小破罐子里，还有你知道吗，那个炉子是共用的，走的人都是一摊灰，我怎么认得出来啊？"我越想越伤心，鼻子一酸，眼泪跟着滚了出来。

我倒在偶然肩上，放肆哭出了声。

记忆里只哭过两次。

一次是小时候下河游泳，被我妈拿着晾衣竿在屁股上打了三道血印子，我嘟着嘴，挂着小倔强不认错，回房间关上门就咬着棉拖鞋哭了。

一次是小学老师带着去录像厅看《妈妈再爱我一次》，趁着其他人不注意，我偷偷抹了眼泪。

我不能哭，我是混世大魔王，早晨七八点钟的太阳，偶然的老大。眼泪是弱者的勋章，我只能笑，笑才是天大的福报。

偶然就这么让我靠着发泄，看我哭累了，柔声道："还记得你跟我说的庞加莱重现吗？放到宇宙那么广的维度里，生生死死一遍遍循环，其实我们都是永远存在的。而且我相信，你妈妈即便知道故事的结局，预见所有悲伤，她仍愿重复去活，因为那个世界里有你啊。"

偶然也哭了，哭得还很丑，连伤心都要喧宾夺主。我坐直身子，抹掉他脸上的泪，我知道他的家庭也有伤痕，以他的天性，能说出这段还算温暖的话，是多么不容易。如果换作是他，这件事应该过不去了。

那晚之后，我回到学校，收拾心情开始备战高考。长这么大，我从没这么认真地看过书，我把文综三科的书翻来覆去地背，背到连每页配图的位置都一清二楚。我想让自己忙一点，不留一点空隙想起妈妈。

这样一来我的成绩直接飙到年级第二，班主任说我上重本肯定没问题。偶然的妈妈很照顾我的情绪，每次在楼道里碰到我，都带着盈盈笑意为我加油。尽管我当时的 OS（内心独白）是，还是多鼓励偶然吧。

新的模拟考结束，偶然的成绩不忍直视。他选择放弃在文化课上的垂死挣扎，决定搞美术，走艺术生之路。小镇风气古板，眼界窄，所有人都觉得正经高考是唯一出路。所以就连老师都不看好他，还说风凉话，说搞艺术的心理上都有问题。我看不过去，直接跑到他们班上，当着老师的面，将他画过的画、做过的手工摊在讲台上，告诉他们："没见过的事别急着否定，中国今后少一个毕加索，就是你们这些人害的。"

后来听说为了培训费和大学的开销，偶然妈去市里找他爸讨了笔学费，偶然知道后，直接上门把钱甩在他爸脸上，然后风尘仆仆地回来告诉我们，他要自学，拿奖学金。你们知道吗，这小子最后真的靠自己考上了中央美院，还去了王牌专业学设计。

我看着他每天吃喝拉撒都抱着书在啃，苦练素描油彩的卖力劲儿，就觉得这小子已经吸收了我六成的热血，和我小时候见到的那个哑炮仗已经判若两人。

高考倒计时第十天，我们在"永无岛"开二人誓师大会，他的目标明确，反正就是走上艺术这条不归路。他问我："今后想做什么？"我说："开飞机。"

不开玩笑，因为我从未见过真的飞机，看了《冲上云霄》之后，总觉得穿上制服，好几百人的生命交在我手上，由我罩着，特别酷。偶然朝我敬了个礼，叫我："飞机先生。"我推搡他，说："别给我丢脸了，人那叫机长，你这叫的怎么那么像搞色情服务的啊。"

高考成绩下来，我被省内的某所 211 大学录取，意味着再过几个月，我和偶然就要分隔两地了。但没关系，我俩这感情，即使三秋不见，也如隔一日。况且有了手机，那些当面没说完的话，就交由电话与短信表达。

偶然的大学比我的开学早，在车站给了他个拥抱就当是饯行了，看着那个已经成熟的小子，惊觉时间过得好快，仿佛我们在一起听苏慧伦、玩画片的日子，明明还在昨日，此刻都成了故事。回忆和当下最大的区别，当下是动态的，回忆都是定格画面，而且还可以添油加醋肆意更改。所以过去真的存在吗？

夏天快结束的时候，我爸跟我说，"永无岛"要被镇政府拆掉了，我第一时间就给偶然发了消息，让他赶紧回来，结果他说被学姐选做了迎新晚会的主持人，排练走不开。我只能一个人坚守阵地，又是举横幅抗议，又是跟那些监工干架。"永无岛"是我第二个家，里面埋了很多秘密，收容了那么多欢笑和眼泪，每一处未完成的水泥和砖头，钢筋和破布网子，都是我们珍藏的回忆，怎么能随之化为灰烬烟消云散。

听说挖掘机已经进场，我加紧速度骑车，就差几步路，结果在路口的转角处，与一辆酒驾司机的车相撞，再有意识时，我的身体就动不了了，以至错过了开学军训，直接缺席了以后的人生。

讲实在的，我对偶然一直耿耿于怀，我觉得他背叛了我们的青春，没有守护好"永无岛"。朋友才会变淡，我们只会绝交。所以他上大学那几年，给我发的消息我都只收不回，看着他一个人的独角戏，慢慢了解他的生活。

他用电脑设计商品包装，去公园写生，每天的作业是做手工，这个专业特别适合他。他在迎新晚会的表现一鸣惊人，成为他们学校的典礼御用主持，我就纳闷了，他那么一个省话机器，害羞鬼，怎么能在那么多人面前说出一个完整句子的，或许他身体里原本藏好了这样的天分，只是在我面前，就放肆表现他的缺点，怎么说，我算给了他一点安全感吧。

最让我意外的是，二〇〇八年汶川地震，他和班上的同学去灾区做心理援助。要知道，受灾者在感情上接纳你，才是帮助，如果受灾者还没准备好接纳你，你去了就是打扰。所以当我知道他在那里一切安好，无条件地倾听，无条件地付出与关怀他人，帮助了很多受灾者时，我佩服得五体投地。

他跟我熟悉的偶然又不一样了。

同年八月，北京奥运会开幕，全国运动风气盛行，他们寝室几个男生开始带头健身、打篮球、比身材，偶然对这些不感兴趣，跑去天桥摆摊，卖自己做的工艺品。不过他带了一对哑铃，这小子改不掉自卑的坏毛病，害怕掉队，在没生意的时候偷偷练。也就是在那个天桥上，他认识了后来的女朋友。

我觉得他女朋友一定是同情心使然，路过几次，看到他好用力地在用俩细胳膊举哑铃，可能以为他在卖艺。

他毕业后换了两次工作，最久的是在一家影视公司做设计，一做就是三年。设计这行业是食物链底端，谁都是甲方爸爸，每天听得最多的一个字就是"改"，所以久了就会失去自我。三年下来，头发熬白了，才赚来一辆车的首付钱。他跟我抱怨说，花了一大笔钱去驾校学车，因为不会换挡被教练敲脑袋说笨，好不容易考到驾驶证，结果现在的车都是自动挡的，油门一踩，车就走了。

他在二十六岁那年结束了爱情长跑——在终点前分了手。原因是女方家里吵着要结婚，他觉得没准备好进入人生下一个阶段，就不耽误她了。那时他是一个自由写手，靠接私活赚钱，成天宅在家里，与外界断了联系。原本练就的一点点口才又被身体里的怯弱憋了回去，害怕打电话，发语音，任何事只能用文字沟通。

吃了两个月的外卖，终于吃吐的时候，他套上厚重的棉大衣，决定开车去外面觅食。当时简言之就坐在他后面，但是吃饭过程中俩人都没看见对方，直到结完账离开时，简言之低头玩手机，下意识把偶然当成她朋友就跟着走出去了，听到身后有人叫她才反应过来。

听到简言之的名字，偶然转过身，俩人四目相对。他有很多话想说，到了嘴边只浓缩成三个字："你瘦了。"看着简言之莞尔一笑，本以为重逢是欢喜，但她身后的男人走上前，牵起了她的手。

偶然当晚就给我发了信息，还附上一张照片，照片上是我们仨当年在"永无岛"拍的合照，每人还傻乎乎地举着超女们的巨幅海报。他说："你猜我今天碰到谁了？简言之！这张照片是她给我的，她这些年一直放在钱包里，你看，她没有忘记我啊！"

"我们啊！"

他后面补的这一条很没有必要。

简言之再次成为他生命的过客，他颓了一阵子，老本花得差不多，还生了场重病，连累到他妈妈去照顾了他一阵子。我好气愤这小子还是那么不让人省心，好在他命硬，日子衰归衰，老天爷还是没放过他，沉到谷底也得继续活着。他重新捯饬了自己，海投了一通简历，可竟然没有一家公司肯收留他。他把自己灌醉，当然灌醉他也很容易，半瓶啤酒就可以了。他边哭边给我发消息，说他错了，他最开心的日子，就是在"永无岛"的时光，他觉得亏欠我，所以这些年过得不好、感情不顺也认了。

太矫情了，我恨不得立刻冲过去给他两拳，别跟我认错，先自己揍自己一顿。

他继续给我发消息，说："我的人生差不多就这样了，小时候，我好恨我爸，恨到现在竟然也想放下了，恨一个人，比爱一个人费力气。很多事看透之后就没了乐趣，好像没有什么是最重要的，马斯洛需求层次你知道吗，我看到那张三角图形，觉得自己没什么欲望，我不想出人头地，不想变成厉害的人，打从认识你那天就没想过，但是我真的好想你啊。"

我能想象他又哭了，而且肯定哭得很丑，我很想回他：其实我也想你，只是答应我，别哭了。

喀喀，我的故事就先讲到这里。

那个男孩又举起手，怔怔地站起身，大概见我眼神柔和，才敢接着问："飞机先生，您开始不是说您的朋友已经……这个故事感觉没有结束啊。"

"还要继续听吗？"

其实在这中间，偶然回来过。"永无岛"变成了一个大型超市，两边的道路加宽，与当初的记忆完全变了样。

不过他没来找我。

后来回到北京，偶然凭着过去在影视公司工作的经验，写一些长剧的剧本，几经辗转，终于开启事业的第二春，他在一家视频平台做策划，可能曾经做过心理援助，也或许是从我这里取了经，后来的他，对一些鸡汤信手拈来，成了人生导师。公司领导重用他，在赞助商经费允许的情况下，批了档文化节目给他，主持、策划、脚本、剪片一锅端，节目上线第一期就破了当时的纪录。

偶然的工作团队问他，为什么要起"飞机先生"这个艺名，不直接用他的名字，毕竟姓"偶"名"然"真的很特别。他说："因为我最好的朋友，梦想就是当机长，穿制服，罩着几百号乘客。"

节目里的偶然侃侃而谈，从容淡定。他有好多故事可讲，手里的那把木剑，是他当初送给我的那把，上面的名字虽然被我当时转送给喜欢的女生时划掉了，但只要你仔细看，他在下面重新刻了三个字上去——路子由。

我的名字是我妈起的，她说"子由"，谐音"自由"。

偶然回镇里那天，站在已经消失的"永无岛"前，给我发了信息，他说："原来不用鼓足勇气，告别依然会来临。子由，你先去远方，不要回望，我会奔向更好的下一站，你也是。"

他很久没和我发信息了，我不知道他现在在哪里，是否开心。但我知道，他相信，我依然在。

"怎么样，这个故事满意吗？"我轻轻抹掉眼角的泪。

台下的学生们集体沉默。

"你们看过电影《心灵捕手》吗？里面有段我很喜欢的台词——'我每天到你家接你，我们出去喝酒笑闹，那很棒。但我一天中最棒的时刻是什么？只有十秒，从停车场到你家门口这段时间，因为每次我敲门，都希望你不在家，不说再见或是明天见，什么都没有，你就是走了，我懂得不多，但我很清楚。'

"这是查克在工地上对威尔说的话，他希望看到朋友过得好，所以鼓励他向更广阔的天地去。我更想要这样的结局，所以那天回到镇里，我其实去了子由的家，我不知道屋里会不会已经住进了别人，但还是敲了敲门，心里默念着，不要开门，不要开门。因为我觉得，只要门没开，最好的朋友，只是去了远方，至少我们永远不会分开。"

后来
时间都
与你
有关

BECAUSE OF YOU,
BECAUSE OF LOVE

MAY YOU HAPPY

愿你
若天晴

✦

#8

如果我没有驱散乌云的本事，
只能陪你淋每一场雨，
但愿你的心里能永远天晴。

类型·剧情 / 冒险 / 爱情

愿你
若天晴

✦

　　"各位单身男女，欢迎来到恋爱交友观察秀——《爱有晴天》。你们所在的位置，是一座未完全开发的岛屿。你们将在这座岛上共同生活三个月，体验一场心动冒险。除了你们背包上的 GoPro（运动相机），岛上也已经放置好了我们的摄像机，节目将由国内知名视频平台全程直播。三个月内，回到乘船点放信号弹视作自动弃权，最终牵手成功的一对将赢走我们一百万元的恋爱基金。现在，请将你们的电子产品放入前方的木盒内，从此刻起，你们需要回归原始，自己寻找物资生活，祝各位好运。"

　　十个人中个头最高的男生杨漾把任务卡上的内容读出来。

　　"不会吃的用的都要自己找吧！"说话的是年龄最小的魏来，一刻不停地踢着脚边的沙子。

　　"有没有人啊?!"化着精致网红妆容的黄橙子朝着空旷的沙滩喊道。

　　"别喊了，游戏已经开始了。"付晓茹将手机放到木盒内。

　　剩下的几个人里，叫展佳佳的成熟女人一言不发，径直走向丛林。

"喂！"杨漾还不知道她的名字，叫了一声后只得到她越来越远的背影。他摊开岛屿地图，和大家说："第一晚我建议我们就在这里留宿，先以熟悉岛内环境为主，我们刚好十个人，可以分成两组或者两两一组，只要有个照应就行，大家尽可能多地找到食物、帐篷，太阳落山之前在沙滩边集合。"

"兄弟，这么快就演起领导来了？我建议啊，大家爱怎么玩怎么玩。"胖胖的郝哥语气很不客气，他自信地看着另外四位女士，问："谁愿意跟我一组啊？"

没人搭理他。

"美女，我们一组吧？"他问付晓茹。

"我自己去就好了。"说着付晓茹颠了颠背上的包。

最后，魏来和黄橙子组成一队往正北方向去，另外两男两女一起去了西北方向。杨漾待所有人离开后，在树干上做了个标记，踩过凌乱的脚印独自出发。因为炎热的气候和充沛的降水，这里的植物普遍高大，丛林内有很多灌木丛，穿行而过时身上的冲锋衣发出的摩擦声让他顿起鸡皮疙瘩。

杨漾一路在经过的树干上做着记号，绕到一条主干道时，看见蹲在地上的付晓茹。她的脚踝被灌木刺伤，杨漾连忙从包里拿出创可贴，上前蹲在她身侧，帮她贴上。

"谢谢。"付晓茹将碎发撩到耳后，面无表情地看着他，随后刻意地朝他靠了靠，一只手抱着膝，挡住双肩包带上的 GoPro，用指尖轻轻在他手背上蹭了下。杨漾轻咳一声，抬头假装看天色，在确定摄像头转至另一边时，他用力握住付晓茹的手指，三秒后，松开。

闹钟此时已经响过五遍。

说好不要再熬夜，早上九点起床，但付晓茹最后还是败给自己无穷尽的借口，毕竟从一段情伤里走出来不是那么容易的事。

她拉开窗帘，刺目的阳光照亮那张寡淡的脸，眯起眼的一刹那，委屈感再度袭来。谈了三年的男朋友，已经到了谈婚论嫁的阶段，结果就因为男生一次次的"我妈说"，让他们提前收场。付晓茹不想去南方，男友最后的分手理由是"我妈说你那里的空气质量不好"。她挂上电话，和她的朋友们吐槽这个"妈宝男"的奇葩事迹，杯盏间一副若无其事的高傲姿态，让朋友们都以为她在这段智商不对等的爱情里早已全身而退。

回到家后的付晓茹把遮光窗帘拉上，在黑暗里哭了整整三天。第四天的时候，她丢掉看不顺眼的化妆品，窝在不足二十平方米的卧室里，将枯燥的综艺节目开了关，关了开，身边堆着的是空啤酒瓶，以及同一家外卖的包装袋。因为不甘心所以心不死，从此再没有人住进她的日常，成全她的幼稚，帮她擦脏了的高跟鞋。

手机铃声响起，杨漾强忍着情绪听客户的修改要求，挂上电话后，把手机甩到一边，用力挠了挠直挺的短发。他当着全公司的面痛骂了领导后，成了一个光荣的自由职业者。他有一个二十万粉丝的公众号，出过几篇阅读量十万以上的文章，大部分的收入来源都是找他合作的广告商。自媒体这一行最怕的就是不温不火，没有话语权就挺不直腰，合作的软文要做到价廉物美，还要在客户无数次命题作文后，悻悻地回一句"好的"。

好在这不是他唯一的生财之道，他有一手很厉害的厨艺，在邻里做菜的 APP 上开了家铺子叫"鲜生一味"，卖自己拿手的日式盖饭。

热点文写到一半，手机提示收到新的外卖订单，杨漾瞥了眼手机，没有滑开，就胸有成竹地去厨房洗菜做饭，等外卖小哥到位，他将包装好的三文鱼波奇饭递给他，抢在小哥前面说："隔壁三单元1702。"

这半个月以来，这位食客每天下午两点都会点这个饭，更有心的是，她总会及时给上一大段的好评，字里行间表达已经赖上这个饭了。杨漾认定这个食客一定是个对生活充满爱的知音。

宿醉的付晓茹又一次成功睡到下午，她在黑暗的房间里滑开手机，第一件事是点外卖——三文鱼波奇饭。眼睛酸涩，付晓茹点完单将手机放回枕边，用小臂压着双眼，放空着又浅浅睡了会儿。

来电声将她吵醒。

电话那头的磁性男声问："您好，是付小姐吗？"

"嗯……"她还没有完全清醒。

"不好意思，我今天不在家，APP 上忘记关店了，能取消订单吗？"

"为什么要我取消订单，这是你的问题啊，你知道这碗饭对我意味着什么吗？我不过只是想平平淡淡地吃一碗饭，我没有别的要求，你们男人如果没这个能力，为什么要让我看到可能，我不是小孩子了，为什么大家不能用成人思维考虑问题。好啊，你走啊，你们都走，反正我有的是时间和自由，想干吗干吗，现在我什么都有了……又什么都没有了。"付晓茹说着说着哭了出来。

"你别哭啊。我……我……你等我一会儿。"说着，男人挂了电话。

挂完电话，回到饭局上的杨漾听着"客户爸爸"当面数落，对方不停地在广告植入到底是硬一点还是软一点中找平衡，一篇稿子竟然来来回回改了十七版，拖了半个月之久。

"对不起，这合作我不接了。"杨漾的好脾气终于被点燃，拿起包走人，转身将客户拉入黑名单。心想不就是两千块钱嘛，西北风又不是没喝过。

付晓茹在床上大哭一场后，脸颊上糊满了三天没洗的头发丝，听到门铃响，她以为是错觉，再听到清晰的敲门声，才一脸不情愿地下床，穿着碎花睡衣开门，门口站着一个高大的年轻男人，还拎着两袋外卖。

杨漾拎着三文鱼波奇饭，一脸笑意地说："你好，做了两份，有幸一起吃吗？"

在最落魄时候的相遇，往往更容易滋生惺惺相惜，两个同在人生低谷的人，无论怎么走都是向上的。见面十次之后，他们决定闪婚，不在乎对方过去的恋爱经历，也不考虑未来种种，但在选择婚礼样式时，他们在"面包"的问题上产生困扰。按照付晓茹选的那一套西式婚礼流程，婚庆公司给他们的报价是二十万，俩人的积蓄并在一起也就够结一半的婚，杨漾毕竟是个男人，可是自己的家庭条件一塌糊涂，又摞不下面子让岳父岳母出钱。就在俩人互相给对方台阶下，是要"退而求最次"不办了，还是"打肿脸充胖子"东挪西借时，他们看到了《爱有晴天》的嘉宾招募广告。

俩人对上眼，灵光一闪，决定假装陌生人混入节目，三个月后拿到奖金，回来就结婚。

太阳渐渐偏西，空中游走的云被缝上一层金。

杨漾和付晓茹找到椰子，但返回途中没看到之前的标记，迷了路。杨漾爬上路边一棵粗壮的猴面包树，想要辨别方位，还能在喜欢的人面前大显身手，怎料爬上去容易，下来看着离地高度就露了怯，他抱着树干，不知从何下脚。

这个时候胖子郝哥向他们走来，一见着付晓茹就开启强撩模式，说他找到了节目组藏好的帐篷，晚上可以跟他一起睡。付晓茹看着他不可一世的油腻嘴脸，饿了大半天的胃竟有了饱腹感。来者不善的郝哥倒是刺激了杨漾，他突然身手敏捷地从树上下来，完美落在两人中间。

就在他们身后转角的林中小道上，魏来用工具刀挖出地里的野生葛根，将上面的土拍了拍，直接上嘴咬了一口，剩下半个递给黄橙子："美容的。"

"不是吧，吃了中毒怎么办？"黄橙子接过来嫌弃地看了两眼。

"我都吃了，要死一起死啊。"魏来坏笑。

"成年人讲话是要负责任的哟。"黄橙子难掩肚子欢脱的叫声，小口咬下一块，涩涩的酸味袭来，呛得她止不住干呕，将葛根扔在地上。

魏来正想责怪她浪费食物，话到嘴边，只见她突然怔住，两眼一闭栽了下去。

魏来收敛笑容，用脚尖碰了碰黄橙子的身子，见她没有反应，吓得扑通跪地，不住颤抖起来，然后开始掰着指头数数。

黄橙子眯起眼，显然被魏来夸张的反应吓到了，小声问他："你在干什么啊？"

魏来数到二十，平静下来，他拂去额头的汗，喝了口水说："没事……你怎么了？不会真的中毒了吧？"

黄橙子瞥了眼身后的摄像头，拉着魏来起身，咧嘴告诉他："开玩笑呢。"

玩笑并不好笑，其实这不是她对陌生男嘉宾的好感度测试，而是在她准备咬下难吃的葛根时，看见了路边的摄像头，知道自己的戏份来了。如果节目一上来就有嘉宾因为食物中毒晕倒，肯定很有话题度，只是黄橙子没想到，碰上一个比她还豁得出去的"表演艺术家"。

在他们后方的杨漾、付晓茹和郝哥闻声赶来，太阳落山前，五个人一起启程返回起点沙滩。夜幕降临，四周陷入一片混沌，森林里莫名多了一层谲诡的气氛，领头羊杨漾再次失算，一行人迷失在下一个路口。暴脾气郝哥又开始骂骂咧咧，众人一筹莫展的时候，灌木丛里发出沙沙的声响。

故事进行到这里特别适合冒出来一些岛上的奇禽异兽，或者是化着五彩浓妆的食人族。

"是我。"还好是展佳佳。

展佳佳带着所有人回到沙滩，另外两队男女已经在准备做晚饭了。在两个小时之前，展佳佳找到了一大一小两个帐篷和两个睡袋，还捆上了大量树枝枯木堆在沙滩边，等待更聪明的人生火。

借着月光，沙滩上的氛围亲切许多，郝哥自告奋勇地用树皮和树枝摩擦生火，付晓茹和黄橙子在旁边捏着卫生纸随时准备迎接火苗，十几分钟过去，满头大汗的郝哥仍不放弃，手指都磨破了皮。他对付晓茹说："美女你放心，一会儿火就来了。"

杨漾实在看不过去，用手里的打火机直接点燃了树枝。

"你有打火机为什么不早说啊！"郝哥抹掉额上的汗。

"我不能打断哥的节奏啊，对吧。"杨漾拍拍郝哥的肩膀，讪笑道。

成功KO（打击）一脸狼狈的郝哥，杨漾得意忘形。

当晚他们吃着现烤的小海鱼，就着鲜椰汁勉强充饥。火堆烧得正旺，众人开始夜聊。

"你们有互相看对眼的吗？"提出这个问题的当然是我们的郝哥了。

杨漾和付晓茹首先避免眼神接触。

黄橙子向魏来扫了一眼，见他只顾着吃鱼。

展佳佳起身离开。

另外两队男女好像也没有来电。

最后只有郝哥自己结束这个话题："我挺喜欢这位美女的。"

他指着付晓茹。

尴尬之时，无人机送来两日的饮用水和最新的任务卡，按照指示，当夜他们就要投票淘汰一位参与者。

投票结果公布，十个人里的寸头女生首先被淘汰，十分钟后，一艘快艇将她接走，一刻也不能多留。

剩下几个人里，郝哥应该是公认的下一位"宠儿"。

投票过后，男生们开始帮忙搭帐篷，杨漾做了个被石头绊到的假动作，塞了张字条到付晓茹的衣兜里，付晓茹揣兜，将字条紧紧攥着。难为了这对像特工交易的热恋情侣。

关于当晚住宿的分配，我们的郝哥不出意外地独占了自己的帐篷，四个女生挤在展佳佳找的大帐篷里，另两个男生睡小帐篷，年轻气盛的杨漾和魏来驻守沙滩，睡睡袋。

入夜后的空气里似乎都带着海水的咸味，黄橙子偷偷用了两瓶第二天的饮用水卸妆洗脸，还从背包里取出面膜敷上，展佳佳翻了个身，不知是不是睡着了。趁她们不注意的空当，付晓茹摊开杨漾的字条。

"墙壁眼睛膝盖。"

付晓茹会心一笑，将字条捏成团塞回兜里，尽管荒岛生活永远进不了她的人生愿望清单，但至少有所爱的人陪同，她愿意为之咬牙冒险。想起他们第一次见面，杨漾拎着两袋三文鱼波奇饭来到她家。赶上最好的相遇，之后的外卖上，他总贴着这张字条。她问过杨漾："这是什么暗语？"他说："你把它们翻译成英文看看。"

不会说情话的写手不是好厨子。

沙滩上，杨漾被郝哥的呼声吵醒，他微微侧过头，见魏来瞪着大眼睛望着夜空。

"睡不着？"杨漾轻声问。

"蚊子有点多。"魏来回以客气的笑。

杨漾嗫嚅地"嗯"了一声，半晌后他又问："你为什么来参加这种节目啊，小小年纪，缺钱还是缺爱？"

"都不缺，"魏来讪笑道，"主要是时间多。"

时间对他来说，确实没有什么意义，这短短十九年里，他早已经历过两种极端人生。

魏来从小就是那种"别人家的孩子"，家境优越，被父母练就十八般武艺，文能挥墨画画算奥数，武能跆拳道击剑跳国标，小学双优，中学一骑绝尘地霸占排名表第一，他坐在老师安排的好学生黄金席位，自带结界，与打架闹事插科打诨的同级生完全隔离。不料初三那年，一场小小的模拟考试，名次下滑，第二天醒来的时候，他拿上家里的一把雨伞，绕着学校的街道重复打转。

他突然疯了。

他的灵魂像被关在一个狭小的黑屋子里，眼中看得见整个世界，大脑却不再能支配身体，用力呼救也没用，只能任凭自己的肉身犯下愚蠢的祸事。尖子生魏来成了笑话，墙倒众人推，那个时候他才知道，原来同学们是那么讨厌他，原来努力成为一个发光的好人，是一件错误的事。

被关在黑屋里的他放弃抵抗，静默观察，偶尔绝望就默默掉泪，那个疯子的外壳变成一只不谙世事的蝴蝶，搅动起接下来三年的巨大风浪。他的父母带他看过无数医生，正经治疗和玄学偏方悉数用过，两人吵了无数次架，终于在他成人那年，选择分道扬镳。

某天夜里，他被妈妈用粗绳子绑在床上，半梦半醒间觉得手被勒疼了，就用力转了转手腕，他后知后觉到，刚才的举动是受自己的意志支配的。

没人能解释魏来是怎么清醒的，虽然医生说他痊愈了，但仍留下了后遗症，在焦虑害怕的时候，他会心跳加速，浑身发忧，只有掰手指数数才能平静下来。之后的他，俨然变成了另一个人，缺席了三年的高中教育也不补了，甚至放弃了常规的人生道路，他要认认真真做一回棱角锋利的"坏人"。这两年，他当过吊儿郎当的古惑仔，摔过酒瓶打过架，从不掩饰情绪，不爽了就用脏话作为出口，对待爱情更是随意，他不相信有人能走到自己心里。人生失去目标，时间就变得富余，而他唯一的行为准则，就是这件事不管对错，只顾好玩。

他还记得有一任女友当着他的面砸烂手机，大骂："你真是个贱人！"

"谁说这个世界，不是贱人笑到最后呢。"魏来说罢，笑得灿烂。

太阳东升，海岛抖落晨雾，褪去一身神秘，呈现出纪录片里才会出现的碧海蓝天。

众人从帐篷里出来，沙滩上留下了很多退潮后的水草和贝壳，以及一张新的任务卡。

他们今天的任务，是乘坐皮划艇漂流到孤岛北部的集合点。

一行人按照岛屿地图来到任务卡所在的象牙湾，到了漂流地才发现是双人乘坐的自划小皮筏。这意味着又要分组，而根据现场任务卡提示，此次分组后多余的男生，将会直接淘汰。

付晓茹给杨漾使了个眼色，换上救生衣，抢占先机坐进靠前的皮筏里，结果郝哥身手矫健地坐了上去，还胸有成竹地捋了捋油腻的头发道："有哥在，别怕。"

"你不能坐！"付晓茹下意识喊。

"凭什么？"郝哥提高音量，"还是说，突然就心有所属了？"

"没有……"付晓茹摇了摇头，盯着前方，不忍心看杨漾。

魏来和黄橙子又自成一组，两个戴眼镜的男女立刻抱团，展佳佳随后登上第三只皮筏，她回头看了眼一脸挫败的杨漾，声音淡漠地问："上来吗？"

杨漾呆愣地点点头，坐了上去。

个子相对较矮的男生落单淘汰，节目进行到现在，嘉宾剩余八个人。

这里的水流比他们想象中湍急，杨漾坐在展佳佳身后，与她刻意保持距离，皮筏刚顺着水流划出没多远，不等杨漾反应，就被河水冲上了巨石，闷声一撞差点将他甩出去。杨漾两只脚紧紧踏住护带，一边划桨一边安慰自己："不会有危险的。"

展佳佳控制着桨，抛来一句："还是不要那么乐观。"

杨漾乖乖地蜷下身体，降低身高。没想到后半段路险流急，冲下一个高坡后，四支队伍距离逐渐拉大，付晓茹的皮筏消失在杨漾的视线里，他担忧地伸长脖子张望，忘了手里划桨的气力，到了一处旋涡时一支桨卡在礁石缝里，一紧张，船桨抓得紧，另一只手上的缰绳下意识抓得更紧，结果直接把整个皮筏掀了起来，连累展佳佳一起栽进了水里。

巧合的发生不过是概率的结果罢了，就好像杨漾的救生衣没扣牢，掉进水里的时候，他的小腿正巧被礁石划破了一块厚皮，手脚使不上力，陷进旋涡跟着顺流而下。他有点记不得是怎么扑腾着水花努力自救的，等到意识稍微清醒时，感觉有人正从腋下拖着他的身子一点点往岸边挪，淡淡薰衣草香的发丝打在他脸上，他的眼神渐渐聚焦，看到距离自己只有几厘米的展佳佳的脸。

杨漾不仅受了伤，GoPro连着背包也丢了，物资和岛上的地图都在里面。不过展佳佳倒是没有怪他的意思，从自己包里拿出湿漉漉的烟，三两下撕开，晾到半干，用烟草包扎杨漾脚上的伤口。看着展佳佳利落的动作，杨漾被她的气场震慑，不敢说一句话。

天光将暗未暗，一路上没看到节目组的摄像头，求助无门，两人只好互相搀扶着穿过湾边的丛林，到了一处开阔地，展佳佳提议马上入夜，不能再走了。

没了打火机，杨漾用郝哥的套路竟然成功生了火。他们砸下几个椰子，煮了半熟的藤壶充饥，展佳佳将自己仅剩的两瓶水递给杨漾一瓶。

杨漾接过，不敢看她，对着矿泉水说："你一定不是正常人。"

展佳佳把外套垫在草堆上准备睡觉，场面尴尬了好一会儿，她才问："为什么？"

"……因为很厉害，但又不讲话，所以很神秘。"

"不爱说话不代表神秘，只是懒得说。"展佳佳面无表情地侧躺着，远远看着他。

"其实我觉得，你没表面上看着那么冷，你是个很有好奇心的人。"杨漾看了她一眼，嗫嚅道。

"为什么？"

"因为我不告诉你为什么的话你会一直问我为什么。"

"没幽默就别硬撑了。"

杨漾开始翻兜，嘟囔道："啊，明明出门带了的。"

展佳佳终于笑了。

在他们对角线两公里处的任务集合点，是一个架在草场中心的高脚屋。屋里有个卧室和家庭间，屋顶只有一个白炽灯照明，屋后有个小厨房，里面提供了做饭的炉具和食材。

睡觉前，除杨漾和展佳佳外的六个人已经按任务卡规定，在小屋的镜头前记录了两天相处后的心情。

不能表现得太过担心杨漾，付晓茹心不在焉地说了些场面话；郝哥自信地说感觉到付晓茹其实也喜欢他，只是女生都比较装，不会说出来；黄橙子用自己最好看的角度对着镜头，不住地抹眼泪，说节目比她想象中还要辛苦，但她会加油的；魏来毫不客气地说除了黄橙子，其他三个女生都可以。

录制完毕，黄橙子琢磨了好一会儿刚刚的表现，钻进没有摄像机的小屋里，神经终于松弛，身心俱疲地呈大字形趴在床上。

就在几个小时前，他们从漂流终点徒步过来，途中付晓茹想喝水，发现都被黄橙子洗脸卸妆用掉了，于是她成了众矢之的。她不委屈，因为这一切正中她下怀，她用余光找到正面镜头，换了个站位，泪眼婆娑地向他们道歉。

魏来不耐烦这群人叽叽喳喳，竟帮黄橙子说了话，走在最前。黄橙子难掩得意，她跟上魏来，说了声谢谢，魏来笑笑，俯在她耳侧说了一句话。

他说："你演得不累，我看都看累了。"

或许在魏来眼中，她就是那种矫揉造作写在脸上，想要全世界都围着她转的姑娘。

黄橙子是她那群姐妹里最先实现财务自由的人，大二的时候就成了当地小有名气的模特，不怎么待在学校。她的生活不是食堂、教学楼、寝室的三点一线，她非常清楚自己要什么，清楚那些看她的人要什么，代价就是和身边的朋友渐渐活成了两个世界的人。她有超高的化妆技术，妆前妆后判若两人，直播风靡那会儿，她可以每天开直播，刻意用奶声奶气的台湾腔说话，成为金币排行榜上最高的网红，她变成了表演型的人，喜欢出风头，镜头里的自己不完美了，就在脸上动手脚，社交平台上的照片，总要不经意地露出那些大大小小的名牌。但离开那个狭小的屏幕，她的家乱成一锅粥，说话声调低沉，从不讲究文雅，卸了妆的她，双颊天生敏感泛红，陈年的痘印和黑眼圈都在提醒她：其实你很普通。

妈妈从小就跟她说，女孩子嘛，不用那么拼，找个好老公才是正经事。结果在黄橙子实践之前，家里的"好老公"首先辜负了她们，后来父母双方都组建了新的家庭，黄橙子成了落单的人。每到节日团聚的时候，她就送给自己一场旅行，疯狂晒在朋友圈里，来证明自己活得热闹，没有被这个世界抛弃。

这些年她靠直播赚了些钱，妈妈闻着味过来表演关心，话里话外其实都离不开钱，她说："怕你乱花钱，妈给你存着。"

但凡妈妈过问，黄橙子就大气地给她转账，一点怨言也没有，如果给钱就可以拥有所谓的爱，即使闭眼假寐，也不想承认爸爸妈妈其实不爱自己。

这个自媒体时代出名容易，只要有人关注，无论是赞美还是骂声，她都觉得自己是有价值的。或许只有她自己知道，从几百张同一角度的自拍里选一张，花几个小时修图想文案，再用不同嘴脸应付那些送礼物的大客户，时常和"假脸"姐妹们出没在 KTV、酒吧，制造各种热闹，都是为了掩盖一个叫孤独的事实。

付晓茹一夜没睡，挂念着杨漾辗转反侧，天色放亮后才迷迷糊糊睡着。她被无人机的噪声吵醒时，是上午十点半。

无人机送来的一个大箱子里，装着动力绳、安全头盔、上升器、脚踏带、手杖等工具。新的任务卡上说，这座岛上有一个原始村落，住着一百多号人，找到穿五彩干草裙的中年妇女，领取下一张任务卡。

"你们是不是在玩我们啊?!"杨漾腿伤未愈,坐在地上,朝无人机大吼一声。

展佳佳摊开新的地图确定好方向,背上双肩包回过头问他:"自己可以走吗?"

"没问题!"杨漾站起来,刚迈开腿,小腿肚子传来一股钝重的痛,又一屁股坐回地上。

展佳佳拽他起来,将他一只手臂环在自己肩上,扶着他的腰小心翼翼地往前走,她说:"你争口气,我们一会儿可能要攀岩。"

"攀岩?!"付晓茹仰头望着十几米高的岩壁哀号,转身问众人,"确定这是唯一的路了吗?"

"地图上是这么画的。"魏来说。

郝哥终于派上用场,他取出上升器,说在电视上看过这种玩意儿,潦草教了大家使用方法之后,几个人有样学样地尝试攀爬,利用脚环靠脚部发力向后蹬,再沿着主绳把上升器往上推,看似简单,却让几个人力不从心,出走半生,归来还在原地。理论知识完备的郝哥爬到半截也泄了气,他喋喋不休,死撑着面子怪罪这个上升器不好用。濒临崩溃的付晓茹手臂和大腿全然不听使唤,她死死抓着绳子,大声朝郝哥嚷道:"你能安静点吗?!"

让所有人惊讶的是,最先登顶的竟然是黄橙子。其实这样的鸠玛尔式上升器更多是考验手脚协调能力,靠蛮力往往很难达成。魏来最后几乎是靠臂力攀上去的,郝哥等着付晓茹,眼看还差三分之一的路段,付晓茹卸了力靠在绳子上停住了。郝哥本想帮她拽一下绳子,结果失去平衡,身体猛地向后一转,笨拙地将自己和她的主绳缠在一起。付晓茹体力不支，细瘦的胳膊青筋凸起，加上前一晚没有睡好，一时间喘不过气，越想大口呼吸，意识越是模糊。就那么几秒的时间，她眼前闪过一大段蒙太奇：失恋在家的阴影，与她有绝对身高差的杨漾，还有为了筹办婚礼的钱参加这莫名其妙的恋爱节目……付晓茹抬起眼，正对着郝哥肥硕的屁股。

付晓茹心如死灰，用尽全身力气仰头大喊："够了，我受够了，这是什么恋爱节目，我不录了！我不想干了！"

眼睛好似开了阀，付晓茹泪流不止，郝哥也神色倦怠地放弃了挣扎，最后靠其余四人合力将他们拉了上来。之后的一路，郝哥再没有讲话，付晓茹一个人生无可恋地走在队尾，她此刻特别想见到杨漾，告诉他：我们回家吧。

山坡下的村落被四面的高山草甸环绕，阳光穿透云层倾泻而下，在植物缠绕的房顶上投下了晦暗的阴影，颇有些绿野仙踪的意味。付晓茹没心情欣赏风景，因为她远远看到村口小道上的杨漾和展佳佳。她恨不得立刻跑过去抱住他，但让她失望的是，杨漾见到她，并没有她期待中小情侣劫后余生的反应，问他腿伤，他也只是说没什么大碍，不知道是不是自己多疑，感觉他与展佳佳四目交接了好几次。

付晓茹突然有种被耍了的感觉，明明只是分开一下子，主角就自己发展出了支线，仿佛曾经的承诺只是一次比较郑重的呼吸，在空气里零星添了些唾沫星子而已。

杨漾此时无心恋爱，因为十分钟前他与展佳佳已经粗略地在村里探了路，这个所谓的原始村落，根本没有居民。

更让他们不安的是，这里家家户户早已破败不堪，村屋内的气味袭入鼻腔，像是很久没人住了，而且这里没有通电，加上又被群山环绕，周边热带植物生长茂盛，月光也会打个折扣。这就意味着他们今晚要摸黑在这个"鬼村"住一夜。

当晚所有人都睡得很浅，木制的门框会忽然响起一阵嘎吱声，屋外更像是被放大了分贝的异世界，树叶的振动，蚊虫的叫器，还有不知道是人还是野兽鬼怪的脚步声，让人肾上腺素激增，混杂成了恐怖电影中的最高潮。

杨漾手里握着纸团，蹑手蹑脚地来到离众人百米多外的村屋旁，付晓茹已经等待多时。她开门见山地说她要退出，让杨漾跟她一起走。杨漾当然不解，已然走到这一步。付晓茹抹掉不争气的眼泪，明明心里担心他的安危，却将矛头指向了展佳佳。

"你不要胡思乱想。"杨漾皱眉。

"我在乎你才会乱想啊，不然我想都不会想。"

"你们女人就爱拿这个当武器，如果我们连最基本的信任都没有，那我不需要你这样的在乎。"

"对啊，我这样的女人，扫射的就是你这样的男的，"付晓茹陡然大声，"那个叫展佳佳的，更好更特别是不是？"

"你已经有这样的设定了，我再多说一句，我俩只会吵得更厉害。"杨漾耸耸肩。

"杨漾，我再跟你说一次，我要离开这个鬼地方！"说罢付晓茹扬长而去。

付晓茹一语成谶，这里真成了"鬼地方"，当日夜里发生巨响，他们来时的唯一上山小径被几块巨大的落石掩埋，一行人被困在这个废弃的村落里，一困就是三天。他们将红毛丹和葛根当主食，森林中那如手臂般粗的爬藤类植物，砍下一段后会有清水流出，可以饮用止渴。三日犹如慢放般煎熬，所有人被消磨得士气全无，冷战中的付晓茹和杨漾保持距离，魏来因为太饿，其间犯过几次病，一个人躲在屋里来回从一数到一百。郝哥永远处在漫长的打盹中，展佳佳倒是不闲着，不时绕着村子观察。队伍里唯一还坚持化妆的黄橙子将油腻腥臭的头发随意扎起，看着屋檐下的镜头再也没有一点表现欲望，也不知道它是不是还在记录。唯独剩下那对眼镜男女还在为了奖金拼命硬撑，他们觉得这一定是节目组设置的考验环节。

第四日清晨，无人机带来新的生机，拆开任务卡与补给包，众人傻了眼。所谓的补给包里除了饮用水，只有两个饭盒，一个打开是活蚯蚓，另一个是浸在水里的牛宝。有人尖叫着将饭盒丢了出去，郝哥直接蹲在路边干呕，经过几日的折磨，他的啤酒肚都小了一圈。从此刻起，他们才幡然醒悟，所谓的恋爱交友都是幌子，荒野求生才是真的。

任务卡提示他们所处之地是村落旧址，新村的位置在岛的西南角，沿路线提示，可以走到另一条隐藏的上山小径。

好在不用攀岩，众人挂着登山杖，终于到了山腰，阴森的荒野绿村被留在了山下。经过近三个小时的徒步，在众人满身泥泞、疲惫不堪时，一个木头砌起的平台映入大家眼帘。平台上的木桩固定着一根缆绳，绳子另一头直接汇入远方茂盛的树丛里，起点处，挂着金属护具。

看到这里的观众们，一定在屏幕前吃着瓜子，从猜测谁和谁能在一起变成谁能活到最后。

有那么一刻，杨漾也想放弃了，但看到一脸愁绪的付晓茹，还是咬咬牙决定坚持。郝哥最先戴好护具，两只肉乎乎的腿一蹬，伴随着一声闷喊，快速滑进了丛林里，接着滑过去的是魏来和眼镜男女。轮到黄橙子，她有点恐高，做了个深呼吸，抓紧安全绳，想着上岛前的那些日子，眼睛一闭就跳了出去，由于忘记戴头盔，滑至终点时头皮被树枝刮得生疼，抓绳子太用力，摊开手全是勒红的印迹。

起点处的杨漾不敢向下看，努力调整着呼吸，试图让自己平静。队伍最末的展佳佳突然愣住了，她说："我的这副是坏的。"

展佳佳腰上的安全绳断了一截无法固定，正准备起跳的杨漾收势站定，拧着脑袋向后看。付晓茹看在眼里，她神情肃然，上前直接将杨漾推了出去。

穿戴完备的付晓茹回过头，冷冷地对展佳佳说："你这么厉害，一定会有办法的吧。"

说完，她站在平台边，朝空中纵身一跃。

来这座海岛不过一周的时间，杨漾和付晓茹分手了。

那天他们狠狠吵了一架。

杨漾说："我可以爱一个受过伤的人，愿意为她做一辈子的饭，但那个人，不能不善良。"

付晓茹说："这已经不是我想要的了，我以为带我走出阴影的人是你，可你却带给了我更大的阴影。"

每一对情侣的吵架，都有个必经的过程，从直抒胸臆开始，翻旧账为经过，结果是比赛幼稚、谁更偏题，两人都忘了一开始是为什么吵架。

"在确保展佳佳的安全之前，我不会退出的。"杨漾说。

付晓茹："呵呵，张口闭口都是展佳佳。"

杨漾："你也有你的郝哥啊。"

付晓茹气笑了："杨漾，你以为我不敢喜欢别人吗？"

杨漾看着她："那我们就比比看，谁先拿到那一百万。"

"好啊！"付晓茹怒瞪着通红的眼睛，指着别处嚷道，"你可以滚了。"

杨漾咬紧腮帮子，真的走了。

女生的话术中有一句叫"薛定谔的滚"，当她说让你滚的时候，你永远都不知道她是想让你滚，还是让你过来坚定地留守在她身边。

付晓茹整理好情绪回到队伍中，她刻意走在郝哥旁边，故作声势地从嘴里发出奇怪的声音，郝哥睨了她一眼，舔着干裂的嘴唇，捂着肚子无心搭理。坑坑洼洼的小径不好走，没几步路的工夫，郝哥就两眼发昏站不稳了，付晓茹手疾眼快地搀住他，佯装关心道："郝哥，你没事吧？"

"能有啥事，哥哥我只是饿了，但也不吃你这一套。"郝哥饿归饿，但那满腔自信一点也不少，他挣开付晓茹的手道，"人都有看走眼的时候，你其实也配不上我，就别假惺惺了。"

付晓茹当下恨不得拔刀与他同归于尽，回头见杨漾笑意盈盈地欣赏了她败北的全过程，生命诚可贵，还是先争口气赢了这场比赛再做打算。

其实郝哥的自信不是空穴来风，而是仰仗他这四十多年的传奇人生，从卖喷漆涂料毛毡玩偶到如今的餐饮大王，他总在事业最高潮选择归零，然后玩别的，命里带财，做什么都能驰骋在生意场上成为常胜将军。他说到了这个年纪，不再相信努力啊加油啊这些屁话，人活着，全靠一个字：命。什么从不成功到成功，不成熟到成熟的曲线上升，都是形而上的洗脑陷阱，他觉得上下折腾，蹦跶着走，才是人生。

所有围着他的人，频繁献上言语蜜糖：郝哥你真的好厉害，郝哥你真的好帅，郝哥你就是成功男人的样板，郝哥谁嫁给你谁上辈子就是银河系本人……

郝哥出生在政府大院，不清楚父亲真正的工作，只知道他被众星捧月，说的每句话都有人拿着小本子做记录。和父亲出门，邻居都会连带着表扬他几句——瞧你这帅儿子。耳濡目染之下，他觉得自己的帅和其他人不同，自己的优秀也是独一无二的，有一种众人皆醉我独醒、众人皆浊我独清的超然。

郝哥的感情经历不太顺利，离过一次婚，其实也没谈过几次恋爱。大概是没有几个女人能受得了他那油腻的盲目自信，即使受得了，认的也不是他这个人。

围着郝哥的人总有理由安慰他：是那些女人配不上你，是她们不懂什么叫极品男人。

活在谎言里的郝哥真的信了，他觉得自己自带高光，走在哪里，都应该有女人对他投来仰慕的目光。他要测试一下。

所以他来了。

天色暗下来，几个人已经不吃不喝地徒步了大半日。杨漾看着手里的地图，总觉得哪里不对，但又说不上来。身体最弱的黄橙子终于绷不住，忽然蹲在地上，将头埋进双臂里。魏来也停下，俯身在她耳边问："又要开始表演了？"黄橙子微微侧头，两行眼泪挂在脸上，狠狠盯着他，连回一句嘴的力气都没有，饿得差点直接嚼活蚯蚓了。

众人来到一条大路上，杨漾终于知道为什么觉得感到异样了。他看见旁边的树干上，留着自己第一天上岛时做的标记。

跟着标记往前没走几步路，就走出了这片丛林，果然回到了初日的沙滩。杨漾将地图往地上一砸，骂了句脏话。这么多天过去，绕了个圈回到起点，被节目组玩了一通，众人溃不成军。黄橙子来到登船点，犹豫再三，还是放了宣告着退出的信号弹，黄色的火光在黛蓝色的天空画出一道弧线，等待许久，并没有她期待的船只或者直升机前来营救。

这节目根本就是个陷阱。

黄橙子捂着嘴哭了，众人陷入沉默，气氛跌至冰点。付晓茹看了眼离自己几米开外的杨漾，强忍着泪水，一屁股跌坐在沙滩上。

人说到底都是贪吧，一开始只想要一碗饭，现在想要刻满自己名字的一颗心，那个时候想要的，都不是现在想要的样子，死心原来只是一瞬间。夜晚风浪大，付晓茹又饿又冷，眼前布满一层清透的雾。她感觉自己快死了，在情绪跌落谷底的时候，右侧方向的丛林里突然腾起一串白色的信号弹。

其实新村就在岛上的东南角，他们当时上岛只需向右一直走就到了。看到有人在登船点放了信号弹后，身处新村的展佳佳接连放了三枚白色信号弹。几个小时前，她已经将新村的情况摸透了。这里是岛上唯一有常住人口的地方，由于村民比较少，他们会经常随着岛上的物资和环境变化迁徙。村民居住的草屋可以完全按照自己的风格来装饰，阳光倾斜而入，会看到一片饱和度浓重的颜色，非常像地理杂志修片过度的艺术封面。

终于在岛上看到其他人，杨漾一行人仿佛从地狱回到人间。赤裸上身穿着干草裙的村民们准备了地道的晚餐，虽然没有什么硬货，大多是拌上各种咖喱、大蒜、椰子奶、柠檬汁的海鱼和香蕉树茎髓，仍让饿了好几天的八人组大快朵颐。

付晓茹与展佳佳再次碰面，气氛异常微妙，原本就满怀愧疚的杨漾在听到展佳佳若无其事地说"滑索滑不了，我就找了别的路，吃了饭盒里的牛宝和蚯蚓充饥"之后，更是一刻不停地关心她。展佳佳溢满笑意，侧身在杨漾耳边说："其实我包里有巧克力。"听罢，杨漾扑哧一声笑了出来。

他知道付晓茹看在眼里。

付晓茹不甘示弱地夹了一块吞拿鱼给郝哥，吃得忘乎所以的郝哥瘪着嘴，反手将吞拿鱼甩在了桌上。

付晓茹强掩尴尬道："郝哥你这是浪费食物啊。"

魏来将鱼夹起来塞进嘴里，对付晓茹眨了下眼："给对了人就不会浪费了。"

黄橙子用余光看向魏来，顺了顺眼前的碎发。

此时正在热聊的眼镜男女笑起来，看彼此的眼神都带着爱意。杨漾和付晓茹心想，完蛋，这局势内忧外患啊。

餐桌上的一系列动作让众人心里升起了围墙，算盘声噼里啪啦地响，一顿晚餐吃出了云谲波诡的谍战味道。

第二天一早，穿着五彩干草裙的村民递给他们新的任务卡，继续两两分组，杨漾自告奋勇与展佳佳一组，付晓茹选择和魏来一组，眼镜男女继续绑定，郝哥转移目标，看上了一脸胶原蛋白的黄橙子。

三张只有目标物一部分的线索图，众人要在岛上找到与线索图相对应的完整目标物，并用拍立得拍下，在日落前返回新村，第一名的队伍可以住在族长的高脚屋，第二名的队伍住村民草屋，第三名的队伍住海边帐篷，最末一名的队伍有可能被淘汰。

接下来是杨漾和付晓茹的猫狗大战。

第一张图，墨绿色底上有浅红色经络。

杨漾和付晓茹同时将目标锁定在植物上，于是两队在丛林间狭路相逢，眼尖的付晓茹首先找到一棵半米高的小树，将目标锁定在上面稀疏的树叶上，她拍好照片，回头警惕地望了眼不远处的杨漾和展佳佳。付晓茹目光一闪，将树上的叶子全部拔下来，藏进了灌木丛里。

自鸣得意的付晓茹不知道，这树叶有毒，接下来她的皮肤会痛痒整整三天。

第二张图，黄色的长条物。

杨漾疑惑，难道这岛上还有人参这么疗愈的物种。魏来一眼就看出这是当初拔过的葛根，在地图上确认位置，拉上付晓茹往小道上跑，杨漾不甘示弱，牵起展佳佳一路追击。

四个人终于在山脚下找到一棵独苗，杨漾与付晓茹虎视眈眈地盯着前方，心里哨声一响，付晓茹先发制人冲在最前面，紧随其后的杨漾碰巧摔了一跤，身子往前猛地一探，不偏不倚地抓稳了葛根的枝杈。

这出戏还没完，此时一群野牛突然从山上冲下来，这画面太惊悚，一般只在电视里看过这样的大场面。杨漾大脑的边缘系统发出冻结信号，趴在原地呆愣三秒，直到野牛朝着自己跑来，他才护住脑袋将整张脸埋进土里，一阵铿锵的步子从两旁跑过之后，他灰头土脸地仰起头，不知是屎还是泥的东西溅了他一脑袋，他想哭但是哭不出来。

第三张图，一撮白色毛发。

杨漾和付晓茹两队人找了小矮马、野猴子，都把老鼠从洞里揪出来了，就是没发现那撮白毛。任务限定了地域范围，不能走太远，日落后，他们落寞地回到村子，发现郝哥和黄橙子已经在吃饭了。

原来那撮白毛来自发布任务的村民后脑勺的一缕干草辫子。

郝哥牙齿上留着香料叶，龇牙咧嘴道："我出发之前就看见了，这个必须要观察能力很强的男人才看得到。"

最后的结果，郝哥和黄橙子睡在族长的高脚屋，杨漾和展佳佳睡在村民草屋，付晓茹和魏来睡在海边帐篷，眼镜男女只收集到树叶，面临淘汰。村民发布任务，他们要玩一个猜拳的淘汰游戏，只能出剪刀和石头，如果俩人都出剪刀，则一起留下；如果一人出剪刀，一人出石头，则出石头的人可以留下，另一个人淘汰；如果俩人都出石头，则一起淘汰。

他们俩互看一眼，很轻松地都出剪刀。

村民接着给出新的指示，淘汰游戏还没完，刚刚只是热身。

仍然是剪刀和石头，但是变成四十万先行奖金，俩人都出剪刀，平分奖金，并且安全留下；一人出剪刀，一人出石头，则出石头的人获得全部奖金，另一个人一分钱也拿不到且被淘汰；如果俩人都出石头，则都空手回家。

在场的其他人都惊呆了。

眼镜男女脸上的微表情明显发生变化。眼镜女先发制人，她说："亲爱的，无论你选什么，我向你保证，我一定出剪刀。"

眼镜男微微点头。

最后的结果，眼镜男出了石头，他留下了。

看着眼镜女被直升机接走，其他人只剩唏嘘，原本想退出的黄橙子也动摇了，还好之前放的信号弹没有下文。如果自己自愿放弃，此刻也坐在那个直升机上，其他人会怎么看她，是"真蠢啊"，还是"这姑娘和那个可怜女人都一样"。

眼睁睁看着两个互相来电的男女瞬间分崩离析，付晓茹心情沉重，跟着魏来一起拎着帐篷往海边走。

他们搭好帐篷，全程没有互动，魏来生好火，将背包枕在脑后，躺在沙滩上看夜空。

付晓茹递给他一个晚饭没吃的罐头，谢谢他那天在餐桌上替她解围。

魏来换了个姿势，将腿跷得老高，说："我没那么伟大，只是没的选啊，一个假惺惺的，一个年纪大的，还有一个被送走的傻瓜，就你还正常点。"

"那你看走眼了，我是那三位的集大成者。"付晓茹自嘲道。

"那还真巧，我也是疯子，咱们有共同语言。"

付晓茹笑着坐在他身边，海风拂过脸颊，望着远方漆黑的海域，眼眸深邃。

丛林里有动静，他们向后望了望，好像只是起风了，魏来见付晓茹害怕，又燃起一个火堆。

丛林中，杨漾僵直地定着，缓缓蹲下身子，挪进右边更深的灌木丛里。

魏来坐起身，话匣子被开启，俩人聊得热络。魏来半开玩笑地说："你最好别喜欢上我，因为我不是什么好人。"

付晓茹也很直接，她说："没心思搞姐弟恋，我只想要赢，我要拿到那一百万。"

"是吗?"魏来说着在付晓茹脸上留下浅浅的一个吻,见她一脸惊愕地捂着脸,粲然一笑,"那我陪你玩。"

灌木丛里发着绿光的杨漾忍不住学着野兽嗷嗷叫。

魏来随手捡起火堆里的一根粗枝,警觉地朝杨漾躲藏的方向走去。杨漾措手不及,左右张望,像螃蟹踱步一样横行,躲进了几米外的一间"豪华"高脚屋。

漆黑的屋里有股难忍的酸臭味,待屋外火把的光亮离开后,杨漾才长长舒了口气,后背都被汗浸湿了。这种感觉并不好受,先不管两个人究竟适不适合,只是身上难以放下的不甘心作祟,不属于自己的东西,别人也不能得到。他正想挪开身,感觉脚踝碰到了什么粗糙的东西,他踢了两脚,质地软软的,像是晒化了的轮胎。

杨漾蹲下身,饶有兴致地点起打火机,看到一只外形像是科莫多龙的巨大蜥蜴。

高脚屋传出杨漾惊天动地的一声尖叫。

在所有人的围观下,杨漾解释说自己在梦游,付晓茹当然不相信他的鬼话。接下来的几天,他俩互相扮演彼此的破坏者,找食材做饭的环节,杨漾在付晓茹的菜里放了魔鬼调料,呛得村民流着泪给了差评。男背女风筝冲浪的环节,戳中杨漾的死穴——平衡力负分患者。付晓茹像只树袋熊一样趴在魏来鲜嫩的肉体上,指挥他调整冲浪板,从杨漾身边潇洒地滑过,然后杨漾利落地带着展佳佳滚进了海里。最坑的一次是男女互相给对方做推拿,杨漾在精油里加了红色染料,付晓茹把精油换成了树胶,后来魏来和付晓茹身上染成血红,展佳佳的手停在杨漾胸前动不了,两组真是别开生面地香艳啊。

在最新的几次恋爱记录里，付晓茹对着 GoPro 毫不犹豫地说了魏来的名字，杨漾念了三遍展佳佳，俩人战火升级，彻底割据。

节目进行到后半程，摄像机二十四小时不停拍摄，仍然没见节目组的工作人员出现。最后一次的七人互投淘汰环节，眼镜男获得三票被投出，他带着四十万不光彩的先行基金，登上了接驳船。

至此，嘉宾剩余六人。

最新的任务发布，他们需要横渡一条瀑布的高空绳索离开新村去往下一个目的地。先不说这个项目的危险性，最关键的是俩人一组要被带锁的绳子绑着手，双方脖子上挂着开对方锁的钥匙，只有互相同意，才能解开手腕上的锁，而这也意味着但凡一个人掉下去，就会连累另一个人。尽管节目组给他们安排了安全设施，但众人仍叫苦连天。安全帽上的 GoPro 捕捉到了全程尖叫的黄橙子，闭着眼咬紧腮帮子的付晓茹，还有走到一半不敢挪动身体的杨漾，他身体颤抖的频率让整条主绳不停晃动，展佳佳在他身后给他加油打气，杨漾忘形地大吼着："这个时候别给我灌鸡汤，这真的是我的死穴啊！"

展佳佳抓着绳子的手被勒得生疼，她其实也撑不住了，记得上次这样力竭的情形，是自己一个人在瑞士攀岩。

展佳佳二十二岁那年就结婚了，带着老公在全世界溜达，实现了年轻人向往的华丽冒险，在印度恒河目睹过烧尸，在极地冰川迷过路，误食过致幻的亚马孙森林野果，也徒步登顶过英国的斯科费尔峰。

但他们的婚姻只持续了两年，最后停在了男方出轨越野车车队里的一个回族姑娘。展佳佳回到国内，在颓靡的失恋过程里，她告诉自己，之后的爱情道路，每失恋一次，就去学一门技艺，体验一个新的职业。

原本只是一个自我催眠的疗愈方法，却被这之后十几年的感情造就成一个什么都会的女超人。这个世界上的男人，和他们的床上功夫一样，来得快，去得也快。久而久之，展佳佳可以很快喜欢上一个人，又能很快地不喜欢了，如同练就出一个爱情的开关，变成一个可控的能力。因此很难有一个人能一路披荆斩棘，安稳持久地住进她的心里。

年轻时喜欢一个人三分，表现出十分，后来喜欢一个人，哪怕喜欢十分，也只表现出三分。她其实没有多少安全感，但靠那些技艺与职业体验，也慢慢将自己变成一个好像不那么需要认真"谈恋爱"的人了，那条不知是谁送的围巾，后来她还留着，只是因为暖和罢了。

眼前的景象突然像肥皂泡一样扩散，展佳佳的力气快耗尽了，她突然大声："杨漾，我不想掉下去！"

满头大汗的杨漾努力保持平衡，胃里止不住翻江倒海。

"我之前遇见的每个男人，都让我摔得很惨，我其实很希望这个世界还剩一个和他们不一样的人，我不知道那个人是不是你，但我希望是。"展佳佳说。

"嗯！"杨漾坚定地应声。

杨漾掉下去的时候紧紧抓稳了展佳佳。

像是玩了一次双人蹦极，等到腿上拽着他们的安全绳平稳后，杨漾和展佳佳从河里爬上岸，湿漉漉的两个人相视一笑。

展佳佳说："好了，你没机会了。"

杨漾拧着短裤上的水，耿耿于怀道："这不公平。"

"还在谈论公平，就代表你还小。"展佳佳笑着走在前面。

"不要随便说男人小！"杨漾在她身后喊，"先不管其他的，至少从朋友的角度看，我肯定跟别的男人不一样。"

"感受到了，认识没多久，两次被你拖下水。"展佳佳回头嘲笑他。

杨漾笑着摇摇头，他仰头看了看头顶的付晓茹，落寞地跟了上去。

付晓茹和魏来顺利下了索道，眼见着瀑布底下杨漾和展佳佳搀扶着上了岸，付晓茹压抑着心里的怒火，回身直接挽住了魏来的手。惊魂未定爬到终点的黄橙子，手上还连着身后笨重的郝哥，她见魏来站在山边向她伸出手，欣喜地准备扶上去，结果魏来只是一个假动作，黄橙子差点跪在山边，多亏郝哥当了肉盾。

黄橙子狼狈地站起身，斜眼瞥着魏来，随后恶狠狠地将视线转到树上的一架摄像机上。

"公主可不能打人哟，"魏来在她耳边低语道，"很气哟，那就忍忍吧。"

黄橙子抿起嘴，眼神慢慢软下来，用力撑出一个微笑。

也是那天，他们遇上了上岛这两个多月以来最猛烈的暴风雨。

墨云翻滚着遮盖了半边天，如注的雨水从山后随着狂风漫过来，再加上几束几乎在眼前爆开的雷电，众人胆战心惊地四处乱窜。

随着海滩边传来一阵船只碰撞的金属轰鸣声，整个海岛突然断了电，视线所及之处全部陷进黑暗里，好几架摄像机被吹断的树枝砸坏，天上也再没有无人机的身影。

不知是谁喊了一声："往回跑！"

付晓茹、魏来、黄橙子和郝哥四个人绑着手跑回山间瀑布，发现来时的绳索早被雷电劈断了。他们又互相叫嚷提醒着躲过被狂风吹倒的椰子树，绕开崩塌滑落的山石，踩过陷进半个脚的湿泥，在失去方向的一顿乱窜后，找到一个安全的小山洞。

付晓茹浑身湿漉漉地坐在洞口的石头上，头上不时飞出几只蝙蝠，她心有余悸地拨开如同水草般的头发，手腕上的绳子另一头绑着的魏来，正在不住地摇晃脑袋，掰着手指数数，这一次，他停不下来了。在其他人束手无策时，黄橙子上前给了魏来一耳光，他身子一顿，终于慢慢安静下来。

其实黄橙子也很绝望，这段经历早已超出了真人秀的范畴，再精心打磨的伪装，套在一个缺爱的女孩身上，总有些不合身的臃肿感。她在魏来身边坐下，将湿发顺至脑后，露出饱满明亮的额头，素面朝天的脸，终于透出了自然的肌肤纹理。魏来低着头用余光看她，不发一言。

眼前焦灼的情景平息后，他们发现一个更严重的问题，除了黄橙子还背着包，其他人早已在刚刚的暴雨逃亡中丢盔卸甲。但黄橙子的包里，除了大半的化妆品，只有几瓶水和村民送的干果，四个人再次弹尽粮绝。

睡得迷糊的魏来被吵闹声惊醒，起因是郝哥一个人吃了半包干果，还将沾了口水的半块递给黄橙子，说哥吃过的都是好东西，付晓茹看不过去帮了腔，郝哥用一句"你就别打我的主意了"顶回去，随后二人争执起来。在这个节骨眼儿上，所有人的情绪都低电量，什么仁义礼智信也磨得所剩无几，带着起床气的魏来直接送给郝哥一拳，被打蒙的郝哥也出拳回手，受绳子牵扯，四个人扭打成一团。

直到付晓茹朝郝哥嚷道："你这个 loser 差不多就行了，有些话说出来伤自尊，你偏要我告诉你，好啊，你听好了，根本没人会喜欢你这种人。"

话音未落，魏来用力抓着郝哥的头发，不小心将他头顶的假发给薅了下来。气氛凝固，众人停手。

郝哥跌坐到地上，慌张地将假发放回头顶。他扯了扯已经变形的 T 恤，问道："我是哪种人？"

"用来气人的，甲状腺结节、乳腺结节都拜你所赐的那种。"这句话是黄橙子说的。

郝哥回过头，诧异地看着她，视线再回到嘴角渗着血的魏来脸上，他在笑，就是那种小孩嘲笑一个愚蠢成年人的笑。

砰的一下，郝哥心里有根线断了，这根线带着他多年引以为傲的自信，而那一头一直绑着摇摇欲坠的真实，二十岁那年，他喜欢的女孩子爱上了隔壁单位的小帅哥，他没有好皮囊，只好用钱打动愿者上钩的漂亮姑娘，以为真正能整容的，不是手术刀，而是金钱。三十岁那年，他开始掉头发，笨拙地在网上搜索生发液，结果涂得雪上加霜，最后只好戴假发，假发比衣服重要，如果出门不戴假发，就像赤身裸体。三十五岁那年，他与妻子离婚，医生告诉他，他的精子存活率过低，宣判他没有生育能力，他终日买醉，变得大腹便便。

很多事其实他一开始就知道，只是习惯催眠自己，唯一害怕的是叫醒他的人。

暴风雨过后，岛上一片狼藉，杨漾和展佳佳躲在一艘搁浅的破船上勉强过了一夜。他们吃着现抓的鱼，展佳佳从包里掏出两听啤酒。

"哇，你是专门为今晚准备的吧。"杨漾接过啤酒。

"参加恋爱节目，要学会未雨绸缪。"展佳佳倒也接他的话。

此时杨漾脑海里蹦出付晓茹的脸，旋即摇摇头，带着玩笑的语气问展佳佳："你觉得我们有可能吗？"

"你真的喜欢我？"展佳佳问。

不知怎么回答，杨漾猛灌了一口啤酒，被呛到，说："怎么这酒那么苦啊？"

"因为你还有不甘啊。"

杨漾愣住。

第二天清晨，世界一片晴朗，空气中泛着新鲜的泥土味，洞口淹出了水坑，植物叶片上的晨露滴在水面上溅起涟漪。山洞里，郝哥不见了。夜里，他偷偷拿到了黄橙子脖子上的钥匙，解开了手腕上的绳子。

三个人分食完剩下的干果，付晓茹提议出去探路，黄橙子坚持留在山洞等待节目组救援。付晓茹问她："你还会相信这个节目组？"不置可否的黄橙子看见洞口树上被吹歪的摄影机，瞳孔突然放大，她大步冲出去，踩过水坑，站定后，对着镜头比了个中指，用所能想到的脏话破口大骂。

原形毕露的黄橙子并没有让付晓茹有多意外，她走到洞口，右手被绳子向后扯，回过身，魏来悻悻地指了指她脖子上的钥匙，他也选择留下。

很多事好像不用问缘由，已然盖棺定论，看来这场比赛最终还是输给了杨漾，注定这些日子的相处就是个笑话。生无可恋的付晓茹反而感到一阵久违的轻松，她选了条最顺眼的路，独自开始一场冒险。

魏来来到黄橙子身边，揶揄道："那玩意儿坏了，省省力气吧。"

黄橙子叉着腰，骂累了，满脸不悦地睨着魏来。

"但刚刚的你，挺酷的。"魏来两眼直直地盯着前方。

其实关于魏来和黄橙子，还有个插曲，他们自己都不知道，但老天爷知道。

中学的时候，黄橙子孤身一人被流放在家，将自己关在昏暗凌乱的房间里，玩电脑上装扮漂亮的跳舞游戏，学美妆杂志化妆，那个时候，她有一个望远镜，无聊时就会用这个望远镜观察外面的世界。

直到有一天，她从望远镜里看见一个撑着伞的男孩，每天都绕着学校一圈一圈地走。

她想，太酷了。

当然后来，也没什么后来，那个男孩就只是她青春期的一个观察对象而已，隔段时间就忘了。

只是这么多年过去了，黄橙子最初看到这个节目嘉宾照片的时候，总觉得魏来很眼熟，但想不起在哪里见过。

地图晾干后勉强还能派上用场，展佳佳和杨漾商量后，决定继续朝任务布置的东北方向去，俩人爬过一座小山，穿过几段道路不明晰的密林，杨漾最先看到一群野牛，正用屁股对着他们，呈半圆形列队，还是展佳佳告诉他，里面好像有人。

付晓茹半蹲着身子靠在山壁上，一脸欲哭无泪的表情。

杨漾看清是付晓茹之后，本能想往前去，却被手上的绳子牵制住。

展佳佳取下自己脖子上的钥匙，说："去救她吧。"

之前感受过野牛的脚力，杨漾也不知道怎么制伏它们，突然他灵机一动，脱掉裤子，露出本命年红内裤，关键时刻，还得感谢付晓茹送他的玄学礼物。杨漾以为世界上所有的牛看到红色都会兴奋，但他不知道牛其实是色盲，让它们兴奋的不是红色本身，而是动起来的那块布。

终于，他让那群野牛彻底疯狂了，在它们蓄势待发前，他紧紧拉住付晓茹，没别的招数，只能靠跑。

俩人从密林逃出来，竟然在路边看见一辆停着的皮卡，上面贴着被撕去一半的节目 logo（标签）。杨漾机敏地将付晓茹推进副驾，自己钻进驾驶座，正要发动引擎，就听见一声枪响。他们吓得抱头蜷着身子偷看，前方不知从何时窜出来一个古村落的村民，手里真的举着一把枪。

杨漾只在高中军训的时候看过真枪射击，他心跳加速，眼看后方的野牛群也从密林中悉数窜出，他一脚油门下去，快速转着方向盘，从那个村民身边开过，差点就撞上他。

又是几声枪响，杨漾一只手摸着自己胸口，嚷嚷着感觉中弹了，确定自己好像还能喘气的时候，已经将村民和野牛群远远甩在了身后。

杨漾埋头检查自己胸口，没流血，应该是多虑了，心脏顿疼，一定是吓的。终于平静下来，他抬眼下意识看了看后视镜，那只在海边高脚屋出现的蜥蜴，此刻正蜷缩着巨大的身子，趴在后座上盯着他。

"别往后看。"杨漾冒着虚汗双手颤抖，车头明显左右晃起来。

"啊？"心跳加速导致脸通红的付晓茹乖乖地转头，再回过头的时候，眼泪就淌下来了。

"别哭……哭啊，我在……"杨漾紧张得都磕巴了，"你看到前面的转角没有，我喊三二一，咱们一起跳车。"

"我现在就想下去。"付晓茹带着哭腔说。

话音未落，皮卡车中弹的前轮被路上一根破木桩子绊到，车身随之一颤，蜥蜴的脑袋直接从俩人的座椅中间伸了过来，正巧夹在他们中间，蜥蜴吐出长长的舌头，杨漾感觉灵魂出窍，把着方向盘的手不自觉地重重向左打死。

皮卡车直接开下山坡，好在被山下的热带植被阻挡做了个缓冲，落到平地上的时候，除了车的侧门被撞破，杨漾和付晓茹都平安无事，只是无辜的蜥蜴帮二人挡住了冲破风挡玻璃的锋利树枝，肚子上被扎出了好几个血口。

杨漾将付晓茹从车里拽出来，俩人绝望地抱在一起寸步难移，蜥蜴呆呆地注视着他们，良久，眼珠一转，转身爬走了，留下一路红色血痕。

真是个爬行战士啊。

不过如果蜥蜴会说话，那时它一定会感谢他们拯救它于水火，终于不用被那个村民豢养，拥抱属于它的大自然。

看着巨型蜥蜴爬走后，付晓茹突然张嘴大哭，她不想再和杨漾争输赢，不想继续在这个鬼地方拍这个鬼节目，也不想结婚了，她现在只想回家。

杨漾抱着她的手没松开，原本是想哄她的，结果因为后怕，也不争气鼻子一酸。付晓茹见杨漾哭得比她还惨，瞬间母爱泛滥，收了眼泪开始安慰他，两个人就这么断断续续地哭了半个钟头，终于哭累了，对视一眼，破涕而笑。

在那个位于北五环同小区的房子里，付晓茹吃着杨漾给她做的三文鱼波奇饭，在微博上写：电影《卡萨布兰卡》里有一句台词："全世界有那么多城镇，有那么多酒吧，她就走进我这一家。"这句话我突然想改改："全世界有那么多城镇，有那么多餐馆，他却在我家隔壁，给我做了饭。"

那时的她心想，杨漾的出现就是老天爷来拯救她的吧，遇到他以后，之前的委屈都被踩在了脚下，再看别的男生都会在心里默默比较一下，确定谁都不如他。

当时的杨漾也是这么想的。

这时的他们，应该也会有新的想法。

接下来几日，俩人要面临新的生存问题。为了找到水源，他们往地势低的地方走，路上靠烤香蕉和椰子汁果腹，好不容易撑过了数日，最后还是落得腹泻的下场，就在身体和精神都到极限的时候，岛上终于恢复供电，他们看见离自己最近的树上，有一架完好的摄像机正在摇头，红灯常亮。

俩人终于见到曙光，对着摄像机连蹦带跳地告知他们的位置。

圆形的摄像头里映照着另外两个人的身影。

山洞口的魏来和黄橙子也正在招手。

又是半天过去，在确认等不到无人机后，魏来问黄橙子，愿不愿意相信他，黄橙子若有所思地斜眼看他，魏来捡起黄橙子的绳子，套在她的手上，然后将手腕伸进另一头的锁扣里，牢牢扣动锁芯。黄橙子诧异，因为没有钥匙，两个人分不开了。

"所以问你愿不愿意……"魏来顿了顿，"怕不怕……我。"

"在这儿已经要完蛋了，我还怕你这个坏蛋吗？去他妈的。"黄橙子将背包里的化妆品用力丢进山洞，留下几瓶水，决定与魏来——还有她的未来再努力一次。

两个人离开山洞，朝东北方向行进。来到海边的峭壁，前方没有路，但明显能看到峭壁对面的小径，他们看着悬崖边拍打出泡沫的浪花愣神。等到退潮，礁石显露出来，他们交换了眼神，是时候了，然后牵着彼此，一起翻越礁石。

黄橙子粗暴地将头发一扎，踩着礁石全程大叫着给自己打气，脸上的每一个表情都挤出生动的细纹来，魏来嘲笑她的蠢样子，却在她身后始终保持着护住她的姿势。

越过海边峭壁，又是一段丛林探险，随着夕阳西下，日升月落。他们来到豁然开朗的一处高地，让他们惊叹的是，眼前有一座深褐色的火山。

几日跋涉后，付晓茹在火山脚下发现一个红色的邮筒，上面贴着一张任务卡。

"这里是全网恋爱交友观察秀《爱有晴天》，在你面前的是伊苏尔火山，从这座火山喷出的熔岩大多直起直落，因此其被称为世界上'最容易亲近的活火山'之一。在登山观看火山喷发之前，你需要给你喜欢的人写一张明信片，这张明信片就是你们在本节目最终的选择。"

付晓茹从邮筒边的木盒里取出两张空白明信片，递给身旁的杨漾一张。

他们一人蹲在岩石边，一人趴在邮筒上，背对背写着心意。

付晓茹动笔很快，好像早有腹稿：有人说当你问出一个问题的时候，心里其实都有自己的答案。所以如果要靠丢硬币来做选择的时候，只要对丢出的结果有一阵遗憾，那就选另外一面。我很想诚实地面对自己，我真的想结婚吗？我想的。但我真的非要拿几十万结一个体面的婚吗？好像我其实是无所谓的。我真的爱吃三文鱼波奇饭吗？不爱吃，其实好腻，其实是我点进厨师的主页里，看到他的帅照才有了点餐的冲动。我真的爱那个厨子吗？真的很爱。那现在他在我旁边一米外的地方写自己的心事，我想让那张明信片上有我的名字吗？我真的好想。我骗不了自己。我们都不是完美的人，也因为这些瑕疵，让我觉得我们还有救。你觉得呢？杨漾。

杨漾想起那晚暴风雨过境，与展佳佳的酒后畅聊。

展佳佳轻松地说出了那句暗语——墙壁眼睛膝盖。她说付晓茹太大意，字条都不毁尸灭迹，再对照着杨漾在地图上标注的字，一看就知道字的主人是谁。他们每一次眼神交流，擦身而过轻碰的手，还有彼此硝烟弥漫却更在乎对方的幼稚行径，展佳佳早就看在眼里。

展佳佳对杨漾说："许多男女吵架，不是真想伤害对方，只是一种先下手为强的自我保护。可是你想过没有，或许你的保护在对方看来就是不作为，而你以为对方的无理取闹，或许只是你把对方想象得太完美了。两个人在一块，就是要彼此拆解，弄掉那些看起来精致的人设，留下最后那个赤裸裸的东西，虽然不好看，但也许能让彼此安定。然后有一天，当你在这段关系里开始学会修补自己时，恭喜你，你正在迈入成人的世界。"

或许杨漾真的还是个小孩，但那时听完展佳佳的话，他的心里也有答案了。

杨漾的思绪回到写明信片的现场，写作对他来说该是得心应手的事，但他迟迟没有下笔，最后涂改了几次，就留了一句话。

杨漾和付晓茹再次对上眼神，竟好似初见，眼神快速交融然后弹开，空气中抖落满满的羞怯。他们一前一后将明信片放进邮筒，明信片在漆黑的狭小空间里掉落，平稳降落在另外两张明信片上。

黄橙子没有遮掩，直截了当地给魏来看了，明信片上面写着：你在扮演坏人，我在演一个好人，我俩累不累啊，但我觉得，我能治你，魏同学。

她仰着头努力撑出自信的笑，等着魏来的回应，尽管她心里其实没底，只是想做自己的意愿太强，只好放肆赌一把。

魏来给了她一个神秘的笑，然后将自己的明信片飞快地塞进邮筒里。

"你写的谁啊？"黄橙子急得抱住邮筒，扒着小小的开口处往里看。

"你猜。"魏来说。

"你到底什么意思啊?！"黄橙子嚷嚷道。

黄橙子的叫嚷声忽而淹没在火山沉闷的呜咽声中，伴随着夜色降临，绚丽的岩浆肆意冲破火山口，如画家笔下油亮的颜料喷涂在暮色里，火山灰混着烟雾和蒸汽，闪着荧光，有如流星雨般坠落，几十秒后，火山口恢复平静，继续酝酿着下一轮的暗涌。

杨漾牵起付晓茹的手，付晓茹心领神会，与他十指紧扣，两人的面庞被喷薄而出的岩浆映成浅橙色，眼波流转，一言不发。此刻，围绕着他们的贪嗔痴，在自然壮阔的语言面前，只剩寥寥，人间一瞬，活着的人还不够谦卑。

火山另一侧，魏来和黄橙子的画风就要欢脱许多，他们一人一句飘着脏话，在熔岩直奔天空的时候大喊，在烟柱凝固的时候大喊，在双眼被火山灰吹得糊住的时候大喊。满脸脏兮兮的黄橙子反应过来："我 ×，刚刚是不是应该许愿啊！"

魏来捂着肚子笑，从未如此开心。

其实那晚郝哥也在，他远远看着这场上帝的烟火，除了感叹自己渺小至极，再无其他情绪。

这场壮观的火山喷发后的第二天，众人终于听见无人机的声音。

按照指示，众人在伊苏尔火山的南面搭乘螃蟹船回到了当初上岛的登船点，也还是在那片沙滩上，他们再次见到展佳佳。

最近一次失恋之后，展佳佳学完了自由潜水一星的课程，在这座非完全开发的海岛当上了管理员，通过每周的跟踪报告、vlog（视频记录）和图片，向当地旅游局和政府报告其探索历程。除了浅海那些每日等着她喂食的珍贵鱼群，她还肩负着原始村落的调研保护和在高空完成航空邮递服务的重任，以及在几个月前，接受《爱有晴天》节目组的邀请，成为恋爱十人组的隐藏指引员。

简单理解就是节目组的卧底。

展佳佳做足了工作计划，但对杨漾有了好感，在她的计划之外。她一次次暗中帮助杨漾，在眼镜男淘汰的那轮投票里，原本杨漾和眼镜男的票数二比二持平，是她偷偷将郝哥投给杨漾的票改到了眼镜男头上。

与破坏规则无关，她仍然选择退出，因为她明白，杨漾心里的位置不够了。

展佳佳从邮筒中取出四个人的明信片，一一对应后意外发现最终并没有人拿到那一百万的奖金。

付晓茹和黄橙子面面相觑。

原来魏来的明信片是空白的，他没写黄橙子的名字，是因为他觉得这样不酷，他不想玩了。节目结束后，他准备认真一次。

而杨漾涂了又改的明信片上只留了一句话：如果我没有驱散乌云的本事，只能陪你淋每一场雨，但愿你的心里能永远天晴。

到底还是搞文字的。

其实这还不是故事的最后结局。

后来发生的事更令人啼笑皆非，他们的节目因为播放量直线下滑，在直播到第二周的时候，冠名商撤资，接着被视频网站退订，意味着节目临时腰斩，就连节目的官方微博也停更了。重点是不知道出于什么特殊的原因，制作方并没有通知还在岛上的嘉宾。

他们就真的在这座海岛上经历了三个月的荒岛求生。

那几台所剩无几的摄像机记录下的素材，全部变成尘封的数据，而这一行人经历的心灵和身体的改变，只有他们自己最清楚。

展佳佳要留岛善后，她送众人登船，杨漾走在最后，与她告别。她大方地张开双臂，杨漾上前，将她拥在怀里。展佳佳对他说了声："谢谢。"杨漾一愣，说不清道不明地回了句："不用谢。"

回国后，他们再也没见过郝哥，魏来焦虑的时候不敢数数了，因为黄橙子会扇他巴掌，在一个彻底放飞自我，素颜直播，话糙理不糙，敢为女性不公事件发声的孤勇者面前，他努力做好她情绪的按摩器，各方面坚挺的后盾，以及大型玩具就好。

人潮涌动的市民广场上，一对穿着中式礼服的新人站在人群中央，杨漾手里拎着个移动音箱，大声向所有人宣布，他们在今天结婚了，一旁的付晓茹笑得花枝乱颤。后来在和城管的追逐中，他俩手牵手唱着歌轻车熟路地逃跑，旁边的行人刻意给他们让开一条路，有人举着手机泪目，有人鼓掌欢呼，有人替他们尴尬，有人觉得这肯定是两个疯子。

那三个月的岛上经历仿佛是一场梦，后来每个人想起来，回忆都变得很模糊，网上找不到节目的视频，身边也没人讨论这个节目，他们开始怀疑，真的参加过这个节目吗？而那座位于南太平洋的岛屿，是真实存在的吗？

这个世界很大，但不知道从什么时候开始，我们好像不需要和他人建立情感联系，也能生存下去。将自己变成一座孤岛，也挺好的，毕竟打理好自己的岛屿，已经足够费力，还避免了很多情绪的折磨，不必强迫自己合群，也不用再患得患失。

但是总有那么一个瞬间，专注自己岛屿的间隙，抬头看了看天空，这日子过得好丰富，好正确，却少了些怦动的回应。毕竟有些回声，是自己给了不算的。

如果能碰上另一座孤岛，我们不会要求彼此放弃自己的岛屿，就像我们其实最希望的，是一直做自己，然后遇见一个懂自己的人。

各位单身男女，欢迎来到恋爱交友观察秀，你们所在的位置，是柴米油盐和欲望贪婪砌成的人类世界，你们将在这个世界共同生活百年，体验一场心动冒险。这个世界已经遍布了我们放置的摄像头，节目将由记忆系统全程直播，你与那些人的所有故事，都会成为回忆。你可以选择提前退出，但别着急，再玩玩吧，因为节目一定会结束。

哦，忘了介绍，这个节目的名字，叫——这就是人生。

来时间都与你有关
后来
时间都与你有关

BECAUSE OF YOU,
BECAUSE OF LOVE

TIME ROLLINGBACK CLUB

逆时人生俱乐部

#9

在不同的日子里，
重复做同样的事情，其实就是人生。

类型：剧情 / 奇幻 / 家庭

逆时人生
俱乐部

✦

　　我确定看到了天堂。

　　光很刺眼，随后是一片开阔的白。我从未感觉到这样的安宁，器官衰竭伴随的绞痛，也在此时消失了。四周很安静，却没有隔离感，我感觉自己轻飘飘的，听不见心跳声，没有了笨重的身体，但好像又变得巨大无比，似乎向前伸个懒腰，就能拥抱一整片晴朗。

　　旋即又有那么一刻，我突然变得沉重，天堂的景观不复存在，只能看见穿着白衣焦急的医生。

　　我真的不喜欢身上插那么多管子，又不是个行为艺术品。

　　直到听见旁边的呼吸机发出一串凄厉的哀鸣，我笑了。我知道，终于又可以看见天堂了。

　　我沉沉睡去，结束了八十二年的生命。

　　在睁眼之前，梦境飞快进行到尾声，前面的过程忘记了，只记得我在初中的教室醒来，书页上留着一摊口水，地理老师在讲地球自转的运动。我瞬间崩溃了，因为我意识到自己在做梦，这也意味着我还没死。我努力睁开眼睛，想看看是哪个该死的医生把我又救了回来，结果只看见一个年轻护士插了束嫩黄色的花在我的床头柜上。她见我醒了，吓得手一颤，花瓶碎在了地上。

我的倔脾气在医院是出了名的，主要是觉得这身老骨头经不起他们折腾，所以很不配合。连医生都怕我，更别提年轻的小护士了。

从那个小护士收拾好玻璃瓶，起身念叨着"碎碎平安"，到今天一整天的巡查记录，我都觉得格外漫长，且带着异样。直到晚上小护士又将一个新的花瓶搁在我床头，我盯着花瓶上绿色的螺纹看了许久，落了灰的脑子终于理清了异样的原因。

今天发生的所有事，在前几天发生过。一模一样的人、事、物，那束嫩黄色的花，碎掉的花瓶，阳光洒在床脚的区间，医生说过的话，以及新的螺纹花瓶。我安慰自己，这可能是去天堂的必经过程，回光返照的幻觉。

再次睁眼的时候，我看见戴着眼镜的医生，他摸了摸我的额头，劝诫我："老头儿，你下次要是再自己把呼吸机关了，我就把你换到别的病房去，让那些男护士守着你。"

我终于确定这不是幻觉，因为这是上个月发生的事，我周身腾起一阵热流，绝不是尿床，而是思绪突然明朗了。我有个大胆的想象，只需要静待时间来验证。

果然，第二天，第三天……每天睁眼的时候，我都会倒流回过去，这个奇遇没有特定的规律，短的回到三五天前，最长的也就一个月。

我的身体竟然越来越好，记忆里那层沾满水雾的玻璃好像也被某只手掌渐渐抹开了。某天半夜醒来，我觉得口渴，下意识地起身找水喝，等我听到饮水机上水桶发出哐当的声响时，我才反应过来，我不在医院。

我回到了养老院。

我们那个养老院在我看来就是一个高科技监狱，到处都是英文，混搭亲切的老上海建筑风格，目的就是骗不懂事的老人。洋玩意儿就是洋玩意儿，弄得再智能也不是年轻时憧憬的家。

我的房间在中央花园的北面二层，空置的 101 号房旁边，水泥灰调的大开间里一应俱全，但都冷冰冰的，没一点人味。餐桌旁的墙上挂着一个养老院标配的资料夹，其中有一页，是我的个人介绍。

方衡，男，六十岁时入住怦然养老院，伴有癌症与多年的气管囊肿。

虽然时间在倒流，但仍然免不了要在这个像监狱一样的地方再度过二十年人生，好在时间跨度慢慢变大，就在昨天一早，我发现自己竟然直接回到了五年前。为了不让自己重蹈孤独的覆辙，我努力笨拙地造反，反正不论任何后果，都不需要昨天的我来负责。

我遥控着轮椅大闹养老院，将钉子塞进了好几个端茶倒水的机器人脖子里，让它们闯了一路的祸，还用内裤遮住监控，从纯露机器上偷走了几束无刺玫瑰，学着电影《阿凡达 10》的台词，和我的年轻护工表白，"I always see you."（我总想见到你）。院长把我关到封闭阁楼里，让几个膀大腰圆的家用机器人看管着，我懒得瞧它们一眼，酒足饭饱后，一身轻松地躺在床上，迎接第二天的时光逆行。

我果然又安稳地从自己的床上醒来，之前发生的一切都不复存在。

我的双腿能走路了。我激动得来不及洗漱，到走廊上蹦跶。一转身，看见隔壁 101 号房间的门打开，从里面走出来一个烫着鬈发，穿着碎花裙的老太婆。

准确来说，她是别人眼里的老太婆，却是我一个人的老婆。

我忍不住上前抱紧她，终于再见到她，失而复得的情绪直抵眼眶，我不争气地哭了。我主动提出想吃她做的便当，她有些意外地看着我，念叨着我不是很讨厌吃她做的菜吗？我俩坐在阳台上，看着落日吃得很开心。她好像被我感动了，努努嘴道："你今天跟以往不太一样。"

在她的时间里，我是那个每天都能见着的烦人老伴儿，但在我看来，我们已经快二十年没见。因为一个月之后，她会从养老院的楼梯上摔下来，磕到脑袋，人就这么没了。

我对阿兔始终有愧疚的，嗯，结婚之后我一直这么叫她。我承认我不是个好男人，这一生没给过她什么，理所当然地接受她的付出，就仗着她爱我。我从一个固执的中年人变成一个固执的糟老头儿，遇上一点不顺心，就喜欢拿她当靶子，哪儿哪儿都看不顺眼，以至进了养老院，也要分开两间房，但我心里清楚，我依赖她，根本离不开她。

我牵起阿兔的手，轻轻地在她耳边说："下个月初，不要走楼梯。"

阿兔显然被我今天的态度转变感动到了，突然抽泣起来，问我："我是在做梦吗？"

我回答："没有，是我在做梦。"

我已经很久没做过梦了。

每个夜晚就像是被按下了快退按钮，伴随着刺眼的黎明，回到过去熟悉又平凡的一天。

好在接下来几天倒流的跨度不大，我有足够的时间与阿兔继续相处。我可是到过天堂的人，哪儿还有那么多脾气，况且终于又见到阿兔，怎么看她怎么顺眼。见她之前，我会认真洗漱，将头上掉得差不多的呆毛梳得整齐利落，学那些年轻人谈恋爱，带她把养老院当成绝佳旅游胜地来逛，还邀请她住进我的房间，同床共枕，回忆曾经。

每一天与一个过去的她重逢，看着她因为我的转变而惊喜和意外，如此循环，这真是老天爷给我开的非常可爱的玩笑。

直到有天电梯坏了，经过楼梯间时，我远远看见阿兔在台阶上跳舞，那时我才反应过来，她或许不是无聊去爬楼梯的，而是偷偷在这里跳舞。

依稀记得，跳舞好像是她唯一的爱好。

我站在楼梯间，数了数脚下的楼梯，十三阶。心想只要摔不死，哪怕残了一半，明天醒来反正又是一条好汉。我咬咬牙，合上眼，像个勇士一样洒脱地纵身一跃。

摔得已经全无痛觉的我躺在急救中心，只能听见电视里传来的新闻播报，说怦然养老院下午发生事故，院长决定封闭全院的扶手楼梯，听罢，我放心地闭上了眼睛。

我想，未来的阿兔，应该不会从那里摔下去了吧。

时间一天天逆行，我像是站在人行横道上，看着所有人迎面走向我，又匆匆从我身边穿过，只有我在往对面空无一人的目的地踽踽独行。

后来是阿兔叫醒我的，我睡眼惺忪，动了动身子，前所未有地充满活力，我一阵窃喜地坐起身，发现此刻正在自己家中。终于离开养老院，我这个老不死的现在就想开香槟庆祝。

看着家里陌生又熟悉的一切，一时还有些不适应，那个我自己组装的储物柜还在，上面摆满了各式珍贵的名家器皿，中间还有一个我从旧货市场淘回来的楠木弥勒佛。回忆突然敲门，我起身去木茶几下面掏出一个生了锈的零食盒，打开之后，心满意足，里面是我最喜欢吃的话梅，要知道，五年之后它就停产了。

阿兔正在收拾行李，我大口嚼着话梅问："这是要去哪里？"她低声说："别闹了，知道你不想去，但我们也该服老了。"我讶异："去哪儿？"阿兔没有理我，从客厅拿了一张广告单递给我，上面写着怦然养老院。我条件反射地向后一躲，差点撞到衣柜上。阿兔害怕我又发脾气，停下了手上的动作，悻悻道："那你自己跟儿子说。"

我突然反应过来，还有个跟我老死不相往来的儿子。

他人在美国，拒绝和我沟通，我逮不到他，坐飞机要十几个小时才能到，越过时差分界线，我哪怕打个盹，醒来又会回到家里。

我在微博上搜他的名字，看到有人发他的航班信息，知道他回国工作，才在机场堵到了他，还和接机的小妹妹借了块很大的横幅，躺在上面让他注意到我。

方有全，哦不，现在他叫方一寻，就是电视上热播的那个皇太子的扮演者。他是我儿子，也是别人眼里的型男明星，说实话我到现在还耿耿于怀，起艺名也要看性格啊，我儿子什么时候开始走文艺路线了。

他终于给了我半个小时的时间，在机场附近的一家高档酒店里和我坐下来聊聊天，我不想与他叙旧，这么多年有一个形同虚设的儿子早也习惯了，我太久没见过他，没有什么旧可叙，当初那些矛盾隔阂早已生了锈，拉长成茫茫时光中的一声叹息。

我开门见山地说："你妈其实不想去养老院的，她是在逼自己懂事，你就那么坦荡啊，送我们去了养老院，你安心了是不是？你不喜欢我可以，别因为我的窝囊连累到你妈。我知道你肯定觉得我照顾不了她，说实话，就我这样，我自己都不放心。有本事你就把她接到你身边去，没本事你就送她到那破养老院去。"

其实有全小时候很乖，品学兼优，我这个暴脾气老爸反倒是没什么存在感，直到高三那年，他说想学表演，我愣是把憋了十几年威严的父爱发挥到极致，不仅打——消了他这个念头，还让他严格按照我设定的人生道路前行，进入名牌大学，毕业后进入一家大公司上班。那一年其实大学生就业早已不是难事，各行各业选择颇丰，但我傻啊，外面的世界再开放，总有闭塞的青蛙，生在同一口井里，况且我又爱表演"父亲"这一角色。谁知有全二十八岁那年，突然辞掉了年薪五十万的高管工作，跑去横店当了大龄"横漂"。

那时的我，一怒之下说要和他断绝父子关系，而后的几十年，我们在争吵中度过，他说要做自己，我说他被动地来到这个世界，就没有自己可言。

但会说那些话的，也是那时的我。

那天去机场接机，问那个小妹妹借横幅。她问我："您也喜欢方一寻啊？"我羞赧地点点头，小妹妹笑着说："大爷您真是好眼光，他太值得我们爱了，这也是一寻的福气，有您这么大岁数的粉丝。"

那句话听得我像灌了蜜。回来之后，我真的看完了他的每一部戏，忽然好像有点理解他了，甚至觉得，我儿子长得帅，演戏那小眼神也到位，好像蹲在格子间里西装挺括地伏案开会实在不符合他的人生配置。方有全这个名字，应该去干体力活；一寻，才是文艺巨匠。

从那一天起，我开始期待时间回到有全在我们身边的那段日子。

在我五十二岁那天醒来的时候，我成功地又有了自己退休前的最后一份工作——坐便器体验师。

这个时代的电子公司除了智能手机、手环、手表、单轮车、二轮车、三轮车、四轮车，魔爪还伸向了卫浴设备，其中智能马桶一直是飘红在销售榜前线的产品。我的工作就是每天蹲不同的马桶，记录马桶圈的温感、水流的冲力，还有配套影音设备的性能数据。

这段时间阿兔总在我面前鬼鬼祟祟的，早上六点出门说是买菜，八点才回来做饭。以前我没在意，这次回来，刻意留了点心思。等她出门后，我戴上口罩和帽子跟了出去。

原来她是去跳广场舞了。作为北广场的领队，阿兔意气风发地拎着音箱整队集合，然后吭哧吭哧地在队首花样百出地摇摆身姿，"一二三四"的节拍喊得地动山摇的，和家里那个窝在厨房的女主人完全判若两人。

说完了北广场，还有一队和她们势不两立的南广场，南广场舞后跟阿兔是死对头，从队员到队服颜色，什么都要比，两队人马的名字也一天一变，一队叫"银色雨"一队就叫"黄金雷"，一队叫"花鸳鸯"一队就改叫"金箍棒"，一物降一物。

时间又拨回几天之前，她们结下梁子是因为市里的广场舞比赛，南北广场队都去了，南广场舞后的家里是专业做灯光的，一个个身上绑着彩灯，五颜六色的效果吸睛，跳得好不好就不重要了，那次阿兔她们会输，就输在了太实在上。

比赛当天我从厂里偷了一批智能马桶出来，白花花地绕着广场中心摆了一圈，外接上电源。马桶们随着阿兔队伍的舞步自动开关盖，还自带立体环绕 BGM。

果然北广场队狠抓了把观众眼球，马桶广场舞上了头条，媒体记者采访阿兔的时候，她紧张得嘴皮子都哆嗦。

一天的喧嚣过后，只剩我和阿兔留在广场上，身后是挤成一团的马桶和电量还没耗尽的团团彩灯。我们背靠背坐在一个马桶上，她问我，这些马桶回去怎么交代，我笑笑说："反正我也不想干了。"

我突然有个大胆的想法，想邀请她跳舞，随之不由自主地伸出一只手，她不解风情地重重打在我手上。我捂着手心惊呼："你干什么？"她委屈地眨眨眼，说："不是要玩'看谁躲得快'的游戏吗？"

我承认，在我们都年轻的时候，玩得最多的就是这个游戏，因为她是断掌，打人很疼，但我躲得快，所以棋逢对手，互相较量乐此不疲。但此刻，我气得站起来，直接将她扯到跟前，像个孩子般厉声道："我是要跟你跳舞！"

马桶收到指令，适时放了首爵士乐。我抱着阿兔开始旋转，碍于我手脚不协调，连累我们踩了彼此好多次，但看着她脸上荡漾的笑一刻没消失过，我也心满意足了。

阿兔的脸上有着淡淡妆容，皱纹少了许多，坚定的目光重新回到她的眼睛里。我看着阿兔，忽然意识到，自己从死过一次的秃顶老人，来到了中年。

阿兔支着下巴靠在我肩上，轻声说："你今天跟以往很不一样。"

"听你说过很多次了。"我说。

"啊？什么时候？"她问。

"未来。"

　　我在一片黑暗中醒来，发现自己正套在一个巨大的鸭子玩偶里，刚刚休息了片刻，接下来要继续在这家景区餐厅里当吉祥物。这是我做过最长的工作，扮演一只勇敢无畏的卡通鸭子，给前来吃饭的游客们提供情绪价值。我在闷热的绒布罩子里摆动身体，做出各种可爱的姿势，来到每一桌客人面前，与他们一一拥抱。谨记着老板给我的叮嘱，不许说话，在客人面前不能摘头套，以及催眠自己——我就是只鸭子。

　　回到家后，有全回来了，我止不住兴奋地给他夹菜，他却夹还给阿兔，不跟我说一句话。我现在很理解他，当初的我那么惹人厌，因为白天是只鸭子不能讲话，对全世界强行温柔，收获的满肚子牢骚，只会让情绪走到最简单粗暴的出口，悉数发泄在自己最亲的人身上。

　　我没有一个体面的职业，所以希望儿子能为我完成。说到底，我根本就是个自私的父亲。

　　饭后，我坐在有全身边，见他正在写案子，有些话难以启齿，便等他上厕所的空当，在他正在写的 Word 文档上，匆忙打下一行字："帅哥，好好收拾收拾自己。"

　　这真的是心里话，主要是这次看他如此不修边幅，和之前我看到的那个大明星相去甚远，无论是外貌还是内心，我儿子必须要在起跑线上就发光，未来他可是名震四方的皇太子。

　　我趴在门框上观察有全，他竟然完全没反应，屁股刚挨着沙发就啪啪敲起字来，他忽然抬头看了我一眼，我赶紧背过身去。

像是完成了件人生大事，心口被暖意填满，我淡定地看着镜子里的自己，终于等来了久违的四十岁。

年轻的我精力越来越好，我又可以和老友们喝啤酒，不需要克制地吃我最爱的话梅，穿着鸭子服在餐厅跑上跑下也就是多喘几下，陪阿兔看电影追剧到了半夜也不觉得困。

回过头再看我们这段生活，虽然仍觉得自己不够好，但还算勉强给了别人一点幸福。

唯一遗憾的是，我固执了一生，而阿兔围着儿子和我绕了一生，这好像是大多数平凡家庭的常态，有了孩子以后，做父母的就失去了自己，或者说，他们从来没有真正拥有过自己。

三年前，我搬了一次家。

回到两室一厅的老房子里，我找到了中学的同学录，翻到贴着阿兔照片的那页，她在中间小小的留言栏上密密麻麻写了几行字，她说："我有两个愿望，一个是嫁给自己喜欢的人，一个是成为非常厉害的舞蹈家。"

视线往上，是她的星座血型，最后停在名字上，郑如夏。

就在她后面那页，贴着一张清秀的女孩照片，名叫林焕焕。我想到了一些事，于是将照片揭下来，照片的背面，是我用红笔写的昵称——阿兔。

我的老婆其实不是我喜欢的人。

阿兔这个名字是我与林焕焕的秘密，她是典型的南方姑娘，五官精致，眉眼间带着灵气，喜欢用粉色头绳绑两束辫子，很像兔子耳朵。那时我们都喜欢动漫，恋爱谈得很二次元，我们会一人绑着一只气球，坐在电影院最后一排，会在学校里玩寻宝游戏，到处藏满线索卡，就为了找到对方送的圣诞礼物。

我俩写过的交换日记上贴满了《犬夜叉》和《钢之炼金术师》的贴纸。她给我的日记习惯以"Dear，大狗"开头，我就用"阿兔，晚安"结尾。

在我俩这段早恋之间，还夹着一个高我一级的学姐郑如夏。她从小学开始跳舞，腿特别长，常年留着短发，老被我们笑说是男人婆，但我知道她喜欢我，只是她不说。

后来我们班上有个男生也喜欢焕焕，我这脾气不怕情敌，就怕焕焕这种公主性格，她似乎很享受这种被很多男生追的状态。终于在一次黑人外教课上，那个男生在台上说，"I want to marry Lin Huanhuan."（我想娶林焕焕）。我当时真的攥紧了拳头，回过头看焕焕的反应，只要她给我个眼神，我下一秒就可以冲上去揍他。

可她没有，而是捂着通红的脸蛋羞羞地笑。

是有多好笑啊，大小姐。

一气之下，我跟焕焕分手了，又因为不甘心，在散伙饭上喝了很多酒，最后趴在厕所里吐。郑如夏冲到男厕所里，轻抚我的后背。见她担心我的样子，我莫名生气，大声告诉她："你就死了这条心吧，我是不会喜欢你的。"

我最后还是和她结婚了，因为她对我好，年轻的我，就是太自私，我叫她阿兔，她以为那是属于我们的昵称，殊不知是纪念那段遗憾。

青春期那会儿，我们爱得像烈士，屁大点感情都铆足了劲儿，眼睛里的世界是被修饰过的，疼痛是一丁点磕碰的夸张，遗憾是我们分手了的排比，爱是有点喜欢你的比喻。正巧这些都是我们曾经幼稚过的证明。

今天一大早醒来，我看见在厨房里忙着做饭的郑如夏，觉得甚是亏欠，我从身后抱住她。与我结婚后，她便留起长发，从棱角分明的个性少女变成了普通的家庭妇人。她被我的举动弄得有些发怵，我闻着她头发的清香，和她说了声对不起。她半晌不说话，背对着我捣鼓着锅里的煎蛋，喃喃道："一大早的，你要说什么，如果是会让我心烦的事，不用让我知道。"

我开玩笑地说："林焕焕回来找我了。"

她腾地转身，惊呼："真的假的？"

我给了她一个不置可否的笑。

"不好笑。"她转身继续做饭。

"你说如果当初你考上了舞蹈学院，我们还能成吗？"我又问她。

她想了很久，只留下两个字："难说。"

随着深层的记忆越发繁盛，逆流的时间跨度也随之增大，这几天醒来经常就直接跨到了好几年前。

有天我在一张新的床上醒来，四周是上了年纪的装修和家具。我的心弦突然一紧，来到客厅，看到我父亲正在摇椅上看报，我抱住他哭了整整一天。

我父母是搞户外运动的，在我很小的时候，母亲死在了雪山上，父亲后来郁郁寡欢，就是在这张摇椅上走的。当初的我不理解他们，总觉得他们宁可铤而走险地在外过日子，也不愿意踏踏实实地回家陪我，他们根本不爱我，这个悲剧，全是他们自找的。

带着八十多岁的人生智慧再回来看，我发现了很多细节。原来父亲每天坐在椅子上会给母亲的微信发语音，聊聊近况。他还有写日记的习惯，日记里说，他和母亲是在营地里认识的，没有这一路的跋涉，彼此也就不会相遇。他们有自己的热爱，以及爱着彼此，应该能感染自己的孩子。

他们还是太高估我了。

我从小就是个丢三落四的人，唯一学过几年画画，那些画过的作品也被我丢得差不多了。拉开家里的抽屉，发现那些画竟完好地躺在里面，父亲还用利落的字写了时间档案。

临摹漫画，画于小衡七岁，老师说他有美术天赋。

静物，蔬菜，画于小衡九岁，考段位的佳作。

人像，爸爸妈妈，画于小衡十岁，把我们画丑了，但我也爱你……

人都是要站在局外观察自己，才能看见自己到底有多糟糕。他们用他们自以为爱我的方式，将我推开，然后当我自己成了父亲时，又在用同样的方式，践行着变形的爱，重复轮回，永无止境。

人生的洪水从未停过，原来我们一直都淹没在洪流中，并且选择继续沉溺。

方有全高考结束那天，郑如夏给我打电话，说他离家出走了。

我在餐厅后厨心急如焚，脱鸭子服的时候太着急，结果被铁丝卡住脱不下来，在餐厅里又不能取头套，我索性直接穿着鸭子服逃走，怎料景区的街头表演准点开始，我被追出来的餐厅老板带到队伍里，队伍中很多穿着汉服、化着精致妆容的男生女生将我团团围住。队伍来到大门的主路上，我找准时机冲出去，一路上惹得游客们纷纷拿出手机围观拍照，刚好隔开了追捕我的老板。我一路推倒冰激凌车，抢过小贩的气球边跑边送，更多的人朝我拥来，我连跑带跳的，最后顺利从景区逃了出去。

我知道有全会去哪儿，果然我在剧院门口找到了他。

他高三那年每次跟我吵架，都会来这儿花光生活费看一场话剧，以至在如此饱和的饮食条件下还瘦了十多斤，为此我跟踪过他，在众目睽睽之下，直接将他劈头盖脸一顿痛骂，从座位上撵回了家。

我无所不用其极地让他讨厌我，现在想来真是后悔之至。

其实有件事我一直没说，有全小时候最喜欢的卡通形象就是这只鸭子，景区的餐厅见这只鸭子火，弄了一个山寨版，也吸引了不少人气。所以我去做这个人偶的工作，也是受他影响……其实更多是自尊心作祟，不想让他知道他爸人到中年，被裁员后找不到工作，竟落得如此下场。所以这些年他到景区里玩，小的时候抱着我啃，大一点跟我拍照问好，我也绝对配合奉上奥斯卡级别的表演，要是被他知道自己啃了这么多年，被醉酒的客人们点名表演翻跟斗杂耍的那只鸭子是他爸，太毁童年了，所以我从没告诉过他真相。

此刻我忘记自己正穿着鸭子服，当有全大老远看到我，向我跑来时，我本能的反应是躲。

我当然跑不过他，他将我压在身下，差一点头套就离开我的脑袋了。

我俩坐在剧院对面的长椅上，保持着安全距离，我不能说话，就听他讲。他真的像个孩子般问我："你迷路了吗？"他和我讲了很多心事，想学表演当明星，他说他真的受够了每天被卷子压得喘不过气的日子，他还偷偷告诉我在学校里有暗恋的女生，最后他说到了我，用词太暴力我不忍心复述一遍，总之，我就是难沟通，是他成功路上的绊脚石，自以为是的大男子主义者，原生家庭困境的罪魁祸首。

他最大的梦想不是演戏，而是远离我。

我做了一个勇敢的决定——将鸭子的头套摘了下来。

因为听到"远离"两个刺耳的字，我意识到，根据现在逆流的状况，很有可能下次眨眼的时候，有全还没生出来，所以有很多话，我必须要及时跟他说。

他显然是吓到了，瞪着眼睛张着嘴半天没吐出一个字。

"我不是迷路了，我从餐厅里逃出来了。抱歉一直没告诉你，因为我知道你喜欢它，但你讨厌我，所以用这样的方式，至少能离你近一点。我被公司裁员了，找不到工作，但我不想彻底废掉，毕竟还想要在你们面前假装成一个伟大的父亲。"我抹着头上的汗，大口呼吸着空气，憋了一天终于可以做回人类了。

这下换他不说话了。

"行，你就听着。我知道我不是个好父亲，更不是个好老公，我让我儿子讨厌我，让我老婆变成了家里的保姆，要论失败的男人，这世界应该找不出第二个。所以你做得很对，别听我的，去当大明星多好啊，演演皇太子什么的，你绝对可以，我特别看好你。但接下来的话，你必须要听我的，我这辈子浑浑噩噩，不在乎对得起谁对不起谁，但我唯一对不起的人，就是你妈。你妈为我们付出太多了。我不懂事，但你比我成熟，记得好好照顾她，多给她一些自己的时间，像你一样，做自己喜欢的事，成为想成为的人。儿子啊，刚刚听你说了那么多，我其实好羡慕你，我没有机会了，有些事我可能到死都弄不明白，但也算了，不过我明白一点，就是你的生活里一定会出现一个人，愿意越过你看起来的样子，发现你的本质。"

良久，有全终于开口了："爸，你是得绝症了吗？"

我叹气道："人最后都要死的，很多事回头再看，就没那么重要了。"

有全嫌弃道："满嘴生啊死的，你不会是要出家了吧？"

"寺庙都选好了。"我认真地说。

他瞳孔放大。

愚昧这点，我儿子特别像我。

知道我在开玩笑，他眨巴下眼睛，放松身体，将后脑勺靠在椅背上。

"话说回来，你真觉得你爸有那么差吗？"我问他。

他想了半天，嘀咕道："你除了太会生就没有任何优点了吧……"

我想揍他。

"哦，当鸭子当得挺好的。"

"我怎么听这话有点像在骂我啊。"

我终于看到他在我面前笑了。

后来我们一起去看了场最晚的话剧，不得不说，艺术永远是我的弱项，大概看了二十分钟吧，我就呼呼睡过去了。

接下来每天睁眼的日子，就是方有全童年的回放，他就像是给家里投下的一颗甜蜜的炸弹，因为他的出现，我们的生活轨迹全部在一个中心点交汇。男人的父性来得比较慢，我常常帮倒忙，全家上下，指望不了别人，我父亲又只是个"圣诞老人"，大部分时间在摇椅上思念我妈，想起了就大包小包带礼物给孙子。

要说带孩子，最辛苦的还是郑如夏。

以前不觉得，现在来看，发现如夏对儿子有点宠溺，中学住校的时候每周要去给他换洗衣服，小学长身体的时候一日四餐，餐餐要照着营养食谱来做，上学车接车送，寸步不离开他。再小一点，她就抱着有全不撒手，生怕有一点磕碰。

终于这天，有全在家里玩电动火车时闯了祸，推倒了酒架上一整排的工艺品，如夏第一次狠心对他动了手，将他关在门外，听着他哭喊砸门，自己也不争气地捂嘴哭了起来，最后母子俩抱在一起互相抢着说对不起，哭声此起彼伏的。

当初的我生无可恋地在旁边玩 PS4。

这一次，我看不过去，硬是载着郑如夏去了远郊的坝上草原，让她转移注意力。

我和郑如夏躺在草地上，阳光耀眼。

我找准时机，开启话题："你每次都把苹果削好给他，他可能以为苹果就是没有皮的呢，虾肉、鱼肉不是本来就乖乖剥了壳去了刺趴在他的碗里的，咱儿子是当超级英雄的料，内裤只会穿里面，那不就没有超人了？你不要给自己太大压力了。"

郑如夏撇撇嘴道："我就是想他在我们身边的时候，对他好点，以后他会一个人很久。"

"这话说的，人家不会找老婆啊？"我问。

"万一找不到呢！"

我把她揽在怀里："就我这样的都娶到了你，我儿子那么优秀……"

"等一下，"她打断我，"听着这话怎么感觉是我眼瞎啊。"

"你才发现啊，晚了。"我笑说。

伴着初夏的风，我们一直躺到了日落，我好像从未和她说过什么腻歪的话，也从不向往什么一生一世一双人的爱情，但此刻，突然很想婉约地表达一下感谢。

在太阳蜷缩进远处的山坳时，我低头在她头发边耳语："有些话我一直没对你说过，我不喜欢你，一点都不，但我觉得我爱你。"

这辈子，终于有勇气说出那肉麻的三个字，像骂脏话般地爽。

那夜过后，再见到方有全，他正在郑如夏的肚子里。

刚好是如夏生产那天，当初她不允许我跟她进产房，这次我铁了心，和医生商量好，偷偷躲在她看不见的地方，结果疼得汗流浃背的郑如夏听到脚步声就认出了我。她大喊着："方衡，快给我拍视频记录！再帮我拿下粉扑，我要补个妆。"

是的，热血的狮子座少女郑如夏回来了。

我们会结婚，其实特别顺理成章。我们在同一家银行工作了五年，我没跟她求过婚，婚礼也没办过，离职那天我们就去领了证，因为公司规定员工之间不得谈恋爱。我们应了那些电影里的经典台词——如果到了三十岁男未婚女未嫁，那好朋友就在一起吧。

看上去好像挺将就的，但这么多年过去，确实谁也离不开谁。高考毕业后我们去了同一所学校，整天混迹在一起，晚上在男女宿舍楼的拐角处依依不舍地分开。我们终日浪荡，浪荡到我大学四年一年交一个女朋友，她交了一个男朋友，结果分手了还是处女。

网上说，成年男性一次射精能排出数千万甚至高达两亿左右的精子，那个时候我并不知道，有些上亿的合作最终还是得靠我来完成的。

时间一不留神打了个盹，我回到了自己的十八岁。

我抱着更年轻的老爸亲了两口，然后迫不及待地去找郑如夏。老街和两旁的柳树瞬间将记忆从远方拉回，我看着四周低矮的居民楼，走街串巷拿着糖葫芦的小孩，还有响着清脆铃声的人力三轮车，这个时代留存着太多人情味，可是再过几十年，这种文明就被掩埋在钢筋水泥里，被科技镀上一层没有灵魂的外衣，大家都活得小心翼翼的，一点疼痛，就会成为无法治愈的顽疾。

我跟着记忆很快就找到了郑如夏的家。

她爸妈说她去舞蹈学院艺考了，我算算日子，三天后她会回来，向所有人宣布没有考上，从此弃舞从文。离开她家，我坐上了开往市中心的公交车，一路闲逛的同时顺便嘲笑着这个时代的审美，五步一个顶着厚刘海的男生，十步一个波波头的少女，三不五时地拿着小梳子梳一下分叉的刘海。

经过一家麦当劳时，我看见坐在角落的郑如夏。

原来她不是没考上舞蹈学院，而是根本没去，在这里躲了三天。

她看见我就逃，两条大长腿迅速迈过桌椅，从店里窜了出来。我在她身后追，追到我们都没力气，两个人停在马路边喘气。

她捂着脸，哭得好伤心，说："我只是想跟你去一所学校。"

"郑如夏你疯了吧，知不知道放二十年后，你这是要被骂恋爱脑的啊！"我朝她大喊。

"喜欢一个人是多美好的事，为什么会被骂？"郑如夏流着泪问。

我被问住了，心中突然响起缱绻的旋律，这一路逆旅一直在等一个答案，就是人生到底是什么，现在我好像有点明白了，我初始的人生就是跟我并不喜欢的郑如夏结婚，然后生了一个跟我不和的儿子，有一对携手走向生命尽头的自私父母，最后还要承认自己的普通与平凡。

在不同的日子里，重复做同样的事情，其实就是人生。

但如果看见它，选择跳出重复，或许能到达彼岸，只是世人的悟性不够，所以永远都要饱受轮回之苦。

我一点不觉得失望，也不后悔，甚至觉得自己是幸运的。我忽然可以原谅所有，包括我自己，我一直在期待这一天的到来。

我竟然做梦了，记得上次做梦是在八十二岁闭眼的时候，这一次，梦的细节还是忘了，只记得睁眼前，我看见满脸皱纹的自己躺在病床上，身上插满了维持生命的管子，旁边的呼吸机从规律的嘀嘀声变成一声凄厉的哀鸣，床边的医生和护士像约好似的集体围上来。

梦里的我好轻松，四周发着光，我好像看到了天堂。

我不情愿地睁开眼，发现自己在初中的课堂上，地理老师在讲地球自转的运动，我懒洋洋地直起身，口水黏在书页上牵出了丝。

我脑子里一片混沌，像是刚刚经历一场冒险。突然感觉有人用指尖在我后背上写字，我猛地转过身，看到林焕焕在朝我眨眼睛。

外面阳光尚好。

我直接跑出了教室，冲到郑如夏班上，不顾老师和同学诧异的眼光，将她从座位上牵出来，带着她往阳光里跑。

这一次，我要让她住进我的日常，保护她的天真，成为此生的不虚此行。

晚上回到家，我从书包里找出钥匙，打开锈迹斑斑的铁门，听到厨房里有动静，我以为是爸爸提前下了班。

来到厨房，我看到一个背影陌生得像是上个世纪见过的女人，正背对着我在水池里洗菜。

我眼前瞬间盈满了雾气，双唇微颤着，说不出一句话来。

她倏尔转过身，吓了一跳："哎哟，你要吓死你妈啊。"

眼泪堆积，视界一团模糊。

她转回身继续做菜，问道："怎么回来这么晚？"

我抹掉眼泪，嗫嚅地说："拯救世界去了。"

"得了，是不是去网吧玩游戏忘了时间，你最好给我老实点。"

"好啦，骗不了你。"我冲上去抱住了她。

这晚我失眠了，躺在床上辗转反侧，我有那么一刻迷茫了，有点分不清是老人梦年少，还是少年梦人老，抑或这就是天堂的一场大梦。人生如逆旅，而我是行人，此刻终于有了勇气，也有了片刻欢愉。

随着黎明破晓，我缓缓闭上了眼睛。

再版后记

◆

时间的跨度不过是一次遇见和告别，短的是两三行情诗，长的是用一生陪伴。而我往时间里看一眼，只能看见你，当我看你一眼，便看见整片后来时间。

这本书是二十六岁和二十七岁的我写的，距离现在已经过去了十年的时间。那个时候的我，大概怎么也想不到，现在年轻人的主流话题竟然轮不到讨论情感了，大家都有种爱谁谁的姿态，好像没那么在意爱情，人生的价值序列有搞钱，有美食和旅行，有拒绝内耗，有摆脱原生家庭，有重新养育自己，有性别之间的讨论，每天从内心到外在都卷在庞大的待办事项中，已经足够累了。我们变得清醒，靠自己上了牌桌，没那么容易愿意让另一个人住进自己的日常，实在经不起重新洗牌。

这本讨论情感的小说集，曾经打动过数百万读者，那放到今天呢？带着这样的疑问，我从第一篇故事开始，进行全书修订，在字里行间窥见时间留下的痕迹。的确有一些文字受时代影响，比如过时的修辞，网感的对白，一些主观的感受也不再符合现在的语境。写作者要对笔下的人物负责，衣服旧了，那就给这些角色穿上新的衣裳，以我现阶段的审美，将他们更新重生，或许这也是一本书再版的意义。

但抛开所有的修订，敲下最后一个字时，我还是会被故事里的人物打动，他们不完美，但都是"活人"，因为没那么正确，反而是我心中真实的男男女女，与性别无关，会犯错，会退缩，会因爱上头，会爱而却步，会遗憾，会反思。有些故事看到最后，我自己都忘了当年设下的反转，那时的我用文字埋下的伏笔，成为回旋镖击中现在硬邦邦的心脏。说来奇妙，我被"我"治愈了。

写作这些年，在大大小小的场合，我说过很多关于养育自己爱自己的话题，对读者们果敢独立的故事也喜闻乐见，但我从未觉得这些前提是要站在爱情的对立面，更加不会怀疑爱情或者在作品里贬损情感，以后也不会。

两个人如果对上了频率，谈恋爱真的太（省略一万个程度副词）美好了。

即使有一天人类的情感规则变了，婚姻制度消失了，但爱是本能，永远不会过时。这本书，在爱的信号宇宙里，一定发着永恒的光。

以下是旧版前言关于本书的介绍，我觉得这个十年前的小伙子写得不错，便延用于此吧。

文字本是一场梦境，带人窥探相同情感的另一个世界，在这完全虚构的9个故事里，如果有幸某段情感让你感同身受，让我们隔空击个掌，或许这就是灵魂的相遇。

人这一生只有900个月，也就是一张30×30的表格。要如何定义这本书，它或许像是用文字搭载的影像世界，不敢大言不惭地在我这个年纪讨论人生，只能用不成熟的感受，去寻找时间给我们的答案。

这些故事，或许像一个沙漏，提醒你要珍惜身边的人，像一架时间机器，让你重视每一次选择，像一双粗糙而宽厚的手，轻抚你不敢再去爱的心，抑或是一张红牌，一盏红灯，告诉你那些执迷不悟的事是时候放手了。

有些故事多看几遍，慢点读它，或许会有不同的感受，希望这本书能在你的周围，占据你记忆里一小块空位。

愿那个在乎你的人，会让你住进他的日常，保护你的天真，给你伤害他的权力。他知道你一个人不行，或许过去没来得及参与，但未来里一定会有你。他不是为了你而来到这个世界，但会因为你，觉得不虚此行。

这个人，可以是你情感世界的任何对象，也可以是你自己。

后来时间都与你有关，还好是你，成为我的喜欢。

图书在版编目（CIP）数据

后来时间都与你有关 / 张皓宸著. -- 长沙：湖南文艺出版社，2025.5. --ISBN 978-7-5726-2408-7

Ⅰ. I247.5

中国国家版本馆 CIP 数据核字第 202507WP97 号

上架建议：畅销·中短篇小说

HOULAI SHIJIAN DOU YU NI YOUGUAN
后来时间都与你有关

著　　者：张皓宸
出 版 人：陈新文
责任编辑：匡杨乐
监　　制：毛闽峰
策划编辑：陈　鹏
特约策划：一　言
特约编辑：孙　鹤
营销编辑：罗　洋　张翠超　刘　珣　大　焦
装帧设计：梁秋晨
书籍插图：夜三雨
出　　版：湖南文艺出版社
　　　　　（长沙市雨花区东二环一段 508 号　邮编：410014）
网　　址：www.hnwy.net
印　　刷：河北尚唐印刷包装有限公司
经　　销：新华书店
开　　本：875 mm × 1230 mm　1/32
字　　数：232 千字
印　　张：9.625
版　　次：2025 年 5 月第 1 版
印　　次：2025 年 5 月第 1 次印刷
书　　号：ISBN 978-7-5726-2408-7
定　　价：54.80 元

若有质量问题，请致电质量监督电话：010-59096394
团购电话：010-59320018